Rodney Bennett
Die Abrechnung

RODNEY BENNETT

Die Abrechnung

Aus dem Englischen von
Astrid von dem Borne

VERLAG FREIES GEISTESLEBEN

Für Marilyn

Die Deutsche Bibliothek-CIP-Einheitsaufnahme

Bennett, Rodney:
Die Abrechnung / Rodney Bennett.
Aus dem Engl. von Astrid von dem Borne. –
1. Aufl. – Stuttgart: Verl. Freies Geistesleben, 1996
ISBN 3-7725-1595-9

Originaltitel: Angel Voice
c/o Marilyn Malin, Consultancy and Representation
5/33 Ferncroft Avenue, London NW3 7PG

Die englische Originalausgabe erscheint parallel im Londoner Verlag
Faber & Faber
Für die deutschsprachige Ausgabe:

Einband: Walter Schneider unter Verwendung des
Bildes «Interieur in Petworth» von William Turner,
Tate Gallery, London
Gesamtherstellung: Clausen & Bosse, Leck

Der Mann, der nicht Musik hat in ihm selbst,
Taugt zu Verrat, zu Räuberei und Tücken …
Trau keinem solchen!

Shakespeare.
Der Kaufmann von Venedig.
V. Akt, I. Szene

I

James Cardew bewegte sich sicher und ruhig in der Dunkelheit vorwärts, nur wenn die Kiesel unter seinem Tritt verrutschten, glitt er ein wenig aus. Es war eine eiskalte Nacht. Von Westen blies ein kräftiger Sturm übers Meer heran, er füllte die Bucht mit donnernden Wogen, peitschte über die Brecher hinweg und ließ die Gischt hoch auf den Strand fliegen. Cardew hatte kein Licht bei sich, er orientierte sich an den Haufen von Seetang und Treibgut, die an der Flutgrenze lagen.

Er war an die dreißig Jahre alt, hochgewachsen und von kräftiger Statur. Seine Kleidung war fast so dunkel wie die Nacht. Ein Dreispitz saß fest auf seinem Kopf. Die Schultern hatte er unter dem weiten Kragen eines braunen Mantels, der bis an die Waden reichte, hochgezogen. Obwohl er Handschuhe trug, die ebenso wie seine Reitstiefel aus schwarzem Leder waren, hatte er die Hände wärmesuchend tief in den Taschen vergraben.

Seine Haare waren dunkelbraun und lang und im Nacken mit einem Band zusammengebunden. Sein Gesicht war von einem grauen Wolltuch halb verdeckt, so daß nur die Augen und die Nase herausschauten, letztere war ziemlich gerade. Sein Blick war hart und berechnend. Man hatte ihm gesagt, er solle ohne Waffen kommen, doch unter seinem Mantel steckte eine geladene Pistole im Gürtel.

Er war gut ausgerüstet für diese Sturmnacht im Februar 1750.

Als er die Stelle erreichte, wo von den Hügeln herab ein Bach über den Strand floß, hielt er an und spähte in die Dunkelheit hinter den heranrollenden Brechern. Es war unmöglich, die schmale Einfahrt in die Bucht zu sehen, aber er wußte ungefähr, wo sie sich befand, denn er hatte die Gegend bei Tageslicht inspiziert. Vom Schiff gab es keinerlei Anzeichen.

Er preßte die Lippen aufeinander und ging auf eine zusammengekauerte Gestalt zu, deren Silhouette im fahlen Schimmer einer mit einem dicken Tuch verhüllten Laterne gerade noch auszumachen war.

Als er herankam, schaute der Mann mit kurzem Lächeln auf und zeigte dabei ein wettergegerbtes, mit Holzkohle beschmiertes Gesicht. Er war untersetzt und etwa im gleichen Alter wie Cardew. Seine Kleidung war unförmig und abgetragen und roch stark nach Teer und Salzwasser. Er hatte einen zerbeulten Hut auf, dessen Krempe vorne hochgeschlagen war. Über seinem an vielen Stellen geflickten Pullover und einem groben Hemd trug er einen mit Teer verschmierten Mantel. Seine Stiefel reichten bis an die Schenkel und waren dick eingefettet. Man sah ihm an, daß er ein Fischer war.

Eine Weile stand Cardew neben ihm und starrte aufs Meer hinaus. Dann hockte er sich auf den Kies und wickelte sich den Saum seines Mantels um die Beine.

«Sie singen heut nacht ein wildes Lied, Mister Cardew», sagte der Fischer mit tiefer Stimme im Dialekt der Leute von Devonshire.

«Singen?» fragte Cardew.

«Die Wellen! Hört Ihr sie nicht?»

«Ich höre die Wellen, doch kein Singen.»

«Das kommt, weil Ihr die See nicht kennt. Wenn Ihr erst einmal länger hier seid, hört Ihr bestimmt, wie sie singen.»

Cardew grinste höhnisch hinter seinem Schal. «Ich fürchte, ich habe kein Ohr für Musik.»

«Habt Ihr's denn nie gehört, als Ihr in Westindien wart?»

«Nie.»

«Das ist schad, wenn Ihr erlaubt, daß ich das sage. Bestimmt singen sie dort liebliche Lieder.»

«Ich sagte doch schon, daß ich kein Ohr für Musik habe.»

Sie versanken in Schweigen und blickten aufs Meer hinaus. Der Wind rüttelte und zauste an ihnen. Ein Stück weiter unten am Strand war ein Ruderboot nahe dem Wasser an einem Pflock festgebunden. Bald würde die heranrollende Flut es flottmachen.

«Wer hat dir gesagt, daß ich in Westindien war?» nahm Cardew das Gespräch wieder auf. «Ich hab' dich nie in der Kneipe gesehen.»

«Das weiß jeder, Mister Cardew.»

«So?»

«Ihr seid ein Fremder. 's ist natürlich, daß die Leute reden.»

Cardew knurrte: «Wie heißt du?»

«Das möcht' ich lieber nicht sagen», antwortete der Fischer verlegen.

«Warum nicht?»

Der Mann ließ den Kopf hängen und verzog sein Gesicht, er fühlte sich sichtlich unwohl.

«Meinen Namen kennst du aber», drängte Cardew.

«Ja, Herr.»

«Und weshalb willst du mir deinen dann nicht verraten?»

Dem Fischer widerstrebte es eindeutig zu antworten. Schließlich aber sagte er heftig: «Bestimmt habt Ihr einen Grund, daß Ihr bei diesem Spiel hier mitmacht. Für mich ist's jedenfalls kein Vergnügen. Ich bin dem Gesetz treu und tät' bestimmt nicht dabeisein, wenn ich nicht vor vier Monaten mein Boot verloren hätt'. 's ist die einzige Möglichkeit, meine Familie zu ernähren und für ein neues Boot Geld beiseite zu legen. Sobald ich kann, schmeiss' ich hier alles hin. So, und deshalb mein' ich, je weniger Leut' davon wissen, desto besser.»

«Ich könnte dir vielleicht helfen», meinte Cardew mit einem Lächeln.

«Mir helfen?»

«Ein Boot für dich besorgen.»

Der Mann wandte sich zu Cardew, neue Hoffnung leuchtete aus seinen Augen. «Meint Ihr das ernst?»

«Gewiß doch. Aber es ist schwierig, einem Mann zu nützen, dessen Namen man nicht weiß.»

Der Fischer zögerte. Er war hin und her gerissen. Einerseits wollte er unerkannt bleiben, andererseits wollte er das Hilfsangebot nicht ablehnen. Schließlich murmelte er: «Sam Webb.»

Cardew grinste: «Nun, Sam, jetzt sind wir miteinander bekannt.»

«Ja, Herr», erwiderte der Mann zweifelnd.

Cardew lehnte sich zurück und stützte sich auf die Ellenbogen, er war sehr zufrieden mit sich. Er hatte ein Talent, den Leuten Informationen zu entlocken.

Ein entferntes Wiehern, dem augenblicklich Einhalt geboten wurde, ließ sie zu den Felsen unterhalb der Klippen hinüberblicken, wo die anderen Männer mit den Lasttieren Schutz gesucht hatten. Sie hatten ausgelost, wer am offenen Strand Wache halten sollte. Cardew und Sam Webb waren es gewesen, sie hatten die kurzen Strohhalme gezogen.

«Es ist eine harte Nacht für Euch, und das gleich beim ersten Mal, wo Ihr mit uns draußen seid.«

Cardew brummte zustimmend. Es traf zu, es war seine erste Nacht mit diesen Männern. Aber im Lauf der Jahre hatte er so manche kalte Nacht an entlegenen Stränden entlang der Küsten von Cornwall und Devon verbracht. Diese Art zu leben gefiel ihm, aber jetzt sollte es ein Ende damit haben. Deshalb, so meinte er, erwartete er das Schiff aus Frankreich mit besonderer Ungeduld.

Er rappelte sich auf, klopfte Sam freundschaftlich auf die Schulter und schlenderte noch einmal den Strand entlang.

Auf halbem Weg zum Bach glaubte er draußen auf dem Meer ein Licht aufblitzen zu sehen. Er blieb stehen, starrte in die Dunkelheit und grinste in sich hinein, als es noch einmal kam. Schnell lief er zu dem Fischer zurück, der schon aufgestanden war. Er sandte dem Schiff Signale, indem er die Lampe unter dem Tuch freigab und wieder verhüllte. Das andere Licht blinkte zurück. Es kam näher und wurde immer heller.

Kurz darauf kamen etwa zwanzig Männer in Regenzeug und Stiefeln, mit den verschiedenartigsten Hüten auf den Köpfen aus der Dunkelheit herbeigerannt; einige hatten ihr Gesicht geschwärzt. Sie stellten sich in dichtem Kreis um Cardew und Sam.

Durch das Brausen des Windes und das Tosen der Wellen hörte man jetzt das Knattern von Segeltuch und das Rasseln der Kette, als die Mannschaft sich daran machte, den Anker auszuwerfen. Gedämpfte Beifallsrufe kamen von den Zuschauern, als nun der Umriß eines Dreimasters verschwommen sichtbar wurde.

«Los jetzt, Männer», befahl ein stämmig gebauter Fischer, der ihr Anführer war.

Während die anderen zum Ruderboot liefen, blickte Cardew rasch um sich, als wäre er unschlüssig, was zu tun sei.

«Haltet mal», flüsterte Sam und gab ihm die Laterne in die Hand, öffnete das Türchen und blies die Kerze aus. «Kommt, Mister Cardew», drängte er und stellte die Lampe auf den Boden, «wir brauchen jetzt jede Hand.»

«Ich helfe bei den Pferden», erwiderte Cardew plötzlich und rannte über den Strand hin fort.

Überrascht schaute Sam ihm nach und überlegte, ob er ihn aufhalten sollte. Aber als er sah, daß das Boot, in dem vier Mann saßen, schon auf dem Wasser trieb, eilte er ans Ufer, watete durch die Brandung und half, den Kahn über die sich brechenden Wogen hinwegzuschieben.

Cardew indessen machte einen Bogen um die Reiter, die die Lasttiere heranführten, und kaum hatte er die schützenden Klippen erreicht, warf er sich hinter einen Felsbrocken. Keuchend lag er einen kurzen Augenblick lang da, dann schüttelten sich seine Schultern, still lachte er in sich hinein.

Er wußte, daß er jederzeit fliehen konnte, aber er wollte nicht darauf verzichten, das zu erwartende Schaustück zu beobachten. Schließlich sollte es ja das letzte Mal sein.

Was die anderen nicht wußten: Er hieß gar nicht Cardew, das war nur einer von vielen Decknamen, die er sich im Lauf der Zeit zugelegt hatte. Auch war er weder gebildet noch reich, doch konnte er ein bißchen lesen und schreiben.

Seine Mutter hatte in einem Herrenhaus in der Nähe von Bristol als Dienstmagd gearbeitet, bis sie schwanger wurde und man sie hinauswarf. Vielleicht war sein Vater einer von den vielen aus der Dienerschaft gewesen, denen sie ihre Gunst so großzügig geschenkt hatte. Aber sie hatte ihn in dem Glauben großgezogen, sein Vater sei der jüngere Bruder des Hausherrn gewesen. Den Rest des Lebens grollte sie wegen der ihrer Meinung nach ungerechten Entlassung und flößte Cardew tiefen Haß gegen die Familie ein, die ihn so schlecht behandelt und ihn seines Geburtsrechts beraubt hatte.

Nach dem Tod seiner Mutter schlug er sich nach Bristol durch und fand schließlich in einer Lagerhalle am Hafen Arbeit. Dort hörte er, wie sich die Matrosen gegenseitig von ihren Reisen nach den Kolonien in Amerika und Westindien mit ganzen Schiffsladungen voll afrikanischer Sklaven erzählten. Er selber war nie dort gewesen, aber er machte sich ihre Geschichten zu eigen.

Eines Tages trat eine Diebesbande an ihn heran. Man versprach ihm Geld, wenn er sie in das Lagerhaus hineinließe. Dort gab es massenweise Alkohol, Tabak und Tee, alles Güter, auf denen hohe Steuern lagen. Er willigte ein, denn schon seit langem träumte er davon, reich zu werden. Nach dem Einbruch weigerte sich die Bande jedoch, ihn zu bezahlen. In seiner Wut verriet er sie an die Zollbehörde. Diese wiederum versprach ihm Straffreiheit, wenn er in Zukunft als Spion für sie arbeiten würde.

Seitdem hatte er immer wieder Zugang zu den Schmugglerringen entlang den Küsten von Cornwall und Devon gefunden. Aber nun war er den Spitzeldienst satt; er brachte ihn doch nur mit Leuten zusammen, für die er nichts als Verachtung übrig hatte. Die Zeit war reif für die Rache an der Familie, die seine Mutter hinausgeworfen hatte und ihm seinen rechtmäßigen Anspruch, nämlich Geld und gesellschaftlichen Rang, vorenthielt.

Als er bei den Felsen so wartete, fragte er sich allmählich, ob der Plan schiefgelaufen sei. Er sah nämlich das Ruderboot an den Strand zurückkommen, es zog eine lange Reihe Fässer hinter sich her, in denen Brandy, Tabak und Seide waren. Und die Träger, darunter auch Sam Webb, der ihn mit seinem Geschwätz über singende Wellen und sein verlorengegangenes Boot gelangweilt hatte, standen bis zur Hüfte im eiskalten Wasser, um die Ware entgegenzunehmen und sie zu den Saumpferden zu tragen.

Doch dann atmete er auf, als er die Flintenschüsse von den Hügeln her vernahm. Da wußte er, daß die Soldaten die Führer der Lasttiere überrascht hatten, deren Aufgabe es gewesen war, die Schmuggler auf dem Weg ins Dorf hinauf zu decken.

Den Schüssen folgten Warnrufe der Männer, die die Pferde

hielten. Ihre Verbündeten im Wasser versuchten verzweifelt, den Strand zu erreichen. Aber die meisten von ihnen kämpften sich noch durch die Brandung, als ein Trupp Soldaten und Zollbeamte, von denen einige beritten waren, auf dem Strand heranstürmten und über sie herfielen.

In wenigen Sekunden war alles in Aufruhr. Im rauchigen Licht brennender Fackeln sah man Menschen in alle Richtungen rennen. Schreie gellten, als ein paar Schmuggler zu flüchten versuchten und dabei erschossen wurden. Andere stürzten sich wieder ins Wasser, Soldaten verfolgten sie zu Pferde und stürmten mit erhobenen Säbeln durch die Brandung, um sie niederzuschlagen. Diejenigen, die aus Angst die Flucht scheuten oder es vorzogen, sich dem Gesetz zu stellen, ließen sich fangen.

Auf dem Höhepunkt der allgemeinen Verwirrung segelte ein Kutter in die Bucht und steuerte geradewegs auf das Schiff zu. Als er beilegte, blitzten Lichter auf, Musketenschüsse knallten. Soldaten kletterten an Bord und übernahmen die Kontrolle auf dem Dreimaster.

Cardew lachte in sich hinein. Er hatte kein Mitleid, er war zufrieden, er fand, daß er genug gesehen hatte.

Bereits als Junge war Sam Webb ein guter Schwimmer gewesen. Das hatte ihm schon einmal das Leben gerettet, als sein Boot in einem Sturm unterging, und es rettete ihn auch jetzt.

Als die ersten Schüsse fielen, war er in der Nähe des Ruderbootes, und statt daß er versuchte, den Strand zu erreichen, tauchte er ins Wasser und schwamm auf die Klippen zu. Irgendwie brachte er es fertig, seinen Umhang und die Stiefel abzustreifen. Mit letzter Kraft konnte er verhindern, daß er gegen die Felsen geschleudert wurde.

Dann wurde er von einer riesigen Woge hochgehoben, er streckte die Hand aus und klammerte sich an einen Felsen. Die zurückweichende Strömung drohte ihn mitzureißen, aber er hielt sich fest. Und bevor die nächste Welle kam, konnte er sich aus dem Wasser hochziehen. Ein Weilchen hielt er inne, um zu verschnaufen, dann schaffte er es über die glitschigen Felsen bis zum Rand der Klippen.

Zweihundert Fuß mußte er klettern, und wegen der Dunkelheit war das Unternehmen noch viel gefährlicher. Mehr als einmal verlor er den Halt und wäre um ein Haar abgestürzt. Doch schließlich bekamen seine Hände Grasbüschel zu fassen, und er zog sich über den Rand nach oben. Er war bis auf die Haut durchnäßt, fror schrecklich und war vollkommen erschöpft, aber er war am Leben.

Er hatte keine Ahnung, wie lange er auf dieser windumtosten Landspitze gelegen hatte. Er konnte sich nicht einmal erinnern, losgelaufen zu sein. Das nächste, was ihm bewußt wurde, war, daß er barfuß über einen Ziegenpfad stolperte, der ihn schließlich vor ein Tor brachte.

Dankbar hielt er sich daran fest und blickte ringsum, um sich zu orientieren. In einiger Entfernung sah er ein Licht blinken, er nahm an, daß es von einer Hütte kam, und ging über ein umgepflügtes Feld darauf zu. Als er näher kam, erkannte er, daß es eine Laterne war, deren Schein durch ein Loch in der Wand einer Scheune drang. Er glaubte das Gebäude zu erkennen, was bedeutete, daß er nur etwa eine Meile von seinem Haus entfernt war, das sich in der nächsten Bucht befand. Dann sah er, daß drei Pferde draußen angebunden waren, und hörte Männerstimmen. Deshalb ging er näher heran. Er spähte durch die kleine Öffnung und war höchst erschrocken, als er Cardew und zwei Steuerbeamte erblickte.

«Ihr wollt Eure Meinung nicht doch ändern?» fragte einer der Männer.

«Möchtet Ihr nicht sehen, wie sie in Kingsbridge vor Gericht gestellt werden?» lachte der andere.

«Gebt mir das Geld», sagte Cardew unwirsch, «und dann verzieh' ich mich.»

Sam lauschte der Unterhaltung mit wachsendem Zorn, denn er begriff, daß Cardew die Soldaten in die Bucht geführt hatte. Am liebsten wäre er hineingegangen und hätte ihn erdrosselt. Aber er wußte, daß er keine Chance hatte, denn alle drei waren mit Säbeln bewaffnet.

Der eine Beamte gab Cardew einen Beutel: «Zwanzig Guineen!»

Sam schnappte nach Luft. Das war ein Vermögen für ihn, davon könnte er leicht mehrere Boote kaufen.

«Eine schäbige Summe», sagte Cardew verächtlich und schüttelte ein paar Goldmünzen auf seine Handfläche.

«Es ist, was wir vereinbart hatten.»

«Trotzdem ist es eine lächerliche Summe.»

Die Offiziere lachten. «Wohin wollt Ihr jetzt?» fragte der eine.

«Exeter.»

«Exeter? Dann könnt Ihr einige von ihnen hängen sehen.»

Entsetzen spiegelte sich in Sams Gesicht, als er an das Schicksal seiner Gefährten dachte. Sie kannten alle die Strafe, die auf Schmuggel stand – wer sich der Verhaftung widersetzte, wurde gehängt. Die anderen erwartete lange Gefangenschaft oder Verbannung. Die Glücklichen hatten am Strand ihr Leben gelassen.

«Ich geh'», sagte Cardew. «Wir werden uns nicht mehr wiedersehen.» Kurz reichte er jedem die Hand und begab sich zur Tür.

Sam zog sich rasch hinter die Scheune zurück. Vorsichtig lugte er um die Ecke und beobachtete, wie Cardew eines der Pferde bestieg, das mit prallgefüllten Satteltaschen beladen war, und dann in die Nacht hineingaloppierte.

Mit vor Wut geballten Fäusten starrte er ihm nach. Plötzlich wurde es um ihn stockdunkel, weil jemand die Laterne ausgeblasen hatte. Er hörte Stimmen aus der Scheune herauskommen. Rasch verbarg er sich hinter der Holzwand und belauschte die Offiziere, die sich über die Schmuggler lustig machten und sich gegenseitig zu ihrem Erfolg beglückwünschten. Schließlich stellte er erleichtert fest, daß sie davonritten.

Nun war Sam allein bei der Scheune, ein Wutschrei entrang sich ihm, und er hämmerte mit beiden Fäusten gegen die Wand. Mit einem Schlag war sein ganzes Leben zerstört. Es gab keine Hoffnung mehr, daß er jemals wieder aufs Meer hinausfahren könnte, um Krabben oder Hummer zu fangen. Er verfluchte sich selbst, daß er sich eingebildet hatte, er könnte auf illegalem Weg Geld für ein neues Boot verdienen, er verfluchte sich, daß er an Cardews Hilfsangebot geglaubt und ihm verraten hatte, wie er hieß, wo doch dieser Mensch die ganze Zeit über ein

Verräter gewesen war und seinen Namen sicher an die Steuerbehörde weitergeben würde.

Ihm war klar, er müßte heim und seiner Frau alles sagen, aber bei dem Gedanken daran brach ihm schier das Herz. Was alles noch schlimmer machte, er wußte genau, daß er nur wenige Minuten bleiben konnte, gerade so lange, daß er ein paar Kleidungsstücke und etwas zum Essen einpacken konnte. Denn noch bevor es hell wurde, mußte er über alle Berge sein. Von Schmerz überwältigt, stöhnte er auf, mußte er doch Weib und Kinder verlassen. Aber was konnte er denn sonst tun? Für seine Familie bestand die einzige Chance darin, daß die Leute glaubten, er sei ertrunken und aufs Meer hinausgetrieben worden.

Eines Tages würde er zurückkehren – das wollte er seiner Frau versprechen –, aber was sollte bis dahin aus ihnen werden? Sein Blick wurde hart, als er sich vorstellte, daß man sie aus ihrer Hütte in der Bucht von Hope Cove vertreiben würde, die so viele Jahre ihr Zuhause gewesen war; daß sie der Gemeinde zur Last fallen und vom Almosen anderer Leute abhängig würden.

Und das alles war wegen Cardew gekommen. Cardew. Er verfluchte den Namen und schwor, gleich wie lange es dauerte und was es ihn kostete, eines Tages mit ihm abzurechnen.

II

Es war Ende September. Ossie hatte das Gefühl, die Menge um ihn herum sei an diesem sonnigen Morgen besonders laut. Er saß an seinem gewohnten Platz auf dem Pflaster im Kirchhof neben einer steinernen Pferdetränke und konnte die Musik aus der Abteikirche kaum hören. Der Chor sang eine neue Hymne, und nicht einen Ton wollte er verpassen.

Er war noch nie in der Kirche gewesen, denn Jungen wie er durften da nicht hinein. Aber wie gerne lauschte er dem Gesang, vor allem, wenn die Knabenstimmen sich über den Chor erhoben. Dann sehnte er sich danach, bei ihnen zu sein, denn er liebte es über alles, selber zu singen.

Als der Gesang endete, lehnte er sich an die Pferdetränke und summte Bruchstücke der Melodie, die er aufgeschnappt hatte, vor sich hin. Plötzlich vernahm er mit seinem feinen Gehör das Klopfen einer Krücke und schlurfende Schritte auf dem Pflaster.

«Guten Tag, Mr. Crabb», rief er fröhlich.

«Tag, junger Freund», grüßte eine atemlose Stimme. «Wie geht's Hester heute?»

«Guten Tag, Mr. Crabb», erwiderte diese hüstelnd.

Ossie wandte den Kopf und verfolgte die Geräusche, als der alte Mann vorüberging. Er lauschte erwartungsvoll, dann verzog er sein Gesicht. «Wo ist Euer Hund?» rief er ihm nach.

«Tot!» kam die Antwort durch die lärmende Menge.

Trauer legte sich auf Ossies Gesicht. Ach, wie sehr würde er die tägliche Begegnung mit Mr. Crabbs Hund vermissen, er hatte immer mit seinen Händen über sein drahtiges Fell gestrichen, seine nasse Zunge auf seiner Wange gespürt.

Ein tiefes Dröhnen der Orgel riß ihn aus seinen trüben Gedanken, das Vorspiel für die letzte Hymne begann. Und als die rauhen Stimmen der Gemeinde mit dem Lied einsetzten, mußte er einfach mittun. Er sang leise, damit niemand ihn hörte, außer Hester vielleicht, die neben ihm am Trog lehnte.

Er war froh; es ging ihr so gut, daß sie mitkommen konnte. Er fühlte sich einfach sicherer, wenn sie dabei war, und er litt sehr, wenn sie unaufhörlich hustete und daheim zurückbleiben mußte. Sie sagte zwar immer, er müsse sich keine Sorgen machen. Eigentlich war sie nur seine Halbschwester. Aber wie sollte er sich keine Sorgen machen, wenn er ohne sie doch verloren war?

Sie war vier Jahre älter als er und konnte sich an vieles aus ihrem gemeinsamen Leben erinnern, ja, sogar an die Zeit, bevor er zur Welt kam. An ihre Mutter, die starb, als er zwei Jahre alt war, und an die Hütte in Easton, wo sie gelebt hatten, nachdem Hesters Vater fortgegangen war, um Soldat zu werden, und man nie mehr etwas von ihm gehört hatte. Sie wußte auch, daß Ossies Vater ein Bauernsohn war, der der Mutter Gewalt angetan hatte, weshalb der Bauer, dem die Hütte gehörte, sie hinausgeworfen hatte. Hester war dabei, als er in einer Scheune nahe bei Priddy in den Mendip-Hügeln zur Welt kam. Das war elf Jahre her. Sie wußte auch, daß er nach ihrem Vater Oswald hieß und daß die Mutter gewünscht hatte, daß er ihren ehelichen Namen, Parsley, trage.

Seine früheste Erinnerung reichte in die Zeit im Waisenhaus zurück, wohin man sie nach dem Tod der Mutter gebracht hatte. Aber er wollte lieber nicht daran denken, außer vielleicht an die junge Magd, die sein Talent fürs Singen erkannt hatte und die ihm, obwohl es verboten war, in der Abgeschiedenheit des Waschhauses Lieder beibrachte.

Aber Hester war mehr, viel mehr als eine Chronistin ihrer Familiengeschichte: Sie war sein Auge. Denn Ossie war in eine Welt voller Dunkelheit geboren – seine Welt war von Geräuschen, Gerüchen und Berührungen erfüllt; aber sehen konnte er nicht.

Zur Mittagszeit war der Kirchhof immer voller Stimmen, und mit Hesters Hilfe hatte er gelernt, so manche davon zu unterscheiden – die barschen Rufe der Sänftenträger, das vergnügte Hallo der Pieverkäufer mit ihren Tabletts voll frischgebackener Brötchen und Pasteten auf dem Kopf, die schrillen Schreie der Blumenhändler, die fremdartigen Laute der Zigeuner, die Flitterkram und Bänder verkauften, und das kriecherische Geschwätz der Quacksalber, die Wunderheilungen durch ihre vorzüglichen Medizinen versprachen.

Und dann gab es da noch Stimmen, die vom üblen Gestank schwärender Wunden und faulenden Fleisches begleitet waren: Das waren die keuchenden, sabbernden und stotternden Kranken und Lahmen, arme Leute, Junge und Alte, die von ihren Gemeinden hergeschickt wurden, um in den heißen Quellen zu baden, die die Stadt berühmt gemacht hatten. Einige von ihnen warteten immer noch auf Heilung. Andere – leere und tonlose Stimmen – hatten die Hoffnung aufgegeben, und, da sie kein Zuhause besaßen, wohin sie zurückkehren konnten, blieben sie als Bettler.

Unter der Gemeinde in der Abteikirche waren auch Besucher, die jedes Jahr zu Tausenden in die Stadt strömten. Viele tranken das Heilwasser und badeten in den heißen Quellen. Aber sie hatten Geld und konnten somit obendrein an den gesellschaftlichen Vergnügungen teilnehmen.

Als der Gesang endete, stand Ossie auf. Da rempelte ihn jemand an, so daß das Metallzeug in dem Leinensack, der über seiner Schulter hing, klirrte und schepperte. Hester packte sein Handgelenk, und er lauschte ängstlich, ob jemand das verräterische Klappern der Silberschnallen und -ketten, die am Vormittag gestohlen worden waren, gehört hatte.

«'s ist alles in Ordnung», flüsterte sie. Sie hustete gequält nach dieser Anspannung.

Er atmete auf, dann war er wieder durch rasch näher kommende Schritte beunruhigt, bis er den schweren Gang erkannte und erleichtert seufzte.

«Hab' was zum Essen», keuchte eine Jungenstimme.

«Danke, Jigger», sagte Hester.

Die Schritte entfernten sich.

«Schau, was Jigger uns gebracht hat», sie drückte ihm ein Stück trockenes Brot in die Hand.

Er nahm einen großen Bissen und kaute gierig. Seit dem Aufstehen hatte er nichts gegessen und war jetzt schrecklich hungrig.

«Willst du was?»

«Ich hab' keinen Hunger.»

«Du mußt essen», er brach ein Stück ab und reichte es ihr.

Wieder nahm er einen Bissen, kaute und fragte: «Kannst du die anderen sehen?»

«Fletch und Jigger sind drüben bei der Trinkhalle, und Beth unterhält sich mit einem Zigeuner. Josh und Aggie kann ich nicht sehen. Ach, doch. Grad sind sie zum Tor reingekommen und rennen zu Fletch. Sie zeigen ihm etwas, ich glaube, es sind Äpfel.»

Beim Gedanken an einen Apfel lief Ossie das Wasser im Mund zusammen.

Er mochte Josh und seine Schwester Aggie. Wenn sie nicht wären, würden Hester und er immer noch auf der Straße schlafen. Josh war so alt wie er, und Aggie, die Jüngste unter ihnen, war acht. Nachdem ihr Vater bei einem Grubenunglück ums Leben gekommen war, hatte ihre Mutter sie in der Hoffnung, dort Arbeit zu finden, in die Stadt gebracht. Sie hatte als Näherin gearbeitet, bis sie vor drei Jahren gestorben war.

Jigger war auch freundlich. Er war groß und ungelenk, aber geschickt beim Stehlen, vor allem von Essen. Josh erzählte, er habe bei einer Tante in Warminster gelebt, aber weil sie ihn ständig schlug, war er mit acht Jahren weggelaufen, jetzt war er dreizehn und seine Stimme quiekste und brummelte abwechselnd. Hester sagte, alle Jungenstimmen würden ab einem bestimmten Alter so klingen.

«Fletch will, daß er das Schild umhängt», zischte eine barsche Stimme, und gleich darauf hörte Ossie, wie jemand ausspuckte.

Er schnitt eine Grimasse, als er Beth erkannte. Er mochte sie nicht. Immer war sie unfreundlich zu Hester. Eigentlich war sie zu allen unwirsch, sogar zu Fletch. Manchmal stritten sie fürchterlich und rauften miteinander. Aber sie war eine gewiefte Taschendiebin. Keiner brachte so viele Spangen und Schnallen an wie sie. Hester erklärte, sie trage Jungenkleider und kurzgeschnittenes Haar. Es stimmte schon, sie klang mehr wie ein Junge als wie ein Mädchen, außerdem fluchte und spuckte sie sehr oft. Hester schätzte sie auf etwa vierzehn, denn sie hatte schon ihre Monatsblutung und mußte sich Lumpen zwischen die Beine stopfen.

«Halt still», sagte Hester und drehte sein Gesicht zu sich, während sie ihm das Schild über die Schultern hängte.

Er mochte es nicht tragen, er schämte sich wegen der Aufschrift. Und was noch schlimmer war, Hester hatte sie schreiben müssen, denn sie war die einzige, die Buchstaben malen konnte. Wie bei fast allem, war es Fletchs Idee gewesen.

Ossie fürchtete sich ein wenig vor Fletch. Er war ihr Anführer und konnte ihn und Hester jederzeit wegjagen. Wenn Fletch also etwas befahl, mußte man es tun, selbst wenn man Gefahr lief, von der «Polente» erwischt zu werden. Fletch war fünfzehn und klang wie ein Mann. Wie Josh sagte – und er schien wirklich alles über die Bande zu wissen –, war seine Mutter bei seiner Geburt gestorben, eine arme Familie hatte ihn dann aufgenommen, schließlich aber rannte er weg, weil er sich allein durchschlagen wollte.

Ossie schauerte vor Erregung, als die Orgel unter donnerndem Getöse mit einer Fuge einsetzte. Bald müßte er an die Arbeit gehen.

Er war noch nie am Strand gewesen, aber Josh und Aggie hatten das Meer einmal gesehen und ihm von den Wellen erzählt. Er stellte sich vor, das Geräusch, welches die Leute beim Verlassen der Kirche machten, höre sich an wie eine Woge, die weit draußen vom Meer heranrollt und lauter und lauter wird, je näher sie dem Land kommt.

Zuerst waren da nur wenige Stimmen, die man über dem Orgelbrausen und dem Lärmen draußen hören konnte. Als dann noch mehr dazukamen, erwachten auch die Rufe der Straßenverkäufer und Bettler zum Leben. Immer mächtiger tönte es aus der Kirche, und als der Gesang mehr und mehr anschwoll, mußten diejenigen, welche draußen nach Kunden schrien und um Almosen bettelten, noch lauter werden, um sich Gehör zu verschaffen, bis der ganze Kirchplatz vom Getöse von mehr als tausend schwätzenden, rufenden und bettelnden Stimmen widerhallte.

Ossie war sicher, daß ihn niemand hören würde, und fing an zu singen:

> «Es war ein fröhlicher Bettler,
> der hatte ein hölzern Bein ...»

III

«...lahm war er von der Wiege an,
so mußte er betteln gehn ...»

Der hochgewachsene Kavallerieoffizier, der gerade in den Kirchhof stolzierte, fing einige Bruchstücke des Liedes inmitten des allgemeinen Lärms auf und blickte in die Richtung, wo es herkam. Er lächelte spöttisch, als er den kleinen blonden Straßenjungen sah mit seinem plump gemachten Schild um den Hals, auf dem BLIND stand. Das sah man auch an seinen Augen, die matt und leer waren und tief in den Höhlen lagen. Neben ihm stand ein Mädchen, das ebenfalls blond war und eine Mütze hinhielt. Sie waren beide barfuß, schmutzig und erbärmlich dünn. Ihre Kleider waren bessere Lumpen. Das Mädchen hätte man hübsch nennen können, wenn sie nicht so blaß und ihre Wangen nicht so hohl gewesen wären.

Der Offizier merkte, wie sich ihr Körper beim Husten schmerzhaft zusammenzog, und war sich sicher, daß sie schwindsüchtig war. Aber dann verlor er das Interesse und ging weiter. Offensichtlich war er ein Neuankömmling, denn er trug einen prallen Reisesack und einen Umhang über dem Arm.

Er schlenderte durch die Menge und schaute sich mit scharfen Augen um. Ab und zu blieb sein Blick an elegant gekleideten Gestalten hängen: Die Männer hatten gepuderte Perücken und Hüte mit Federn und Mäntel mit Rockschößen, lange brokatene Westen und Kniehosen und Spazierstöcke mit Silberknauf. Die Damen trugen Seidenkleider mit Reifröcken und Spitzenschals, an den Füßen hölzerne Sohlen, um die feinen Schühchen vor den Pfützen zu schützen.

Der Offizier prangte im Dreispitz, der mit einer Borte umsäumt war, in einem scharlachroten Mantel, wildledernen Kniehosen und langen Stiefeln, an seiner Seite hing ein Säbel; auch er machte eine eindrucksvolle Figur. Viele bewundernde Blicke galten ihm, aber niemand sprach ihn an. Es war höchst unwahrscheinlich, daß auch nur einer von ihnen an einem bitterkalten Strand auf eine Ladung Schmuggelware aus Frankreich gewartet hatte.

Ja, bei dem Offizier handelte es sich tatsächlich um James Cardew, oder wie auch immer er sich zur Zeit nannte. Nicht einmal die Schmuggler würden ihn wiedererkannt haben. Sein dunkles Haar war unter einer gepuderten Perücke verborgen, und er trug eine Uniform, die er, mit aller Dreistigkeit als vornehmer Herr und aktiver Offizier auftretend, in einem Pfandhaus gekauft hatte.

Die letzten sechs Monate hatte er auf die Vorbereitung seines neuen Lebens verwandt. Viele Meilen war er gereist, auf der Suche nach dem Besitzer des Hauses, in dem seine Mutter gearbeitet hatte. Von den Bediensteten hatte er erfahren, daß der damalige Hausherr längst tot war und der gegenwärtige meist in London lebte. Er hatte die lange Reise in die Hauptstadt gemacht, nur um dort herauszufinden, daß der Mann in Bath sei. Da war er nun. Er kam geradewegs von der Reisekutsche, und schon befand er sich inmitten der Aristokraten. Er blickte um sich und überlegte, welcher wohl der Gesuchte sei.

Alles zu seiner Zeit, beschloß er. Zuerst einmal wollte er eine Bleibe finden. Da er die Stadt nicht kannte, wandte er sich hilfesuchend an zwei Sänftenträger.

«Wißt ihr, wo ich eine gute Unterkunft finden kann?»

Die Männer betrachteten ihn mit finsteren Blicken. Sein vornehmes Auftreten und seine Uniform schienen sie wenig zu beeindrucken.

«Kommt drauf an, was Ihr unter gut versteht», brummte der eine.

«Ich meine, ein sauberes Quartier.»

«Sauberes Quartier?» wiederholte der andere verächtlich und musterte Cardew von oben bis unten.

«Und ruhig», fügte Cardew hinzu; er ärgerte sich über ihr grobes Benehmen.

«Wo ein Mann ungestört ist, was?»

«Das geht euch nichts an. Könnt ihr mich jetzt zu einer Unterkunft bringen oder nicht?»

Es folgte undeutliches Gemurmel zwischen den beiden, der Name «Mutter Grimes» fiel. Dann nickte der eine: «Wir bringen Euch hin. Steigt ein.»

Cardew kletterte ins beengte Innere, es roch stark nach Feuchtigkeit und fremden Leuten, und schon wurde er schwankend hochgehoben. Krampfhaft hielt er den Reisesack auf den Knien fest. Er wurde von dem Platz in eine schmutzige Straße getragen. Hier wimmelte es von anderen Tragstühlen, Handkarren und Pferdefuhrwerken aller Art. Durch enge Hintergassen und Wege ging es weiter, bis er schließlich in einer düsteren Straße, die von alten Häusern und Werkstätten gesäumt war, abgesetzt wurde. Er zwängte sich heraus und blickte finster auf die bröckelnden Fassaden.

«Ist es hier?»

«'s ist das beste, was es gibt», knurrte der eine Mann und spuckte in die Hände.

«Nr. 23. Fragt nach Mutter Grimes.»

Er bezahlte und ging über das verdreckte Pflaster zur Tür und klopfte. Nach einer Weile öffnete ein kleines, fettes, schlampiges Weib, das eine Morgenhaube auf dem Kopf trug.

«Was gibt's?» fragte sie argwöhnisch.

«Mrs. Grimes?»

«Kann sein.»

«Man sagte mir, Ihr hättet ein Zimmer zu vermieten, ist das richtig?»

«Vielleicht, vielleicht auch nicht. Für wen soll's sein?»

«Für mich natürlich.»

Sie betrachtete seine Uniform und grinste, wobei ein paar Zahnstummel sichtbar wurden. «Kommt rein, Herr.»

Er betrat einen schmalen, düsteren Flur und wartete, bis sie die Tür zugeschoben hatte.

«Hier entlang», sagte sie, streifte ihn im Vorübergehen und stampfte eine morsche Stiege hoch. «Ihr habt Glück, daß ein Zimmer frei ist», setzte sie hinzu, während sie schwer schnaufend vor ihm die Stufen hinaufstieg. «Um diese Zeit im Jahr findet Ihr nicht viele und keins, das so angenehm ist wie meins.»

Er ging ihr nach und verzog sein Gesicht. Er konnte in keines der Zimmer sehen, denn alle Türen waren zu. Aber das zerbrochene Geländer und die schmutzigen, ungestrichenen Wände ließen kaum auf Behaglichkeit schließen.

Am Ende des Ganges im zweiten Stock stieß sie eine grobgezimmerte Tür auf, die lose in den Angeln hing, und erklomm eine schmale Treppe. Auf einem kleinen Flur befanden sich zwei Türen. Von irgendwo beförderte sie einen Schlüssel hervor und sperrte die eine auf.

«Das ist's», keuchte sie. «Hab' ich's nich' gesagt, daß es ein schönes kleines Zimmer ist? Und keiner stört Euch hier, weil nebenan is' nur 'ne Rumpelkammer.»

Cardew schob sich an ihr vorbei in das Dachzimmer, es war voll Staub und Spinnweben. Die Wände waren offensichtlich noch nie gestrichen worden, und an einigen Stellen gähnten Löcher im Gips. Auf dem Boden lag kein Teppich, und vor dem schmierigen Fenster hing nur ein verdrecktes Stück Lumpen. Es gab aber einen kleinen offenen Kamin, in dem noch Asche lag, einen zerbrochenen Stuhl und ein Bett, das in der Mitte durchhing, mit einer zerknitterten Decke darauf. Es war nicht die Art Zimmer, von der er während der Jahre, als er für die Steuerbehörde arbeitete, geträumt hatte, aber es war auch nicht schlechter als einige, in denen er bislang geschlafen hatte. Und womöglich war es eine Unterkunft, wo er seinen Vorhaben ungestört nachgehen konnte. Er beschloß also, es vorläufig zu nehmen, wenn der Preis passabel war.

«Was beträgt die Miete», fragte er.

Sie rang die Hände und seufzte: «Zimmer sind so gesucht, so viele Leute, alle wollen sie Zimmer ...»

«Was kostet es?» fragte er gereizt.

«Also, Herr», sie zuckte die Achseln. «Ich würd' draufzahlen, wenn ich für die Woche weniger als zehn Schilling fordere.»

Er rümpfte die Nase. «Für acht nehm' ich's.»

«Soll die alte Mutter Grimes hungern? Neun ...»

«Einverstanden.»

Sie schenkte ihm ein zahnloses Grinsen und löste zwei Schlüssel von einem großen Ring, der an einer Kette hing: «Der is' für die Haustür, der fürs Zimmer», sagte sie und übergab sie ihm: «Das is' ein ordentliches Haus. Ich sag's allen meinen ledigen Herrn: Ich mag keine Frauenzimmer im Haus.»

«Keine Angst, Mrs. Grimes, von mir werdet Ihr da keinen Ärger bekommen.»

«Und Ihr keinen von mir. Kommt und geht, wie Ihr wollt, und ich stell' keine Fragen.»

«Danke», er schwang seinen Hut mit einer ausladenden Geste vom Kopf und erwies ihr mit einer spöttischen Verneigung die Ehre, da kicherte sie wie ein junges Mädchen, das sich geschmeichelt fühlt.

Sie ließ den Schlüsselbund und die Kette in ihren weiten Ausschnitt gleiten. «Wollt Ihr lange bleiben?»

«Kommt darauf an.»

«Und ich frag' nich', worauf es ankommt», kicherte sie. «Ach, beinah' hätt' ich's vergessen, darf man den Namen vom gnädigen Herrn erfahren?»

«Ryder», erwiderte er förmlich. «Captain James Ryder.»

IV

«Hier entlang», flüsterte Ossie. Er klopfte mit seinem Stock gegen eine Hauswand und bog in ein dunkles Gäßchen ein, das von hohen Mauern umgeben war.

«Bist du sicher?» fragte Hester besorgt.

«Hab's letzte Woche gefunden. Is' 'ne Abkürzung zur Bourough Wall.»

Als sie zum ersten Mal in der Stadt waren, nachdem man sie wegen Hesters Husten aus dem Waisenhaus verjagt hatte, war Ossie ganz durcheinander von dem Lärm und dem Gewirr vieler Straßen, in denen er sich nicht auskannte. Dauernd stieß er gegen etwas, oder man rempelte ihn an. Sie versuchten, Arbeit zu finden, aber keiner wollte sie einstellen, wegen seiner Blindheit und Hesters Krankheit. So mußten sie um Nahrung betteln und auf der Straße schlafen, bis sie durch einen glücklichen Zufall Josh und Aggie begegneten, die wiederum Fletch überredeten, sie in seine Bande aufzunehmen.

Das waren damals die schlimmsten Tage ihres Lebens gewesen. Aber im Lauf der Zeit fand Ossie sich in der Stadt immer besser zurecht. Hester beschrieb ihm, überall wo sie hinkamen, die Umgebung und alles, was vor sich ging. Und jetzt, nach einem Jahr, konnte er sich die engen Straßen mit ihren alten Gebäuden, die Terrassen der eleganten, neuen Häuser, die weiten Plätze, die Brücke über den Fluß, die Kaianlagen und Lagerhallen genau vorstellen. Er konnte den Leuten und dem Verkehr ausweichen, und er fand sich in den engen Straßen und Gassen zurecht, ja, er entdeckte sogar neue Wege.

Ein Handkarren polterte vorüber, sie mußten sich an eine Wand drücken, um ihn vorbeizulassen, und als er sich entfernte, näherten sich von der nächsten Ecke schwere Schritte.

Ihr Klang hatte etwas Bedrohliches an sich. Ossie war gleich auf der Hut. Er griff mit einer Hand nach dem Sack, damit das Diebesgut darin nicht klapperte. Er lauschte angestrengt, um auch nur die kleinste Veränderung im Rhythmus der immer lauter werdenden Schritte herauszuhören. Fast hätte er die Anspannung nicht mehr ertragen, als eine tiefe Stimme «Grüß dich, Fräulein» sagte und er Hesters Antwort vernahm: «Seid gegrüßt, Herr.» Seine Knie waren ganz weich, und er war erleichtert, als die Tritte sich die Gasse hinunter entfernten.

Ossie machte diese Tour jeden Tag, manchmal mit Hester, oft aber allein, und immer mußte er die Route ändern, Fletch bestand darauf. Und jedesmal war es geradezu ein Alptraum für ihn. Er hatte furchtbare Angst, von den Gendarmen auf frischer Tat ertappt oder von einer anderen Bande belästigt zu werden. Fletch rechnete darauf, daß man bei einem blinden Jungen nicht nach Diebesgut suchen würde, deshalb mußte Ossie die Ware entgegennehmen und transportieren. Aber das änderte nichts an seiner Furcht.

«Du hast recht, es is' 'ne Abkürzung, du hast dich nich' geirrt», sagte Hester, als sie aus der Gasse ins Sonnenlicht traten und sich inmitten des flutenden Verkehrs und Betriebs am Bourough Wall wiederfanden. «Geht's gut?»

«Ja», antwortete Ossie rasch.

Sie überquerten die Straße, liefen ein Stück und bogen in eine Gasse ein. Am Ende befand sich ein rostiges Tor, das zu einem stillgelegten Friedhof führte, er war von einem Zaun und Kastanienbäumen eingesäumt. Die alten Grabsteine waren von Moos und Efeu überwachsen und lehnten kreuz und quer zwischen hohem Gras und Brennesseln. Hierher kam niemand, außer der Bande. Sie benutzten den Ort als Treffpunkt nach ihren Raubzügen.

Ossie stieß einen Torflügel auf, der wie immer quietschte. Auch als er ihn zumachte, kreischte er in den Angeln. Anfangs hatte er versucht, jedes Geräusch zu vermeiden, aber das gab er bald auf. Außerdem war es ein Zeichen für Fletch zu kommen, und wirklich leitete sie auch diesmal bald ein Pfiff über das Gras zu einem großen Grabstein, wo die anderen warteten.

«Hat euch einer gesehen?» fragte Fletch; das tat er jedesmal, und wie immer schüttelte Ossie den Kopf.

«Dumme Frage, wenn er doch nicht sehen kann», knurrte

Beth und spuckte auf ein paar welke Blätter. Sie sah wie ein zehnjähriger Junge aus mit dem kurzgeschnittenen Haar und ihrem abgemagerten Körper, der in ein schmutziges Hemd und Kniehosen gehüllt war.

«Der weiß schon, was ich mein'», gab Fletch mürrisch zurück.

«Uns hat keiner gesehn», sagte Hester.

«Und wo is' das Schild?»

«Ich hab's», sie zog es unter ihrem Schal hervor.

«Er soll's immer umhängen.»

«Laß ihn in Ruhe», schimpfte Jigger, der sich gern als zweiten Anführer sah. Er war ein großer Junge mit einem Vollmondgesicht, seine Haare waren verfilzt, und die Hosen platzten aus allen Nähten.

«Haltet endlich alle das Maul!» befahl Fletch.

«Sie hat's immer auf ihn abgesehen!»

«Ich hab' gesagt, du sollst das Maul halten.»

«Beachte sie einfach nicht, Ossie», flüsterte Josh, er war entsetzlich schmutzig, aber lebhaft; und er meinte es gut. Immer beschützte er seine Schwester, obwohl sie eigentlich ein tapferes kleines Mädchen war, das gut auf sich selbst aufpassen konnte. Mit ihrem braunen Haar, das in Stufen um ihr herzförmiges Gesicht herunterfiel, glich sie einer Stoffpuppe.

«Halt's Maul!» zischte Fletch und ballte seine Fäuste und drohte jedem, der noch ein einziges Wort sagen würde.

Er war nicht so groß wie Jigger, aber keiner bezweifelte, daß er der beste Kämpfer war. Auf seinem Kinn zeigten sich schon Stoppeln. Er war barfuß und dreckig wie die anderen. Wenn er nicht gerade beim Stehlen war, wo es darauf ankam, daß man nicht auffiel, legte er ziemlich viel Wert auf sein Äußeres. Er band sein Haar mit einer Schleife zusammen und protzte mit seinen gestreiften Kniehosen, dem verschlissenen, roten Samtmantel, der ihm viel zu groß war, und band sich einen fleckigen, weißen Vatermörder um den Hals, wie die Männer, die auf die Kampfhähne wetten. Dann stolzierte er durch die Hintergassen, schwatzte mit den Straßenmädchen und fühlte sich selbst wie ein Kampfhahn.

Immer hatte er sich allein durchs Leben geschlagen; er traute keinem, nicht einmal den Mitgliedern seiner Bande, obwohl sie ihm absolute Treue geschworen hatten. Aber er war verletzlich, weitaus verletzlicher, als er wußte, und er schlug sofort zu, wenn einer seine Autorität in Frage stellte.

«Häng ihm das Schild um!» befahl er, und Hester gehorchte. «Laß mal sehen, ob wir Geld erwischt haben.» Er langte in Ossies Sack und brachte ein paar Beutel zum Vorschein. Er drehte sie um und grapschte nach einer Goldguinee, die zwischen anderen Münzen lag. «Schaut das an!» Er grinste und küßte das Geldstück. Dann stopfte er es in seine Tasche und steckte die Beutel wieder in den Sack. «Los jetzt. Wir bringen das Zeug zu Pikey. Josh und Aggie, ihr nehmt Hester mit. Ossie, du bleibst hier, bis ich pfeife. Die anderen begleiten mich.»

Sie sprangen davon und ließen Ossie zurück, der sich an den Grabstein kauerte. Es war nicht weit zu Pikey, aber man konnte ja trotzdem erwischt werden. Um sich Mut zu machen, summte er eines der Kirchenlieder, das er am Morgen gehört hatte. Dann verkündete ihm ein Pfiff aus der Ferne, daß er gefahrlos weitergehen konnte. Er klopfte mit seinem Stock gegen die Grabsteine und fand den Weg zu einem Loch im Zaun, er quetschte sich durch den engen Spalt und lief zu der Gasse am anderen Ende.

Er ging schnell, ohne auf Geräusche zu achten, und als er um eine Ecke bog, stieß er mit jemandem zusammen, der die Gasse heraufkam. Mit einem Schreckensschrei stolperte er und fiel hin, und in seinem Sack klapperte und klirrte es. Voll Panik rappelte er sich hoch und wollte wegrennen, aber eine Hand hielt ihn am Arm fest.

«Laß mich los!» schrie er.

«Ich bin's nur», sagte jemand keuchend.

«Mr. Crabb! Was macht Ihr hier?»

«Ich will den Hund verkaufen. Wegen dir wär' er beinah aus dem Sack gefallen.»

«Den Hund verkaufen? Aber Ihr habt gesagt, er is' tot.»

«Is' er auch. Aber ich denk', ich kann Geld machen aus seinem Fell. Und aus 'm Fleisch auch, wenn ich mich nich' täusch'.»

«Das könnt Ihr nich' tun!» Ossie schrie vor Abscheu.

«Warum nich'? Von etwas muß ich leben. Kann nich' stehlen gehn wie ihr Jungen.»

«Ich stehl' nich'!»

«Was hast du dann im Sack?» kicherte der alte Mann. Als er mit seiner Krücke dagegen klopfte, klapperte es wieder darin. «Meinst wohl, ich weiß das nich'? Hab' euch alle dabei gesehn.»

«Bitte, Mr. Crabb, verratet's niemand», flehte Ossie.

«Verraten? Wieso soll ich das tun?» Der alte Mann klang ganz verärgert. «Ich bin vielleicht ein Bettler, aber ein Verräter bin ich nich'. Außerdem hass' ich die Polente. Wegen denen hab' ich mal 'ne Schicht eingelegt.»

«Im Kittchen?»

«Wo sonst?»

Ossie hätte ihn gern gefragt, weshalb er ins Gefängnis mußte, aber er hatte Angst, daß dann mehr Fragen über das Zeug in seinem Sack gestellt würden, so bat er statt dessen: «Kann ich Euern Hund anfassen?»

«Wenn du magst.» Mr. Crabb nahm Ossies Hand und schob sie in den Sack.

«Is' schad, daß Ihr ihn nich' begraben könnt», seufzte er und streichelte das rauhe, leblose Fell.

«Dann tät' ich ja kein Geld kriegen für ihn. Haste genug gefühlt?»

Ossie nickte traurig und zog seine Hand zurück.

«Laß dich nich' von der Polente erwischen», warnte der alte Mann und hinkte davon.

Ängstlich verzog Ossie sein Gesicht und machte sich in die entgegengesetzte Richtung davon.

Am Ende der Gasse bog er ab in die Wet Street – es war eine schmutzige Straße mit heruntergekommenen Häusern und Ginkneipen; Kinder spielten dort, und Leute lungerten in den Türen. Er überhörte ihre Rufe und eilte zu einem baufälligen Gebäude, an dessen Wand über einem mit Brettern vernagelten Fenster ein hölzernes Schild hing. Die Buchstaben waren so verblaßt und dreckig, daß man kaum entziffern konnte, was darauf stand: «Nathaniel Pike, Händler für erstklassige Waren.»

Ossie überquerte einen Hof voll vermoderndem Abfall und Gerümpel und betrat das Haus durch eine Seitentür. Der Raum roch nach Staub, Feuchtigkeit und Mäusen, und muffiger Gestank kam von ganzen Reihen von Zeug, das von den Balken herunterhing, Berge alter Kleider, zerbrochene Möbel, Töpfe, Pfannen und Haushaltswaren aller Art.

Fletch schoß hinter einem Vorhang heraus. «Wo warst du so lange?» Er packte ihn bei den Schultern und schob ihn durch eine Öffnung in ein kleines Hinterzimmer, wo die anderen warteten.

«Mr. Crabb hat mich aufgehalten.»

«Was hat er gewollt?»

«Nix. Er hat sein' Hund zum Verkaufen gebracht.»

«Der Bub is' bloß 'ne Last», murmelte der Alte, der in einem schäbigen Ohrensessel neben dem erkalteten Kamin voller Asche zusammengesunken saß.

Das war Nathaniel Pike, ein knochendürrer Mann mit einem säuerlichen Gesichtsausdruck. Er war genauso dreckig und stinkig wie sein Laden. Unter einer unförmigen Wollmütze hervor hingen zerzauste Haarbüschel bis auf den durchgescheuerten Kragen seines zerlumpten Mantels, der von Schmutz starrte. An seiner Weste fehlten die meisten Knöpfe, und seine Kniehosen und Strümpfe hatten lauter Löcher. Seine Hände steckten in den Überresten von Wollhandschuhen.

«Zeig ihm, was wir haben», forderte Beth ungeduldig und spuckte auf den abgenutzten Fußboden.

Fletch zog den Sack von Ossies Schultern und kippte den Inhalt auf den Tisch: «Schau her, Nat. Is' alles gutes Zeug.»

Mühsam zog sich Nat Pike aus dem Sessel hoch. Die anderen beobachteten ihn erwartungsvoll, als er die Spitzentaschentücher, Knöpfe, Ohrringe, Geldbeutel und Ketten, die sie heute gestohlen hatten, befingerte. Schließlich rümpfte er verächtlich die Nase und brummte: «Das is' nich' viel, was?»

«Nich' viel?» protestierte Jigger und hüpfte von einem Fuß auf den anderen. «Wir haben eine Menge gekriegt!»

«Das is' aber nur billiger Kram.»

«Stimmt nich'», erregte sich Fletch. «Schau den Geldbeutel an. Hab' ihn aus der Tasche von 'nem reichen Stutzer.»

«Aber da sind die Buchstaben von deinem reichen Stutzer drauf. Kann ich nich' verkaufen. Und es is' nix drin.»

«Das is' halt Berufsrisiko». Fletch zuckte die Achseln.

«Was is' mit der Gürtelschnalle? Is' echtes Silber», fragte Beth.

«Eher bloß versilbert», sagte der alte Hehler ärgerlich.

Sie spuckte verächtlich auf den Boden.

Es entstand wieder eine Pause, während Nat die Gegenstände auf dem Tisch weiter untersuchte.

«Also?» fragte Fletch.

«Vier Pence für alles zusammen.»

«Vier Pence!» schrie Beth empört und spuckte wütend.

«Is' keinen Pence mehr wert.»

«Das is' nich' gerecht», beklagte sich Jigger bitter. «Wir nehmen die Gefahr auf uns, und du gibst uns nichts dafür.»

Fletch boxte ihn in die Rippen, er solle schweigen. «Komm, Nat», sagte er mit schlauem Grinsen, «du kannst schon mehr ausspucken. Willst doch nich', daß ich das Zeug zu 'nem andern Hehler bringe, oder?»

«Also Fletch», protestierte Nat, es klang ganz verletzt und enttäuscht, «hab' ich dich schon mal übers Ohr gehauen?»

«Wenn du's nich' getan hast, haben wir es bestimmt nich' dir zu verdanken.»

Nat grunzte: «Bist ein harter Mann, Fletch.»

«Also?»

Der alte Mann rieb sich die Nase und schniefte. «Also geb' ich noch 'nen viertel Penny dazu, aber nur diesmal. Mehr geht nich'.»

Fletch spuckte auf seine Handfläche. «Einverstanden!»

Alle atmeten erleichtert auf, als er dem Hehler die Hand schüttelte.

Niemand wußte, wie oder wo Nathaniel Pike die gestohlene Ware loswurde und was er mit dem Erlös machte. Er gab bestimmt nichts für sich oder sein Geschäft aus. Aber es wurde gemunkelt, er habe eine Kiste voll Gold unter seinem Bett.

V

«Eustace hat gestern abend zweihundert Guineen gewonnen.»

«Unsinn, höchstens die Hälfte.»

«Ich schwör's, es waren zweihundert. Ich war am selben Tisch.»

«Was machst du damit, Eustace? Kaufst einen kleinen Wallach?»

«Oder ein nettes kleines Weib?»

Für jemanden, der zweihundert Guineen oder so etwa gewonnen hatte, blickte der Mann mit dem Namen Eustace recht verdrießlich drein, als seine drei Begleiter in brüllendes Gelächter ausbrachen.

Am Nebentisch in der überfüllten Taverne an der Stall Street saß Mrs. Grimes' neuer Mieter und lächelte gedankenverloren, während er seine Lammpastete verzehrte. Er schätzte, daß die vier jungen Männer, die Wollanzüge trugen und eine ländliche Aussprache hatten, die Söhne irgendwelcher Gutsbesitzer oder Bauern waren. Linkische und leicht beeinflußbare junge Leute, die versuchten, ganz welterfahren zu wirken, was sie durchaus nicht waren. Sie schienen ihm genau die Richtigen, um ihn in die Welt der Glücksspieler in der Stadt einzuführen.

«Verrate uns, wie du's gemacht hast, Eustace. Soll's der Teufel holen, wenn ich einmal gewinn'. Ich bin pleite und habe obendrein Schulden.»

«Das wird dein alter Herr gar nicht mögen, Ambrose.»

«Mit ein bißchen Glück wird er's nicht erfahren. Und überhaupt, ich bin sicher, daß sich das Blatt heute abend wendet.»

«Gut gesprochen, Ambrose. Zum Wohl, meine Herren, auf das Glück!»

«Auf das Glück!» mischte ihr Nachbar sich ein und hielt ihnen seinen Trinkkrug entgegen. Als sie sich überrascht nach ihm umwandten, hob er ihn nochmals. «Auf das launische Wesen, die Glücksfee!»

Die vier Landjunker schauten ihn unsicher an, sein plötzliches Dreinreden und seine Uniform beunruhigten sie etwas.

«Seid Ihr neu in Bath?» fragte der Mann, der behauptet hatte, daß sein Freund zweihundert Guineen gewonnen habe.

«In der Tat, mein Herr, seit heute mittag. Ich bin gerade aus Westindien zurückgekehrt. Captain James Ryder, zu Euren Diensten.»

«Dann gestattet mir zu sagen, daß es in Bath verboten ist, einen Säbel zu tragen.»

Ryder wurde rot vor Ärger, daß er das nicht gewußt hatte.

«Macht den Damen angst», lachte der, den sie Ambrose nannten.

«Das kommt nur von Nash», fügte der beleibte Mann hinzu, welcher ihm am nächsten saß. «Ich habe gehört, daß er Duelle nicht leiden kann.»

«Ich bitte um Verzeihung, meine Herren», sagte Ryder. «Es lag mir fern, Anstoß zu erregen. Jeder Mann, der mit Eingeborenen zu tun hat, trägt eine Waffe bei sich. Man vergißt nur allzu leicht die Gepflogenheiten der zivilisierten Gesellschaft.»

«Gut gesprochen, mein Herr», meinte der erste wiederum, und die anderen klopften zustimmend mit ihren Krügen auf den Tisch. «Gestatten, George Trotter aus der Grafschaft Warwickshire. Dies sind meine Freunde, Eustace Honeycombe, William Bushell und Ambrose Norton, alle aus derselben Gegend.»

Ryder schüttelte allen nacheinander die Hand. «Es ist mir eine Ehre, Eure Bekanntschaft zu machen.»

«Darf man erfahren, woher Ihr kommt?» fragte Trotter – er schien der Sprecher der Gruppe zu sein.

«Wexford.»

«Ist das im Norden, an der Grenze nach Schottland?» fragte Bushell, er blickte nachdenklich drein.

«Nein, mein Herr, auf der anderen Seite der Irischen See.» Ryder war noch nie in Irland gewesen, aber er hatte einmal einen Mann von dort getroffen und beschlossen, im Rahmen seiner neuen Identität dies als sein Herkunftsland zu wählen.

«Ein Ire also? Kommt und leistet uns Gesellschaft», forderte Trotter ihn auf.

«Mit Vergnügen.»

Ryder erhob sich, sie machten ihm Platz, und er schob einen Stuhl in die Lücke.

«Wirt!» rief Bushell. «Fünf Pint Ale hierher, bitte.»

«Gestattet mir, Euch einzuladen», verlangte Ryder. Er dachte bei sich, es sei dies eine Mal sicher günstig, den Großzügigen zu spielen.

«Wir bezahlen nie», lachte Norton. «Hier läßt man alles anschreiben. Ihr braucht nur zu sagen, daß man's auf der Tafel notiert. Auf die Weise habe ich drei Anzüge bestellt. Ein wunderbares System ist das.»

«Paß nur auf, Ambrose», warnte Trotter. «Nächstens hast du deinen ganzen Besitz verspielt.»

«Unsinn. Heute abend gewinne ich ein Vermögen.»

«Seid Ihr Spieler?» fragte Honeycombe lauernd.

«Ich habe sehr wenig Erfahrung darin», log Ryder; wie viele Nächte hatte er mit den Schmugglern beim Spiel gesessen.

«Dann führen wir Euch heute Abend ins P-I ein.»

«P-I?»

«Pair und Impair», erklärte Trotter. «Man spielt es mit einem Rad und Spielmarken.»

«Nicht mit Karten?»

«Das ist gegen das Gesetz, aber das wißt Ihr sicherlich.»

«Ich bin in diesen Dingen sehr unbedarft. Wo findet das P-I statt?»

«Im ‹Wiltshire›, natürlich», brummte Honeycombe.

«Nein, Eustace. Das war doch gestern abend», wurde er von Trotter verbessert. «Er kann sich's nie merken, obwohl wir es ihm oft genug sagen. Dabei gewinnt er mehr als wir alle zusammen. Im ‹Wiltshire› ist es montags, mittwochs und freitags. Und im ‹Simpson› an allen übrigen Tagen.»

«Wiltshire? Simpson?»

«Das sind die Gesellschaftsräume. Dort trifft sich ganz Bath.»

«Die Damen inbegriffen», kicherte Norton. Er sah sich gern als Frauenheld, dabei hatte er eine Statur wie ein Ochse. «Ich habe mit recht lustigen Weibern im ‹Simpson› getanzt. Kann's kaum bis zum nächsten Mal erwarten.»

«Es ist fürchterlich laut, wenn getanzt wird», murmelte der hochgewachsene, dürre Honeycombe, der offensichtlich an allem etwas auszusetzen hatte. «Hindert einen nur, sich aufs Spiel zu konzentrieren. Aber heut abend gibt's ja Gott sei Dank keinen Tanz.»

«Aber ein Konzert.» Bushell grinste.

Honeycombe stöhnte: «Nicht schon wieder das verdammte Gesinge. Ich hoffe, Ihr singt nicht gern?»

Ryder schüttelte den Kopf. «Ich hab' kein Ohr für Musik.»

Es regnete heftig, als er Simpsons Gesellschaftsräume erreichte. Seine Uniform war sorgfältig gebürstet, und seine Stiefel waren auf Hochglanz poliert. Den Säbel hatte er in seinem Zimmer unter der Matratze versteckt.

Er reichte seinen tropfnassen Mantel und Hut einem Dienstmann. Dann wurde er in einen großen Saal geleitet, der vom flackernden Licht vieler Kerzen erhellt war und in dem dichtes Gedränge herrschte; ständig liefen Leute umher und unterhielten sich lautstark; viele saßen an Tischen und tranken Tee.

Ryder streifte an den Sitzenden vorbei und suchte nach den Bauerntölpeln. Einige Leute betrachteten ihn neugierig und nickten ihm kurz zu. Eines Tages, schwor er sich, würden sie bei seinem Eintreten alle aufstehen und applaudieren.

Einen Augenblick verweilte er an einer Tür, deren Flügel weit geöffnet waren; offensichtlich befand sich drinnen der Ballsaal. Livrierte Lakaien rückten Stühle zurecht, und Musikanten stimmten ihre Instrumente. Er wandte sich um und ging auf eine andere offene Tür zu und entdeckte, daß sie in den Spielsaal führte. Er war voller Leute, die verschiedene Tische umstanden und gespannt kleine Elfenbeinkugeln beobachteten, die um speziell konstruierte Räder schwirrten, auf die «P» und «I» gedruckt war. Als eines zum Halt kam, gab es Jubel von seiten der Gewinner und Aufstöhnen unter den Verlierern.

Ryder stand im Eingang, da entdeckte er Bushell, der ihm zuwinkte. Er hob die Hand zum Zeichen, daß er ihn gesehen hatte, und wollte gerade hineingehen, als hinter ihm eine Stimme ertönte: «Wo ist Euer Pferd?»

Er wirbelte herum und sah sich einem älteren, korpulenten Mann gegenüber, der ein schwammiges, rotes Gesicht und Hängebacken hatte. Er trug einen weißen Hut mit einer Diamantspange, eine dunkle Perücke und altmodische, geschmacklose Kleidung.

«Meint Ihr mich, Sir?» fragte Ryder.

«Ich sagte, wo ist Euer Pferd!» belferte der Mann. Er reichte Ryder gerade bis an die Schulter.

«Wovon sprecht Ihr, zum Teufel?»

«Eure Stiefel, Sir. Ein Gentleman trägt in diesem Hause keine Stiefel, es sei denn, er bringt sein Pferd mit.»

Die Umstehenden kicherten.

Ryders Miene erstarrte. «Wer sagt das?»

«Ich.»

«Und wer, Sir, seid Ihr?»

Schallendes Gelächter und laute Zurufe kamen aus der Menge; das machte Ryder noch wütender.

«Mein Name, Sir, ist Nash.»

Einen Augenblick war Ryder sprachlos. Sogar er hatte von dem Beau Nash gehört. Er war der berühmteste Mann von Bath. Er hatte aus dem kleinen Landstädtchen und seinen heißen Quellen einen eleganten Badeort gemacht, der Besucher aus dem ganzen Land, ja sogar vom Kontinent anzog.

«Ihr werdet meine Stiefel nicht noch einmal sehen», sagte Ryder heiser. «Es sei denn, ich bin zu Pferde», fügte er mit leichtem Grinsen hinzu.

Nash lächelte flüchtig. «Ich kenne Euch nicht.»

«Captain James Ryder, zu Euren Diensten.»

«Vielleicht begegnen wir uns einmal wieder, Captain Ryder», antwortete der Mann kühl und ließ ihn stehen.

Ryder ignorierte die glotzenden Neugierigen und begab sich in den Spielsaal.

«Sah ich Euch nicht eben mit Nash reden?» fragte Bushell ganz aufgeregt.

«Kleiner Wichtigtuer.»

In diesem Augenblick kam ein Schrei von Norton: «Ich hab' gewonnen! Gewonnen!» Und er umarmte Bushell. Dann erblickte er Ryder und fiel auch ihm um den Hals. «Ihr habt mir Glück gebracht! Bewegt Euch ja nicht auch nur einen Zentimeter von hier weg, dann gewinne ich ein Vermögen!» rief er und wandte sich wieder dem Tisch zu.

Aber Ryder hörte gar nicht hin. Seine Aufmerksamkeit war durch das schrille Gelächter eines jungen, reich herausgeputzten Mannes geweckt, der mit ein paar anderen Aristokraten beim Glücksspiel saß. Offensichtlich ging es um einen hohen Einsatz, denn auf dem Tisch lag ein Haufen Geld. Das gepuderte Gesicht des Mannes war von Schweißbahnen durchzogen, in seinen Augen blitzte Wahnsinn auf, als er sein Weinglas herumschwenkte und dabei etwas auf dem Tisch verschüttete.

«Wer ist das?» fragte Ryder seinen stattlich aussehenden Nachbarn.

Der blickte ihn überrascht an. «Meine Güte, ich dachte, alle Welt kennt Lord Molyneaux. Er ist einer der bekanntesten Lebemänner von London. Allerdings sagt man, er sei völlig verändert, seit er mit der jüngeren Tochter von Lord Peacock verheiratet ist. Die Hochzeit war in diesem Sommer das Tagesgespräch. Wo seid Ihr denn gewesen, Sir?»

Ryder murmelte etwas von Westindien, er war zu erregt, um klar denken zu können. «Molyneaux» war der Name des Mannes gewesen, in dessen Haus seine Mutter gearbeitet hatte. Und jetzt sah er den derzeitigen Eigentümer vor sich. Wie oft hatte er sich diesen Mann vorzustellen versucht. Aber nie hätte er gedacht, daß er so ein Geck und leidenschaftlicher Spieler sei. Ein solcher Mensch war angreifbar, und das würde sein Vorhaben erleichtern.

Ryders Gesicht wurde hart vor Verachtung und Neid, als der junge Lord über den Verlust eines kleinen Vermögens so albern kicherte. Er fühlte in sich das überwältigende Verlangen, auf der Stelle etwas von dem Geld zu nehmen, aber dann ermahnte er sich zur Geduld. Wenn er jetzt schon versuchte, sich einzumischen, würde man ihm sicher eine schwere Abfuhr erteilen. Ganz abgesehen davon konnte er bei diesem Glücksspiel wohl kaum mithalten.

Er hatte so lange auf Rache gewartet, da konnte er sich wohl auch jetzt noch ein wenig gedulden. Der Genuß würde um so größer sein, wenn es soweit war. Zu einem späteren Zeitpunkt würde es sich schon einrichten lassen, daß man ihn dem Lord vorstellte. Einstweilen wollte er sich damit begnügen, das Geld von kleineren Leuten wie Bushell und Norton zu ergattern.

VI

Ossie bewegte sich im Schlaf; ihm war unbehaglich, Regentropfen, die auf sein Gesicht fielen, störten ihn. Er zog sich das Sackleinen, das ihm als Decke diente, über den Kopf, rückte ein wenig zur Seite und versuchte, wieder einzuschlafen. Aber die Bodenbretter waren naß und kalt, und nach einem Weilchen gab er auf. Er war jetzt hellwach und lauschte auf den Regen, der auf das Dach trommelte und auf den Boden plätscherte. Mäuse flitzten umher, und unten suchten die Ratten zwischen zerbrochenen Fässern und rostigen Tonnen nach Nahrung. Fletch und Beth waren noch aus. Aber Jigger hörte er schnarchen, und Josh und Aggie atmeten regelmäßig.

Der Unterschlupf der Bande befand sich in einer ehemaligen Brauerei, die Gegend dort war als Dolemeads bekannt. Es war flaches, sumpfiges Land, das sich auf der anderen Seite des Flusses gegenüber der Stadt befand. Hier lebten einige der ärmsten Leute in Viehschuppen und Elendshütten. Die Brauerei war vor vielen Jahren aufgegeben worden und war nur noch ein verlassenes Gerippe aus vermoderndem Holz. Sie lebten im ersten Stock der ehemaligen Lagerhalle, dorthin gelangten sie über eine wacklige Leiter.

Möbel gab es keine, von ein paar Holzkisten abgesehen. Aggie übernahm immer das Kochen, wenn es etwas zum Kochen gab. Dann machte sie in einem Eisenbottich Feuer, und im Nu war der Raum voller Rauch, aber wenigstens wurde es auch ein bißchen warm. Sie machte immer wieder tapfer den Versuch, alles sauber zu halten. Sie kehrte den Boden mit einem zerbrochenen Besen, und manchmal zauberte sie mit einem Krug voll wilder Blumen eine heimelige Atmosphäre herbei.

Obwohl es zog und das Dach undicht war, bot die alte Brauerei doch ein gutes Versteck. Manchmal mußten sie Landstreicher oder bedürftige Familien vertreiben, die versuchten, sich dort niederzulassen. Aber mit den Gendarmen hatte es bis jetzt keine Probleme gegeben.

Als Ossie Hester husten hörte, machte er ein kummervolles Gesicht. Es war ihr gar nicht gutgegangen, als sie von Pikey zurückkamen. Den Rest des Tages hatte sie in eine Decke gewickelt verbracht, ständig hatte sie gehustet und immer wieder Blut gespuckt. Sie hatte nur ein wenig Gemüsewasser genippt, das noch im Topf war und von einem Kohlkopf stammte, den Aggie bei einem Gemüsehändler gestohlen und dann gekocht hatte.

Ossie träumte davon, mit ihr wegzugehen. Wohin, wußte er allerdings nicht. Doch wünschte er sich einen Ort, an dem die Sonne immer schien, wo die Felder von Vogelgezwitscher und Blumenduft erfüllt waren. Dieser Gedanke kam ihm oft, wie eine süße Melodie. Manchmal dachte er, er könne sie in seinem Kopf hören. Aber immer, wenn er ihr eine Stimme verleihen wollte, verschwand sie.

Er fühlte mit Hester, als sie vor Schmerz wimmerte und sich die Decke in den Mund stopfte, damit es niemand hörte. Ossie warf das Sackleinen beiseite, kroch zu ihr hinüber und kuschelte sich an sie.

«Du sollst schlafen», flüsterte sie.

«Der Regen hat mich geweckt.»

«Er ist ziemlich laut auf dem Dach.»

«Bist du in Easton auch mal vom Regen wach geworden?»

«Vielleicht. Aber ich kann mich nicht erinnern, weißt du, die Hütte hatte ein Strohdach.»

«Ich würd' gern in so einer Hütte leben.»

«Vielleicht tust du's ja auch mal.»

Ein Krampf schüttelte ihren Körper, und sie hustete wieder.

«Gehn wir weg von hier», flüsterte er eindringlich.

«Irgendwann mal.»

«Ich mein' aber jetzt.»

«Jetzt? Bei dem Regen? Wohin sollen wir denn gehen?»

«Egal wohin.»

«Auf der Straße leben?»

«Ich mein', richtig weg. Ganz woanders hin. Wo du gesund wirst.»

Sie schwieg einen Augenblick. Sie keuchte mit raschen, flachen Atemzügen, die dann wieder in einen halberstickten Husten ausbrachen. «Mir geht's bald sicher besser», sagte sie nach Luft ringend. Sie berührte sein Gesicht und merkte, daß es naß von Tränen war. «Ach Ossie, du mußt dir nich' so viele Sorgen machen. 's ist doch nicht schlecht hier. Wir haben ein Dach, unter dem wir schlafen können. Und ...» sie hielt inne, als sich wütende Stimmen dem Haus näherten. Es waren Fletch und Beth, die von einer abendlichen Tour durch die Stadt zurückkehrten.

Fletch hatte sich mit seinem Samtmantel herausgeputzt und war von der Ginkneipe, wo sie jeden Abend verbrachten, weitergezogen, um den Hahnenkämpfen zuzuschauen. Keiner aber wußte, wo Beth eigentlich immer hinging und was sie machte.

«Du blöder, verfluchter Kerl!» keifte sie. «Eine ganze verdammte Guinee hast du bei den verflixten Hühnern verloren!»

«Das sin' keine Hühner», schimpfte er zurück, «es sind Kampfhähne! Und ich kann, verdammt noch mal, mit meinem Geld machen, was ich will!»

«Das is' nich' deins, es gehört allen.»

«Halt's Maul. Außerdem haste selber was verdient heute abend, oder?»

«Wovon redest du?»

«Ich weiß, was du immer machst. Schmierst den Damen Honig ums Maul, was?»

Ein Schrei von Beth, und dann folgten Hiebe.

«Geh lieber wieder an deinen Platz», wisperte Hester. «Ich möcht' nich', daß er meint, wir hätten zugehört. Er is' ganz besoffen. Schnell jetzt.» Sie schob Ossie weg, und er flitzte über den Fußboden davon. Er deckte sich mit dem Sackleinen zu, lag ganz still und lauschte den Kampfgeräuschen unten.

VII

Es schlug sieben von der Kirchturmuhr, als Ryder den Kirchhof betrat und durch die Reihen wartender Kutschen und Sänften zur Trinkhalle hinüberging. Es war ein kühler Morgen, der Himmel war bewölkt. Über seinen Zivilkleidern trug Ryder einen Mantel.

Die Trinkhalle war ein einstöckiges Gebäude im neuitalienischen Stil mit großen Wintergartenfenstern, die zum Hof hin lagen. Sie war schon voller Leute. Man atmete Feuchtigkeit, in die sich der Geruch nach Eisen und kranken Menschen mischte. Hinter einer Theke bediente ein älteres Paar eine Pumpe mit zwei Griffen und verkaufte Gläser voll Mineralwasser. Auf einem Balkon spielte eine kleine Musikgruppe beliebte Melodien unter der Leitung eines Trompeters.

Finster blickte Ryder auf eine Statue von Nash, die aus einer Nische in der Wand herabsah. Sie erinnerte ihn an seine peinliche Begegnung mit dem Mann am Vorabend. Ryder war an den Spieltischen einigermaßen erfolgreich gewesen, längst reichte es für eine neue Ausstattung, die er sich im Lauf des Tages auch besorgen wollte. Norton hatte den Abend, wie immer, abgebrannt beendet; bei Ryder hatte er es als Anfängerglück bezeichnet, und vielleicht war ihm das Schicksal auch wirklich gewogen gewesen. Allerdings ließ sich der Captain auch nie von der Leidenschaft mitreißen. Er war ein Berufsspieler, der sorgfältig seine Gewinnchancen abwog, bevor er auf eine Wette setzte.

Vom anderen Ende der Halle hörte er Rufe und Gelächter. Gleich begab er sich dorthin und mischte sich unter die Zuschauer, die von einem Balkon aus die grotesken Bewegungen der Badenden unten im Becken beobachteten.

Es war das Kings Bath. Man hatte es im Mittelalter gebaut, nach oben hin war es offen. Entlang den Wänden befanden sich Nischen mit Steinbänken unter Wasser. In der Mitte ragte der etwas seltsam anmutende Überbau eines Brunnenhäuschens empor, der einer riesigen Krone glich. Es befand sich genau über der Hauptader der Quelle, aus der seit unvordenklichen Zeiten tausende Gallonen heißen Wassers täglich hervorsprudelten.

Ryder lehnte sich über die Balustrade und starrte durch die Dampfwolken, die über dem Becken hingen. Er versuchte Lord Molyneaux unter den Badenden auszumachen. Die Leute waren alle in Leinengewänder gehüllt, die vom Wasser gelbe Flecken hatten. Sie saßen rings um den Rand oder hüpften hin und her, schwatzten mit Freunden und hießen lauthals Neuankömmlinge willkommen. Einige schienen rein aus gesellschaftlichen Gründen da zu sein; andere aber waren zu Heilzwecken dort, wie das über und über mit Schorf bedeckte kleine Mädchen, das ins Wasser getragen werden mußte.

Er kam zu dem Ergebnis, daß das Baden den Gecken wohl kaum interessieren dürfte, ihn selber reizte es ja auch nicht.

Aber das Quellwasser wollte er gern versuchen, so ging er zur Theke zurück, um sich etwas davon zu kaufen. Er nahm einen Schluck und spuckte es gleich wieder aus. Es schmeckte nach Eisen und anderen Mineralien, seiner Meinung nach ein ekelhaftes Gebräu. Heftig stellte er das Glas auf die Theke zurück. In diesem Augenblick hörte er jemand seinen Namen rufen. Er wandte sich um und sah Trotter und Bushell, die sich einen Weg zu ihm durch die Menge bahnten.

«Ach, hier seid Ihr!» Trotter strahlte. «Habt Ihr das Wasser versucht?»

«Scheußliches Zeug.»

«Schmeckt wie Kuhpisse», sagte Bushell mit einem Grinsen. Ryder schüttelte sich.

«Wir gehen zum Spring Garden frühstücken», sagte Trotter. «Habt Ihr Lust mitzukommen?»

«Wo ist das?»

«Auf der anderen Flußseite. Wir müssen die Fähre nehmen.»

«Mit Vergnügen.»

«Fein! Wir treffen die anderen in der Orange Grove.»

«Wo ist das nun wieder?»

«Hinter der Kirche. Ihr könnt's nicht verfehlen. Sehen wir uns in einer Viertelstunde?»

Ryder nickte.

«Der arme alte Norton ist verzweifelt wegen seiner Schulden», meinte Bushell vertraulich. «Er ist mit Eustace unterwegs, um zu sehen, ob er vielleicht bei einem Verleiher Bargeld bekommt. Ich glaub', er macht Euch für sein Pech verantwortlich!» Er lachte.

«Wir sehen Euch also in fünfzehn Minuten», sagte Trotter und schob Bushell zur Tür.

Ryder schaute ihnen nach und kicherte in sich hinein. Sie waren solch unschuldige Narren, daß er sie fast mochte. Er wartete, bis sie verschwunden waren, dann machte er sich auch auf den Weg.

Als er über den Kirchhof schlenderte, sah er den blinden Jungen neben dem Pferdetrog. Von dem kranken Mädchen keine Spur. Gespannt beobachtete er ein kleines braunhaariges Mädchen, das herbeirannte und etwas in seinen Sack fallen ließ. Jetzt war Ryder neugierig zu erfahren, was da vorging, und er beschloß, sich die Sache ein Weilchen anzuschauen. Es dauerte nicht lange, und ein großer, plumper Junge trottete schwerfällig heran und stopfte etwas in den Beutel. Ryder war sicher, daß er das Glitzern einer Silberkette gesehen hatte.

Er lächelte vor sich hin und überließ die jungen Diebe ihrer Arbeit und machte sich auf die Suche nach den Landjunkern. Als er durch eine schmale Seitengasse neben der Kirche ging, vernahm er vom Kirchhof her plötzlich lautes Geschrei. Er blieb stehen und wandte sich um, im selben Moment sah er auch schon eine zerlumpte Gestalt – offensichtlich ein Junge – auf sich zurennen. Zwei Männer mittleren Alters stürzten hinter ihm her und schrien lauthals: «Haltet den Dieb!» Sie feuerten andere Leute an, sich der Verfolgung anzuschließen, aber diese waren entweder zu verwirrt oder zu überrascht, jedenfalls versperrten sie nur den Weg, statt zu helfen.

Diese Verzögerung gab Ryder eine Chance. Er trat vor, packte den Jungen und zog ihn hinter eine Kutsche. Unbemerkt vom Lenker, der gerade auf die Straße getreten war, um zu sehen, woher das Geschrei kam, öffnete er den Wagenschlag und stieß den Jungen gerade noch rechtzeitig hinein, bevor seine Verfolger ihn erreicht hatten.

«Habt Ihr das Kind gesehen?» keuchte einer von ihnen.

«Es ist ein Dieb!» schnaufte der andere.

Ryder deutete auf eine Gasse: «Da entlang ist es gelaufen.»

«Sehr verbunden, Sir», sagte wieder der erste, noch immer außer Atem.

Der Kutscher tauchte neben Ryder auf. «Was war denn los?»

«Irgendwas mit einem Dieb.»

«Diese Halunken!»

Aus dem Augenwinkel bemerkte Ryder, wie sich die Wagentür ein paar Zentimeter öffnete, und nahm an, das Kind wolle sehen, ob die Luft rein sei.

«Kalter Morgen», sagte er. Er wollte den Kutscher ablenken, um dem Dieb Gelegenheit zur Flucht zu geben.

«'s ist halt die Jahreszeit.»

«Meint Ihr, es wird regnen?»

«Schwer zu sagen.»

«Das ist wahr», stimmte Ryder zu. Er grinste, als er den Bengel die Straße hinunterrennen sah. «Ich muß weiter. Bin mit Freunden verabredet.»

«Ihr habt recht, Sir. Man soll sie nicht warten lassen.»

Ryder schritt davon und war recht zufrieden mit sich. Er wußte nicht, warum er dem Mädchen geholfen hatte. Ja, es war ein Mädchen gewesen, das hatte er gleich gemerkt, als er sie packte. Er handelte ganz instinktiv, außerdem zog er es vor, sich mit den Gesetzesmächten und Gesetzeshütern nicht auf eine Stufe zu stellen.

Ossie begriff sofort, daß etwas nicht stimmte, als er die Frau schreien hörte. Und als die Leute «Haltet den Dieb!» riefen, hoffte er nur, daß sie nicht hinter Aggie oder Josh her waren. Wenn Hester nur dagewesen wäre, sie hätte es ihm erklären können. Fletch sagte immer, wenn etwas schiefliefe, müsse er an Ort und Stelle bleiben und auf weitere Anweisungen warten. Aber das war nicht leicht, wenn man Angst hatte.

Eine heisere Stimme flüsterte ihm zu: «Geh zum Friedhof, tu, als wäre nichts.»

Er nickte; wie erleichtert war er, Jiggers Stimme zu hören. Ossie stand auf und verließ den Kirchhof.

Als er zu den anderen kam, spürte er die Spannung in der Luft. «Was ist los?» flüsterte er Josh zu.

«Beth is' von einem Stutzer gesehen worden.»

«Ist sie hier?»

«Noch nicht.»

«Sie verrät uns nicht, oder?» jammerte Aggie.

«'türlich nich'», sagte Fletch ärgerlich. «Außerdem wissen wir nicht, ob man sie erwischt hat. Wir müssen warten.»

Es verging über eine halbe Stunde, und sie fingen schon an, die Hoffnung aufzugeben, als das Tor plötzlich quietschte. Fletch gab den anderen mit Zeichen zu verstehen, daß sie ihre Köpfe unten halten sollten, und spähte hinter einem Grabstein hervor. «Sie ist's!» rief er dann mit gedämpfter Stimme. Alle waren erleichtert. «Ich hab' gewußt, daß sie's schafft.» Er erhob sich auf die Knie und pfiff. Fast im selben Augenblick warf sich Beth neben ihnen ins Gras.

«Was war los?» fragte Fletch.

Sie schimpfte und spuckte auf den Boden.

«Irgendein elender Hund hat ein feines Dämchen umgeworfen, grad als ich mir ihre Spange geschnappt habe.» Sie holte das Stück aus ihrem Hemd und spuckte darauf.

«Wie bist du sie losgeworden?» erkundigte sich Jigger aufgeregt.

«So'n feiner Gimpel hat mich gepackt und in einer Kutsche versteckt.»

«Wer war das?»

«Weiß nich'. Hab' ihn noch nie gesehen. Er hat den anderen Gimpeln gesagt, daß ich fortgelaufen bin.»

«Warum?»

«Damit ich abhaun konnte.»

«Ich mein', wieso hat er dir geholfen?»

«Woher soll ich das wissen?»

«Wie hat er ausgesehen?»

«Wie die halt so aussehen. Aber er war stark.»

Fletch runzelte die Stirn. Er hatte die Erfahrung gemacht, daß niemand Gutes tut, ohne etwas dafür zu wollen. «Das gefällt mir gar nicht», murmelte er und schüttelte den Kopf. «Das gefällt mir überhaupt nicht.»

«Wenn du mich fragst», sagte Josh leichthin, «kann's nich' so schlimm sein.»

«Dich hat keiner gefragt. Also halt's Maul. Ich muß nachdenken.»

Es entstand eine kurze Pause, während Fletch über die Geschichte nachdachte. «Vielleicht versucht er, sich in unsere Arbeit hineinzudrängen», dachte er laut.

Jigger pfiff durch die Zähne: «Das tät' Pikey nich' passen.»

«Außerdem erzählen wir's ihm nicht. Los! Geht wieder an die Arbeit!»

«Was is' mit der Polente?» fragte Ossie ängstlich.

«Zum Teufel mit denen!» Fletch sah ihre angespannten Gesichter, Meuterei lag in der Luft. «Schaut, wir haben noch nich' viel. Was sagt Pikey, wenn wir so wenig bringen. Er tät' uns eins draufgeben. Und ihr wollt heut abend doch alle was zum Trinken, oder?» Sie nickten schweigend. «Also brauchen wir mehr Zeug, damit wir's uns leisten können.»

«Wo ist die Guinee, die wir gestern erwischt haben?» wollte Josh wissen.

«Er hat sie bei den verfluchten Hühnern verloren», schimpfte Beth.

«Halt's Maul!» bellte Fletch. «Oder ich schlag' dir die Fresse ein.»

Er wandte sich den anderen zu, die ihn entgeistert anschauten. Wie konnte er nur so viel Geld verschleudern! «Wißt ihr was?» hob er an, gewissermaßen zur Wiedergutmachung, «wir lassen den Kirchhof heut. In den Straßen gibt's genug feine Gimpel.»

VIII

Ryder war es höchst ärgerlich, Lord Molyneaux jeden Abend bei seinem unbekümmerten Glücksspiel zuschauen zu müssen, ohne das nötige Geld oder Ansehen zu haben, um im Kreis der Aristokraten anerkannt zu werden. Selbst seine Versuche, eine flüchtige Bekanntschaft zu machen, wurden ignoriert.

Eines Abends verließ er die Gesellschaftsräume so enttäuscht, daß er sich nicht einmal wie sonst in einer Kneipe ein Bier genehmigte, sondern geradewegs in seine Unterkunft ging. Dort zog er sich abgetragene Kleider an, bewaffnete sich mit Säbel und Pistole und stürzte wieder davon. Wie gerne hätte er sich jetzt einem ordentlichen Kampf gestellt. Aber weil sich dazu keine Gelegenheit bot, gönnte er sich wenigstens etwas körperliche Bewegung, indem er schnell dahinlief.

Sein Weg führte ihn zum Fluß hinunter, entlang der verlassenen Kaimauern, vorbei an Schiffen und Lastkähnen, die sanft an ihren Liegeplätzen auf dem Wasser schaukelten. Schließlich kam er zu der einzigen Brücke, die über den Fluß führte. Einer plötzlichen Eingebung folgend, ging er auf die andere Seite und bog in eine Straße ein.

Zunächst waren rechts und links Lagerhäuser. In der Dunkelheit umfaßte er seinen Säbel mit festem Griff. Als er die Gebäude hinter sich gelassen hatte, mündete die Straße in einen Weg, der über offenes Grasland führte. Am gegenüberliegenden Ufer erhoben sich die dunklen Umrisse der Stadt mit ihren blinkenden Lichtern. Sie waren in eine langgezogene Flußbiegung eingebettet, es sah fast aus wie eine Insel. Das Mondlicht tanzte auf dem Wasser, und über allem spannte sich der sternenklare Himmel. Ryder fühlte sich durch die Bewegung neu belebt, und nach all dem Lärm und der Hitze im Spielcasino empfand er die Ruhe und die frische Luft als wohltuend.

Kurz darauf war er plötzlich von Nebelschwaden umgeben, die tief über heruntergekommenen Hütten und Schuppen hingen. Die Wege waren voll Abfall, und der ganzen Gegend stank es ekelhaft. Er empfand bloße Verachtung für die Menschen, die unter solch elenden Bedingungen lebten. Gerade, als er umkehren wollte, hörte er aus einer Gasse Geschrei. Neugierig ging er dem Lärm nach und fand sich vor einer Ginkneipe. In dem Licht, das aus den Fenstern drang, konnte er das Schild über der Tür entziffern: «The Jolly Weaver», der «Fröhliche Weber», stand darauf.

«Wir wollen Ossie! Wir wollen Ossie!» dröhnten drinnen die Stimmen, die Leute stampften mit den Füßen und schlugen mit ihren Trinkkrügen auf Holztische.

Ryder wollte wissen, was los war, und trat ein.

Der Raum wogte von Menschen und war von dichtem Rauch erfüllt. Es war wie eine bessere Scheune, mit mächtigen Balken und einem schmutzigen Boden, der mit Stroh bedeckt war. An einer Wand lagerten riesige, umgekippte Fässer; die einzige Sitzmöglichkeit waren Bänke aus rohbehauenem Holz.

Die umstehenden Männer beäugten Ryder argwöhnisch. Bedächtig knöpfte er seinen Mantel auf, so daß wie zufällig sein Säbel sichtbar wurde, da wichen sie zurück und ließen ihn in Ruhe.

Ryder reckte sich über die Köpfe der Menge; wie verblüfft war er, als er den blinden Straßenjungen erblickte. Gerade hob ihn der behäbige Bursche, der ihm die Silberkette in den Sack gesteckt hatte, auf einen Tisch. Der Rest der Bande, darunter auch das kranke Mädchen und das andere in Jungenkleidern, umstanden ihn. Es war noch ein älterer Junge in einer roten Jacke dabei, den er vorher noch nicht gesehen hatte.

Allmählich verebbte der Lärm, und Ryder schaute sich die vom Kerzenlicht erhellten Gesichter an. Alle waren vom billigen Fusel gerötet und von Armut und Hunger gezeichnet. Einige waren von Warzen und Narben entstellt. Andere trugen schmutzige Verbände. Die Kleidung der Leute war zerrissen und verdreckt, manch einer stützte sich auf Krücken oder Stöcke. Es gab Menschen jeder Altersstufe, auch Kinder, ja sogar Babys waren darunter, die an der Brust ihrer Mutter lagen.

Schließlich verstummte alles, man hörte nur noch den pfeifenden Atem eines alten Mannes, er wurde wütend angezischt, still zu sein. Alles starrte auf den blinden Knaben.

«Sing ‹Zur Sommerzeit›!» rief eine heisere Stimme, und die Menge brüllte laut ihre Zustimmung.

«Wenn Ihr versprecht, beim Refrain mitzusingen, Mr. Crabb!» rief der Junge zur allgemeinen Erheiterung.

Sobald alles wieder ruhig war, atmete er tief ein und hob an zu singen:

> «Zur Sommerzeit,
> wenn die Blumen blühen
> und auf jedem Baum
> ein Vogel sitzt,
> laßt Herrn und Ritter sagen, was sie wolln,
> ist keiner so fröhlich wie wir ...»

Die Vorstellung, daß ein blinder Straßenbengel so viele stinkende Leute unterhalten konnte, erregte zunächst Ryders Spott. Aber als der Knabe weitersang, fühlte sogar er, daß dieser eine bemerkenswerte Stimme hatte. Sie war glockenrein, ganz sauber sang er, und sein Gesang wehte durch den verrauchten Raum wie ein Hauch frischer Luft – ja, seine Stimme war wie eine leichte Sommerbrise, die die Blätter zum Tanzen bringt.

Die Zuhörer waren begeistert. Und als es soweit war, ließen sie ihren Stimmen freien Lauf, sangen lauthals den Refrain mit und wiegten sich im Takt zur Musik hin und her. Dann verstummten sie wieder und lauschten hingerissen dem jungen Solisten:

> «Unsre Musik ist eine kleine Flöte,
> die so süß erklingen kann;
> wir verdingen uns dem alten Hal
> von Pfingsten bis zum Lammastage dann ...»

Es folgten weitere Strophen und immer wieder der Refrain, und als der Knabe endete, ertönten wilder Jubel und Rufe: «Mehr! Mehr!»

Ossie stand auf dem Tisch und strahlte vor Glück. Er liebte es, für die Leute im «Jolly Weaver» zu singen. Sie waren freundlich und dankbar, und oft belohnten sie ihn mit Geld, worüber die anderen Bandenmitglieder, insbesondere Fletch, sich wiederum freuten.

«Was soll ich singen?» fragte er Hester, die unten stand.

«Egal was!» rief Fletch. «Los, sing!»

«Wie ist's mit ‹The White Lilly›?» schlug Hester vor, und er nickte.

Als die Leute merkten, daß er wieder singen wollte, gab es lauten Jubel, der gleich jäh wieder abbrach. Einen Augenblick herrschte Totenstille, alles blickte erwartungsvoll auf den Knaben. Ossies Brust hob sich, als er die Luft einzog und langsam in einem langgezogenen Melodiebogen wieder herausströmen ließ:

«Hast du die weiße Lilie denn gesehn ...»

Tiefes Seufzen und Stöhnen lief durch die Reihen, als sich seine Stimme im letzten Wort mühelos bis zur nächsten Oktave emporschwang.

«Bevor die grobe Hand sie hat berührt?»

ging es weiter, und sanft fiel die Melodie wieder ab.

«Hast du den frischgefallnen Schnee gesehn,
bevor die Erde ihn beschmutzt?

Jetzt klang die Musik getragen und erhaben, und Ossie brauchte langen Atem, doch seine Stimme schwankte kein einziges Mal.

«Hast du das Fell vom Biber denn gespürt,
oder je die Daunen von dem Schwan?»

Seine leeren Augen waren halb geschlossen, der Knabe umhüllte seine Zuhörer mit Zärtlichkeit, er verzauberte sie. Die Töne, die er hervorbrachte, waren voller Reinheit und Unschuld, etwas Himmlisches hatten sie an sich, als kämen sie von einer anderen Welt.

Ryder, der im Hintergrund, abseits vom Licht stand, staunte nicht nur über Ossies Stimme, sondern auch über die Wirkung, die er auf die Menge ausübte.

Die Menschen lauschten in völliger Sprachlosigkeit. Viele hatten Tränen in den Augen, selbst harte Männer waren darunter.

Ryders Geist arbeitete rasch, er überlegte, ob dies hier zufällig die Lösung für sein Problem war.

Wenn der Junge diesen Haufen ignoranter, ungebildeter Leute zu Tränen rühren konnte, was für ein Erfolg wäre er erst in den Gesellschaftsräumen! Eine wahre Geldmaschine könnte er sein!

«Oh, wie weich, oh, wie weiß,
oh, wie süß, wie süß sind sie!»

Als der Knabe geendet hatte, herrschte langes Schweigen, keiner rührte sich. Dann war der Bann plötzlich gebrochen, alle jubelten, hämmerten mit den Krügen auf die Tische; Münzen flogen in die Luft.

Ryders dunkle Augen leuchteten, als er sich vorstellte, wie der Knabe eine ähnliche Resonanz bei den wohlhabenden Besuchern der Stadt auf der anderen Seite des Flusses finden würde. Er würde dafür sorgen, daß sie sich darum rissen, den Jungen zu hören, und auch, daß sie reichlich für diesen Vorzug zahlten. Ja, er selbst würde zu einer Berühmtheit – ein Mann, mit dem jeder bekannt sein wollte, Lord Molyneaux inbegriffen. Er gierte nach Ruhm und nach Geld, das er sich durch dieses Kind zu erringen hoffte, und wollte es am liebsten gleich mitnehmen, bevor es von anderen entdeckt wurde.

Er beobachtete, wie das kranke Mädchen ihn zärtlich an sich drückte, als es ihm vom Tisch half. Er vermutete, sie seien Bruder und Schwester; sie müßten natürlich getrennt werden, dachte er kaltherzig, denn für das Mädchen war kein Platz in seinem Plan.

Er wäre noch länger geblieben. Doch als er Beth, die die Münzen aufsammelte, auf sich zukommen sah, befürchtete er, sie könnte ihn erkennen. So duckte er sich und schlüpfte zur Tür hinaus.

IX

Ossie wurde von Beth geweckt, die nach Lumpen schrie. Das Herz wurde ihm schwer, denn es bedeutete, daß sie ihre Monatsblutung hatte, da würde sie in den nächsten Tagen wieder schlecht gelaunt sein. Er hörte Josh und Aggie draußen an der Regentonne agieren und Jigger und Fletch schnarchen. Sie waren in der vergangenen Nacht wieder furchtbar betrunken gewesen. Als er aus der Ecke das Husten vernahm, sank sein Herz noch tiefer, denn er glaubte nicht, daß es Hester gut genug ging, um ihn zu begleiten. In der letzten Woche hatte sie sich viel besser gefühlt, da hatte er schon gehofft, sie könnten endlich allem entfliehen.

Aggie kam die Leiter herauf und brummelte vor sich hin, daß Leute, die alt genug seien, ihre Tage zu bekommen, wohl auch ihre Lumpen selbst suchen könnten. Mit schwacher Stimme bot Hester ihre Hilfe an, aber das wurde gleich abgetan.

«Du rührst dich nicht von der Stelle, Mädchen», protestierte Aggie. Sie klang wie eine Mutter mit ihrem kleinen Kind. Dabei war sie selber noch eines. Sie packte eine Handvoll Lumpen, stampfte zur Leiter und kletterte hinunter.

Dann wurde Fletch wach, schimpfte und fluchte laut. «Wach auf!» forderte er mit seiner heiseren Stimme.

Ein Stöhnen kam von Jigger.

«'s ist Zeit zum Arbeiten!»

«Kann nich'.»

«Steck deinen Kopf ins Wasserfaß.»

«Laß mich in Ruhe.»

«Steh auf!»

Es wurde noch mehr geschimpft, während Fletch den großen Jungen hochzerrte.

«Warum sagst du dem da drüben nich', er soll aufstehn?»

Fletch antwortete nicht, aber als er den Raum durchquerte, gab er Ossie einen Tritt in die Rippen. Die beiden älteren

Burschen brüllten vor Lachen und schwangen sich über die Leiter nach unten.

Einen Augenblick lag Ossie schmerzverkrümmt da, dann kroch er zu Hester.

«Beachte sie nicht», tröstend wiegte sie ihn in ihren Armen. «Die haben einen schweren Kopf, das ist bald vorbei.» Sie hustete mühsam.

«War es schlimm heute nacht?»

«Nicht besonders gut.»

«Kannst du heute mitkommen?»

«Heute nicht, Ossie. Ich will hierbleiben und ausruhn.»

«Machen wir uns auf den Weg nach Easton? Ja?»

«Ja, sobald mir's bessergeht.»

«Versprochen?»

Sie küßte ihn aufs Haar. «Versprochen. Aber auf jetzt. Es ist Zeit zum Waschen.»

«Muß ich?»

«Los», sie lächelte und gab ihm einen kleinen Schubs.

Mit einem Seufzer stand er auf und schlurfte widerstrebend zur Leiter.

Er tastete nach dem Ende, setzte ein Bein auf, schwang sich auf die erste Sprosse und kletterte hinunter. Ihn fröstelte an der kalten, feuchten Luft. Er lief hinter das Gebäude und verrichtete zwischen Brennesseln und Brombeerranken seine Notdurft.

Sie schliefen alle in ihren Kleidern, und das Waschen bestand darin, daß man sich ein bißchen mit dem Regenwasser benetzte, das in einem Faß gesammelt wurde. Im Sommer wimmelte die Oberfläche von Fliegen und Mücken. Zum Frühstück gab es nie etwas, es sei denn, sie stibitzten etwas auf dem Markt, wenn sie zum Kirchhof gingen.

Er war noch hinter dem Haus, als er plötzlich Josh rufen hörte: «Ossie! Mr. Crabb fragt nach dir!»

Er wunderte sich, was der alte Mann wohl wollte, zog die Hosen hoch und lief eilig um die Ecke zu dem schlammigen Weg vor dem Haus.

«Ich hol' mir 'nen andren Hund», verkündete der Krüppel. «Willste mitkommen?»

Ein strahlendes Lächeln breitete sich über Ossies Gesicht aus: «Darf ich, Fletch?» Seine blinden Augen suchten den Anführer.

Links von ihm zog einer geräuschvoll die Nase hoch: «Weiß nich'.»

«Ich bring' ihn gleich wieder», versprach der alte Mann.

«Laß ihn gehn», drängte Josh.

«Ich hab' gesagt, ich weiß nich'.»

«Was für'n Schaden soll das sein?» knurrte Mr. Crabb. «Er hat mein' andren Hund sehr gern gehabt.»

«Ich kann doch mitgehn», schlug Jigger vor – er hatte schreckliche Kopfschmerzen, und ihm war nicht nach Stehlen.

«Ja, warum nich'?» stimmte der Krüppel zu.

«Ich möcht' den Hund gern sehen», sagte Aggie, sie kam gerade mit Beth aus dem Haus. Josh fuhr dazwischen: «Ich auch!»

«Halt! Halt!» Fletch hob seine Arme. «Wir müssen arbeiten.»

«Ich mag heut nich' arbeiten», murrte Beth.

«Wo fehlt's bei dir?» fragte Jigger.

Sie warf ihm einen verächtlichen Blick zu und spuckte auf seine Beine.

«He! Was soll das?» schrie er und schielte voll Ekel auf den Schleim an seinem Schienbein.

«Laß sie in Ruhe», rief Aggie. «Sie hat ihre Tage.»

Er lachte, da warf sich Beth wutentbrannt auf ihn.

«Hört auf, ihr beiden!» brüllte Fletch.

«Kommt er jetzt mit oder nich'?» Mr. Crabb wurde ungeduldig. «'s dauert nich' lang.»

«Wie lang?» fragte Fletch düsteren Blicks, aber er wurde allmählich schwach. Er fühlte sich selber nicht allzu wohl, doch hätte er das nie zugegeben.

«'ne halbe Stunde, mehr nich'».

«Wieso gehn wir nich' alle?» erkundigte sich Josh.

Seine Schwester lachte. «Wir gönnen den reichen Stutzern eine Pause.»

«Halt's Maul!» schnauzte Fletch sie an und warf einen argwöhnischen Blick auf den Krüppel.

«Hört mal, ich hab' nich' den ganzen Tag Zeit», murrte Mr. Crabb, «kommt ihr nun mit oder nich'?»

Sie warteten und standen alle fröstelnd da, während Fletch das Für und Wider abwog. Der Morgen war eigentlich zum Stehlen besonders günstig, weil die Stutzer da noch recht verschlafen waren, aber dann war auch wiederum nichts los, weil die Leute zum Frühstücken gingen.

«Jetz' nich', aber später, gegen zehn Uhr.»

Lautes Hallo von den Bandenmitgliedern, die sich bei dem Wetter nicht allzu motiviert fühlten.

«Also um zehn», Mr. Crabb war einverstanden. «Kommt zur Bottom Lane.» Damit setzte er sich, auf seine Krücken gestützt, in Bewegung, und als er an Ossie vorbeikam, zauste er ihm das Haar.

Ossie lächelte. «Danke, Mr. Crabb.»

«Los jetzt, kommt alle», befahl Fletch. Er wandte sich zum Gehen, blieb aber noch einmal stehen, als er Ossie ins Gebäude zurückgehen sah.

«Wohin gedenkst du zu gehen?» schimpfte er.

«Bin in einer Minute zurück», rief Ossie, er wollte Hester so gern die gute Nachricht überbringen. In seiner Aufregung hätte er auf der Leiter fast den Halt verloren.

«Mr. Crabb kriegt einen neuen Hund», sagte er und kniete neben ihr nieder. «Wir gehen alle mit und schauen ihn an.»

«Schön.»

«Ich wollt', du könntest mitgehen.»

«Du kannst mir alles erzählen, wenn du wieder da bist», sie strich ihm übers Haar. «Geh jetzt.»

Er nickte und sauste davon, um seinen Stock zu holen.

«Vergiß das Schild nicht», rief sie ihm noch nach.

X

Kurz nach zehn saß Ryder in Sally Lunns Kaffeehaus. Er genoß sein Frühstück mit frischen Brötchen und heißer Schokolade. Äußerlich wirkte er kühl und distanziert, wie immer, aber in seinem Innern war er außerordentlich erregt. Auf dem Weg hierher hatte er das kranke Mädchen nicht im Kirchhof gesehen. Er fragte sich, ob das wohl die Chance war, den Jungen zu entführen.

Seit er Ossie hatte singen hören, hatte er die Musikangebote in der Stadt sorgfältig studiert und den kleinen Orchestern in der Trinkhalle und im Quellengarten gelauscht. Ja, für den Besuch von Konzerten in den Gesellschaftsräumen hatte er sogar wertvolle Zeit an den Spieltischen geopfert. Nach dem Auftritt eines berühmten Sängers aus London unterhielt er sich mit dem Musikdirektor, doch dieser weigerte sich glatt, für einen unbekannten Jungen einen Abend zu organisieren.

Darüber war er zwar erbost, gab aber keineswegs auf, sondern wandte sich an die Orchestermusiker. Aber auch sie hatten kein Interesse an einem Sängerknaben. Offensichtlich lag seine einzige Chance in der Organisation eines Privatkonzertes in einem der großen Häuser. Aber er hatte kaum Hoffnung, daß ihm das gelingen könnte, da es ihm an den nötigen Kontakten fehlte.

Er wollte den Plan schon aufgeben, als er bei einem seiner Besuche in der Trinkhalle jemanden unten im Schwimmbecken singen hörte. Und das brachte ihn auf eine Idee – diese Idee schien ihm um so besser, als er feststellte, daß das Orchester jeden Morgen um acht Uhr eine halbe Stunde lang für die Frühstückspause unterbrach. Das war ja vorzüglich. Das Orchester war dann keine Konkurrenz, und Zuhörer gab es zwangsläufig genügend. Außerdem war er sicher, daß sie nach Zugaben schreien würden, wenn sie den Jungen erst einmal gehört hatten. Und das würde die Nachfrage für Konzerte in den Gesellschaftsräumen und Privathäusern zur Folge haben.

Ein Klopfen am Fenster riß ihn aus seinen Überlegungen. Er blickte auf und sah die Bauerntölpel, die ihre Gesichter an der Scheibe platt drückten. Sie machten ihm allerlei Zeichen. Er seufzte und lehnte sich in seinem Stuhl zurück – er wußte, es war nicht zu vermeiden, daß sie hereinkamen.

«Wir dachten schon, Ihr hättet Bath verlassen», sagte Trotter, als sie sich auf den Stühlen um seinem Tisch breitmachten.

«Wir haben Euch die ganze Woche kaum gesehen», beklagte sich Bushell.

Ryder zuckte die Achseln. «Militärangelegenheiten ...», meinte er vielsagend.

«Die sehen aber gut aus!» Norton beäugte die Semmeln. «Darf ich?» Und er bediente sich, ohne die Antwort abzuwarten.

Ein ausgestreckter Arm langte über den Tisch nach dem letzten Brötchen. «Jemand erzählte, daß er Euch bei einem der verdammten Konzerte gesehen hat», brummte Honeycombe zwischen zwei Bissen.

«Ich gehe gelegentlich dorthin.»

«Ich dachte, Ihr hättet es nicht so mit dem Singen.»

«Ich selbst nicht.» Ryders Lächeln wirkte etwas gezwungen, und in seiner Stimme schwang ein gereizter Ton mit. «Aber ich kann nicht sagen, daß mich die Freuden der Musik kaltlassen.»

Trotter errötete leicht. «Wenn wir schon von Freuden reden, wir haben vor, heute abend zu Peg Draper zu gehen. Kommt Ihr mit?»

«Um uns beim Feiern mit den Huren zu helfen», flüsterte Bushell.

Trotter erklärte: «Es ist unser letzter Abend.»

«Und wir haben wie Mönche gelebt, nun, das heißt, zumindest einige von uns», sagte Bushell mit einem vielsagenden Grinsen zu Norton hinüber.

Ryder war erleichtert über die Aussicht, die Bauerntölpel nicht mehr lange ertragen zu müssen. Er dachte einen Augenblick nach und schüttelte dann den Kopf: «Ich fürchte, man wird mich zum Essen einladen.»

«Dann sagt ab», maulte Honeycombe.

Bushell rief: «Aber wir brauchen Euch doch!» Er sah ganz niedergeschlagen aus. Trotter legte eine Hand auf seinen Arm, um ihn zu beruhigen. Dann wandte er sich an Ryder: «Gehe ich richtig in der Annahme, daß Ihr ein Mann von Welt seid, Sir?»

«Ich verfüge über einige Erfahrung.»

«Um die Wahrheit zu sagen, keiner von uns ist schon einmal in einem unzüchtigen Haus gewesen, und wir hofften, Ihr könntet uns da ein paar Kniffe zeigen.»

Ryder mußte wider Willen lachen. Diese Bauerntölpel waren so unverbesserlich dumm, es wäre sicher amüsant, ihre Kapriolen bei den Huren zu beobachten.

«Nun, sollte ich nicht eingeladen werden ...»

Diese Nachricht quittierten alle mit strahlendem Lächeln. Nur Honeycombe blickte düster drein, wie immer.

«Ausgezeichnet! Ausgezeichnet!» rief Trotter, packte Ryders Hand und schwenkte sie rauf und runter.

Ungestüm rief Bushell: «Bestellen wir heiße Schokolade!»

«Bitte um Vergebung, ich muß gehen», sagte Ryder.

Norton protestierte: «Aber wir sind doch gerade erst gekommen.»

«Die Pflicht ruft.» Ryder erhob sich und griff nach Mantel und Stock. «Ach du meine Güte, ich habe noch nicht bezahlt und bin schon viel zu spät dran. Bitte erledigt das für mich. Ich bringe es bei Gelegenheit in Ordnung.» Und bevor es eine Diskussion geben konnte, eilte er schon zur Tür.

«Wo treffen wir uns?» rief ihm Trotter nach.

«Im ‹Simpson›», erwiderte er und verschwand.

Raschen Schrittes entfernte er sich, aber kaum war er außer Sichtweite, legte er eine gemütliche Gangart ein. Sollte heute der Tag der Entführung sein, bedurfte es keiner Eile, denn er konnte es ohnehin nicht vor dem Nachmittag tun.

Während der vergangenen Woche hatte er die Bande bei ihrer Arbeit beobachtet und kannte all ihre Wege. Der Kirchhof war für eine Entführung viel zu belebt. Eine Weile hatte er gedacht, es wäre am besten, den Jungen zu schnappen, wenn er aus der Ginkneipe kam, aber das hätte wohl zu einer Auseinandersetzung mit den übrigen Bandenmitgliedern geführt. Schließlich hatte er vor ein paar Tagen gewartet, bis die Bande auseinanderging, und war dem Jungen und seiner Schwester bis zum Friedhof gefolgt. Auch am nächsten Tag war er ihnen nachgegangen, und dann noch einmal. Sie änderten den Weg jedesmal, aber das Ziel blieb immer gleich. Und das schien ihm der günstigste Zeitpunkt, vorausgesetzt, der Junge war allein.

In bester Laune betrat Ryder den Kirchhof. Aber als er zum Pferdetrog blickte, erstarb das Lächeln auf seinem Gesicht. Der Junge war nicht da. Rasch schaute er prüfend in die Menge, aber keine Spur von ihm oder den anderen. Verärgert und enttäuscht stieß er seinen Stock auf den Boden. Er lungerte noch eine Weile herum. Vor Aufregung und durch die schwüle, gewittrige Luft war ihm ganz heiß geworden. Gerade als er gehen wollte, kam die Bande mit Mr. Crabb durch das Tor. Sie lachten über Ossie, der sich mühte, einen kläffenden Hund an einem Stück Schnur zurückzuhalten.

Erleichtert atmete er auf und sah, daß sich die Bande von dem alten Mann trennte, der den Hund mitnahm. Dann wartete Ryder, bis Ossie an seinem gewohnten Platz saß. Darauf legte er den Stock mit einem Schwung über seine Schulter und stolzierte davon.

Als er zum Kirchhof zurückkehrte, verließ die Gemeinde gerade nach dem Gottesdienst die Kirche. Sogleich eilte er zum Pferdetrog. Sein Weg führte ihn an einer Gruppe von Sänftenträgern vorbei, die lauthals um Kundschaft heischten. Als er vorüberging, verstummte einer von ihnen und starrte ihn an. Bald war Ryder in der Menge untergetaucht, aber der Mann gaffte ihm weiter nach, als habe er einen Geist gesehen.

Dieser Mann stammte aus seiner Vergangenheit: Es war Sam Webb. Doch war er nur noch ein Schatten seiner selbst, dünner und magerer, und sein Gesicht war tief zerfurcht.

«Sam! Sam!» rief sein Partner. «Mach die Tür auf!»

Benommen stolperte Sam vor, um einer älteren Frau in die Sänfte zu helfen. Dann hob er die Tragegriffe an und trottete hinter seinem Freund her, dabei blickte er suchend nach dem Mann, den wiederzusehen er alle Hoffnung aufgegeben hatte.

Ryder hatte nicht gemerkt, daß er erkannt worden war. Er

versteckte sich hinter einer Kutsche, von wo aus er den Jungen im Auge behalten konnte. Ab und zu ließ einer von der Bande etwas in den Sack fallen. Mit einmal trat Lord Molyneaux mit seiner Frau aus der Menge und gesellte sich zu einer in der Nähe stehenden Gruppe von Aristokraten. Seine Gemahlin war hübsch und jung, sie hatte kastanienbraunes Haar und lachte fröhlich. Ryder beobachtete, wie sie sich angeregt unterhielten. Plötzlich tauchte der ältere Junge der Bande auf. Ryder fuhr sich mit der Zunge über die Lippen, als er sah, wie sich der Bursche an die Gruppe heranschlich und mit einer geschickten Handbewegung ein Spitzentaschentuch an sich riß, das aus der Hosentasche des jungen Lord heraushing.

Ryder grinste in sich hinein. Er gab dem Dieb einen kleinen Vorsprung, und dann eilte er ihm nach. Er packte ihn von hinten, hielt ihm mit der freien Hand den Mund zu und zischte: «Gib sofort das Taschentuch her!»

Der Bursche versuchte, sich loszureißen, aber es gelang ihm nicht, so blieb ihm nichts, als zu gehorchen. «Und jetzt hau ab!» befahl Ryder und ließ ihn los.

Der Junge blickte ihn fassungslos vor Erstaunen an und lief davon.

Ryder lachte vor sich hin, dann schaute er sich das Taschentuch genau an, es roch nach teurem französischem Parfüm und war aus feinstem Batist, eine erlesene Spitzenborte zierte den Rand, und in der Ecke befand sich ein gesticktes Monogramm mit den Initialen «E. M.». Das hatte sicher ganz schön viel Geld gekostet. Er schwankte, ob er es gleich seinem Besitzer zurückgeben oder lieber warten sollte, bis dieser den Verlust entdeckt hatte.

Diese Entscheidung wurde ihm abgenommen, denn Lord Molyneaux stieß einen lauten Schrei aus. Besorgt fragten seine Bekannten nach dem Grund. Lady Molyneaux fing an zu weinen, und ihr Gemahl zitterte und schrie wie ein Kind, das sein Lieblingsspielzeug verloren hat. Dann hörte man Rufe: «Haltet den Dieb!» und «Holt die Polizei!» Ryder beschloß, sie noch eine Weile schmoren zu lassen.

Ruhigen Schrittes ging er an der erregt diskutierenden

Gruppe vorbei zum Pferdetrog und sah zu seinem Entsetzen, daß der blinde Junge verschwunden war. Aufgeregt drängte er sich durch die Menge und suchte ihn. Als er dann plötzlich die kleine Gestalt erblickte, die sich mit dem Stock in Richtung Tor tastete, blieb er stehen.

Während er überlegte, was er tun sollte, hörte er in der Ferne Donnergrollen. Sein Mund bekam einen entschlossenen Ausdruck, der Blick wurde kalt und mitleidlos. Eigentlich hatte er nicht vorgehabt, es hier zu tun. Aber warum eigentlich nicht, wo jeder ihnen den Rücken zuwandte? Im nächsten Augenblick war er auch schon über dem Jungen.

XI

Genau davor hatte Ossie sich immer gefürchtet – eine schwere Hand auf seiner Schulter –, und als es nun Wirklichkeit war, wäre er vor Schreck fast gestorben. Er schrie vor Angst, aber eine strenge Stimme befahl ihm, still zu sein. Die Hand packte ihn beim Kragen und zwang ihn vorwärts.

«Alle sind geschnappt worden», sagte die Stimme. «Ich bring' dich an einen sicheren Ort.»

«Wohin?» stieß Ossie atemlos hervor.

«Das wirst du bald merken.»

«Laßt mich gehen, bitte.»

Die Hand drehte seinen Kragen zusammen wie ein Schraubstock, so daß er kaum mehr Luft bekam, und nötigte ihn, weiterzustolpern und mit dem schnell gehenden Mann Schritt zu halten.

Dann gingen die Rufe vom Kirchhof im Verkehrslärm der Stall Street unter. Eine gutgelaunte Stimme übertönte das Getöse: «Hast ja ein nettes kleines Paket am Wickel!»

«Hab' ihn auf frischer Tat ertappt, bring' ihn zur Gendarmerie.» Ach, dann war er ja ein Polizist! Und er brachte ihn ins Gefängnis! Ossie versuchte, sich loszureißen, aber die Hand hielt ihn unbarmherzig fest und zog ihn durch Schmutz und Dreck über die Straße.

Bald wurde er durch ruhige Seitenstraßen und Gassen gezerrt, wo ihm das Klappern und Klirren des Diebesguts ohrenbetäubend laut erschien. Er versuchte, eine Hand darauf zu legen, damit man es nicht mehr hörte. Aber das war unmöglich bei dem unerbittlichen Tempo der neben ihm hereilenden Füße.

Andere Stimmen fragten, was der Mann mit ihm vorhabe. Dieser gab unterschiedliche Antworten. «Bringe ihn zum Gericht.» «Hab' ihn auf dem Schiff entdeckt.» «Bring' ihn zu seiner Mutter.» Ossie wollte schreien, wollte sagen, daß alles gelogen sei. Aber die Hand würgte ihn, und er brachte nur erstickte Laute heraus.

Wie oft hatte er geträumt, daß man ihn erwischte, und jetzt war sein schlimmster Alptraum Wirklichkeit. Wäre es Hester nur so gut gegangen, daß sie hätte mitkommen können, sie hätte ihn sicher gerettet. Noch nie waren sie getrennt gewesen. Er wünschte sie sehnlichst herbei. Tränen stiegen ihm in die Augen und liefen an seinen Wangen herunter.

«Sind fast da», murmelte die Stimme. Ossie zitterte vor Angst. Jungen wie er wurden wegen Diebstahl gehängt.

Schließlich verlangsamten sich die Schritte und stockten. In der Ferne grollte der Donner. Möwen kreischten über ihm. Waren sie in der Nähe des Flusses?

«Wenn du einen Ton von dir gibst, schneid' ich dir die Kehle durch», warnte die Stimme.

Eine Tür öffnete sich, Dielenbretter knarrten, und er wurde hineingestoßen. Die Tür wurde zugeschlagen, und die Hand schubste ihn vorwärts. Er stolperte gegen eine Treppe, wurde am Kragen hochgehoben und mehrere Stufen hinaufgetragen, einen Gang entlang, wieder über Stufen, noch einen Gang entlang, abermals über eine Treppe, bis er schließlich mit einem Ruck abgesetzt wurde. Quietschend öffnete sich eine Tür. Die Hand stieß ihn hinein und ließ plötzlich los. Er schrie laut auf, als sein Kopf gegen etwas Hartes schlug.

«Halt's Maul!» gebot der Mann, ganz außer Atem.

Einen Moment lag Ossie wie ein kleines Häufchen am Boden, er wagte nicht, sich zu bewegen, zu groß war seine Angst. Dann setzte er sich langsam auf und betastete vorsichtig seinen Kopf. Das Haar war klebrig von Blut. «Bin ich im Gefängnis?» fragte er furchtsam und faßte an seinen schmerzenden Hals, sein Genick.

«Da wirst du bald sein, wenn du nicht tust, was ich dir sage. Gib mir den Sack.»

«Nein!» schrie Ossie und wich zurück. Er jaulte vor Schmerz auf, als ihn eine Hand auf den Kopf schlug.

«Gib her!»

Zitternd vor Angst gehorchte er und lauschte dem Klappern der Metallgegenstände, als der Mann sie begutachtete.

«Dafür könntest du gehängt werden», sagte der Mann mit einem gehässigen Lachen.

«Wer seid Ihr?»

«Dein Freund.»

Die Stimme hatte etwas Scheinheiliges, Ossie mißtraute ihr gleich.

«Hab' dich vor den Gendarmen gerettet, was?»

«Bitte, Sir, laßt mich zu Hester gehen.»

«Deine Schwester?»

Ossie nickte.

«Wie heißt du?»

«Ossie.»

«Ossie was?»

«Ossie Parsley.»

«Nun, Master Parsley, wenn du ein braver Junge bist, hol' ich vielleicht deine Schwester.»

«Ja, bitte. Sie macht sich bestimmt Sorgen.»

«Aber nicht gleich. Wir wollen doch nicht, daß die Gendarmen erfahren, wo du bist. Ich werd' ihr sagen, wo du dich aufhältst.»

«Wo bin ich?»

Der Mann kicherte. «In einem kleinen Zimmer. Du hast es ganz für dich.»

«Wo?»

«Schon gut.»

«Sind alle geschnappt? Auch Josh und Aggie?»

«Ich fürchte, ja. Die sind die letzten, die du noch mal zu sehen bekommst ...» Der Mann hielt inne und lachte. «Ach, hab' ja ganz vergessen, daß du nicht sehen kannst. Nein, sind alle erwischt worden, jeder einzelne. So, jetzt nehmen wir das Schild hier mal ab.»

Ossie zuckte zusammen, als der Mann es grob über seinen Kopf zog und die Schnur sich in seinem Haar verhedderte.

«Das wirst du nicht mehr brauchen.» Der Mann warf es auf den Boden, daß Staub aufwirbelte.

«Jetzt ruh dich mal schön aus. Später bring' ich dir was zum Essen. Aber wag ja nicht, Lärm zu machen, sonst sag' ich's den Gendarmen.»

Lederstiefel knirschten auf heruntergefallenem Mörtel, als der Mann zur Tür ging.

«Geht Ihr zu Hester?» fragte Ossie bang.

«Genau. Ich sag' ihr, sie soll sich keine Sorgen machen.»

Leise schloß sich die Tür, der Riegel wurde vorgeschoben.

Jetzt war Ossie allein. Er fürchtete sich schrecklich. Um ja nicht zu weinen, stopfte er sich die Hand in den Mund. Er zitterte am ganzen Leib. Auf der anderen Seite der Wand hörte er schwere Fußtritte auf dem Holzboden. Er erstarrte, als es plötzlich draußen donnerte. Dann folgten noch mehr Donnerschläge, das Gewitter kam näher. Kurz darauf wurde eine Tür aufgemacht und wieder geschlossen, und jemand lief die Treppe hinunter. Er hoffte, daß es der Mann war und daß er zu Hester gehen und ihr alles erzählen würde.

XII

«Ich hab's doch gewußt, daß er nur eine Last ist.»

«Bis jetzt ist alles gutgegangen.»

«Der Junge ist blind, ihr hättet ihn schon längst abschieben sollen.»

«Wir wissen gar nicht, ob sie ihn geschnappt haben.»

«Natürlich haben sie ihn erwischt! Und ihr paßt besser auf, sonst baumelt ihr mit ihm.»

Nat Pike grinste höhnisch und lehnte sich in seinen Ohrensessel zurück.

Fletch warf ihm einen durchdringenden Blick zu. Es war völlig überflüssig von Pikey, ihnen zu sagen, daß sie in Schwierigkeiten steckten. Wütend trat er gegen das Kamingitter, daß die Asche aufwirbelte. Er stand neben dem Vorhang und kaute vor Nervosität an seinen Nägeln. Jigger beobachtete ihn vom anderen Ende des Raums und sah, wie er sich schwer auf einem Tisch niederließ. Ein Blitz erhellte das düstere Hinterzimmer. In die gespannte Stille vor dem nächsten Donnergrollen hinein trommelte der Regen gegen die Fensterscheiben und prasselte den Kamin herunter.

Etwa eine Stunde hatten sie auf dem Friedhof gewartet, und als Ossie immer noch nicht aufgetaucht war, hatte Fletch Beth zum Kirchhof und Josh und Aggie zu ihrem Unterschlupf geschickt, um ihn zu suchen. Er und Jigger waren zu Pikey gekommen, um ihm von dem Vorgefallenen zu erzählen, und sie warteten auf den Bericht der anderen.

Das Warten ging Fletch auf die Nerven. «Wo zum Teufel bleiben sie?» rief er und glitt vom Tisch herunter. Er machte eine Kopfbewegung zu Jigger: «Geh nachschauen, ob sie kommen.»

Jigger nickte und verschwand hinter dem Vorhang.

«Setz dich um Himmels willen hin», schimpfte Nat, als Fletch den Raum unruhig vom einen Ende zum anderen abschritt. «Ich krieg' ja Kopfschmerzen.»

Fletch schnaubte wütend und ließ sich auf einen Stuhl fallen. Da saß er nun und trommelte mit seinen Fingern auf den Tisch. Plötzlich knallte die Seitentür, da sprang er auf und eilte zum Vorhang. Im gleichen Augenblick stolperten Beth und Jigger herein.

«Was ist?» fragte er ungeduldig, als Beth erschöpft auf einen Stuhl fiel.

Sie holte tief Luft und spuckte auf den Boden: «War überall; keine Spur von ihm.»

«Sie ham ihn erwischt», murmelte der Hehler dumpf.

«Halt's Maul!» schrie Fletch. Er wandte sich an Beth. «Bist du sicher, daß du überall gesucht hast?»

«Hab' ich doch grad gesagt.» Sie schüttelte die Regentropfen aus ihrem Haar.

«Vielleicht is' er zu unserm Versteck gegangen», meinte Jigger hoffnungsvoll.

«Aber du hast ihm doch gesagt, er soll zu unserm gewohnten Platz gehen», widersprach Fletch.

«Ja ...»

«Wieso soll er dann dort sein?»

Jigger zuckte hilflos die Achseln.

«Ihr hättet ihm nie trauen dürfen!» schalt Nat.

Fletch fuhr ihn mit geballten Fäusten an. In diesem Moment wurde die Tür aufgerissen, und Josh platzte ins Zimmer.

«War er da?» fragte Fletch hastig.

Josh schüttelte den Kopf. «Nur Hester», keuchte er. «Sie fing gleich an zu heulen, als ich sagte, daß wir Ossie suchen. Deswegen is' Aggie bei ihr geblieben.»

«Seht ihr! Da haben wir's!» Nat hämmerte mit beiden Armen auf den Sessel ein. «Wir sitzen schön in der Patsche, muß ich sagen.»

«Was machen wir nun?» fragte Jigger besorgt.

Fletch spitzte den Mund. «Wir müssen uns jetzt 'ne Weile zurückhalten.» Er wandte sich an den alten Mann: «Nat, du gibst uns doch ein bißchen was, damit wir uns über Wasser halten können?»

Der Hehler überging diese Frage. «Eins macht mir Sorgen, was machen wir, wenn er ein paar Namen ausspuckt?»

«Ich hab' doch schon gesagt, daß wir uns jetzt zurückhalten.»

«Auf Dauer könnt ihr das aber nicht.»

«Davon redet keiner. Für ein oder zwei Tage halt.»

«Und was is' solang mit mir?»

«Dir passiert nichts. Wenn er deinen Namen verrät, sagst du, daß du nichts weißt.»

«Mach' ich ja auch. Aber das mein' ich nich'. Ich red' von meinen Kunden. Sie warten auf Lieferungen. Was werden sie sagen, wenn ich nichts für sie habe?»

«Sag ihnen, sie sollen warten.»

Der Hehler schüttelte den Kopf. «Das kann ich nich', Fletch. Ich hab's versprochen. Kommt mir so vor, als ob ich mich nach anderen Lieferanten umsehen muß.»

Betroffen starrte ihn die Bande an. Beth zielte mit ihrer Spukke auf den Aschehaufen.

Fletch versuchte, es mit einem Lachen abzutun. «Is' doch nich' dein Ernst, Nat. Wir haben so viel für dich getan.»

«Hab' keine andere Wahl, Fletch. Wenn ihr nichts mehr klaut, muß ich mir was anderes überlegen.»

«Das is' ungerecht!» Jigger war wütend. «Gleich beim ersten Mal, wo wir Ärger mit der Polente haben, schmeißt du uns raus. Das is' nich' fair.»

Der alte Mann zuckte die Achseln. «'s is' wegen den Kunden.»

«Und was is', wenn wir dich anzeigen?» sagte Josh herausfordernd.

Nat blickte ihn höhnisch an. «Ich bin sicher, ihr werdet vor mir hängen.» Das jagte ihnen kalte Schauer über den Rücken.

Alle schwiegen betreten, dann sprang Fletch auf. «Los! Kommt!» befahl er wütend, schon war er draußen, und die anderen folgten ihm rasch.

«Denkt dran, mir morgen was zu bringen», rief Nat ihnen nach.

Am Nachmittag goß es in Strömen, das Wasser lief die abschüssigen Straßen hinunter. Glücklicherweise pflegten die meisten Gäste um diese Zeit zu essen. In der Nähe vom West Gate nutzte eine Gruppe von Sänftenträgern die Flaute in ihrer

Tätigkeit, um in einem Pieladen etwas zu essen und zu trinken. Der Raum bebte vom Gewirr ihrer Stimmen, die Luft stand vom Tabakrauch und ihren nassen, dampfenden Mänteln.

An einem Ecktisch saß Sam Webb mit seinem Partner Jack Garland, er hatte die Gelegenheit wahrgenommen und ihm von dem Mann erzählt, den er zuvor im Kirchhof gesehen hatte.

«Du sagst, du hast ihn mal gekannt?» Jack runzelte die Stirn, er war groß und breitschultrig und hatte ein pockennarbiges Gesicht. Er war einige Jahre älter als Sam. Sein schütteres Haar begann grau zu werden. Er stützte die Ellenbogen auf den Tisch, in seinen großen, schwieligen Händen hielt er eine halbgegessene Lammpastete.

«Ja, das war in Devon», erwiderte Sam.

«Als du noch Fischer warst?»

Sam nickte.

«Und was hat er mit dir zu tun?»

Sam spielte an seinem Krug voll Cider.

«Wegen ihm mußt' ich gehn», sagte er rauh.

«Du meinst, er ist schuld, daß du mit dem Fischen aufgehört hast?»

«Mehr oder weniger.»

«Wie das?»

Sam war es sichtlich unbehaglich. «Ich kann's dir nich' sagen, Jack. Es is' sicherer, wenn's ungesagt bleibt.»

«Klingt nach einer gefährlichen Geschichte.»

Sam nickte. «Man könnte sagen, es is' passiert, weil wir was gegen das Gesetz gemacht haben. Aber wir haben keinem geschadet. Was er getan hat, war viel schlimmer.»

Jack schüttelte verständnislos den Kopf. «Bist du sicher, er war's?»

«Ich hab' ihn nur flüchtig gesehn», räumte Sam ein. «Damals hatte er keine Perücke. Aber sein Gesicht würde ich überall erkennen. Es is' in mein Gedächtnis eingemeißelt wie Buchstaben in einen Stein.»

«Und was machst du, wenn du ihn wiedersiehst?»

«Ich töte ihn», sagte Sam einfach.

Sein Gefährte starrte ihn sprachlos an. «Ihn töten?»

«Ich hab' einen Eid getan.»

Jack sog hörbar die Luft ein und ließ sie langsam wieder durch seine halbgeöffneten Lippen entweichen. «'s is' nich' gut, so zu reden», sagte er ernst. «Ich möcht' dich nich' am Galgen baumeln sehn und meinen Arbeitsgefährten deswegen verlieren. Wir beide sind ein gutes Team. Es war ein glücklicher Zufall, daß du grad aufgetaucht bist, als mein Partner auf der Straße tot umgefallen war. Erinnerst du dich, wie du mir geholfen hast, ihn in die Leichenhalle zu bringen?»

Sam nickte.

«Und ich hab' gesagt, du könntest an seiner Stelle arbeiten, auch wenn das ein Risiko war, weil du dich in dem Geschäft nicht ausgekannt hast. Aber du hast hart gearbeitet, und ich kann mich nich' beklagen. Wirf also nich' alles weg. Vergiß ihn, Sam. Soll er doch im eigenen Saft schmoren.»

«Aber ich find' keine Ruh', solange er lebt. Es geht nicht nur um mich. Es sind auch andere Familien – haben alle ihre Männer verloren. Ich bin's ihnen schuldig.»

«Dann laß einen andren ihn töten. Oder überleg dir, wie er sonst für seine Tat büßen kann.»

Sam seufzte. Er wußte, daß sein Gefährte recht hatte. Er baute sich ein neues Leben auf und legte ein bißchen Geld auf die Seite, in der Hoffnung, daß eines Tages die Lage so sicher wäre, daß er heimkehren könnte. Er hatte sich sogar damit abgefunden, Cardew nie mehr zu sehen. Ja, beinah hatte er das gehofft. Aber durch diese kurze Begegnung waren alle Erinnerungen an diese Nacht am Strand wieder auf ihn eingestürzt: Die Verzweiflung seines Weibes, die Tränen der Kinder, als er fortging. Der Anblick seiner Schmugglerkameraden, die in Exeter am Galgen hingen, und was er in den folgenden Monaten durchlitten hatte, als er sich in Gräben versteckte und sich nur von rohem Gemüse ernährte, das er von den Feldern gestohlen hatte. Nach all dem fiel es schwer, seinen Racheschwur aufzugeben.

«Wie heißt er?» fragte Jack.

«Cardew», antwortete Sam abwesend. «Ich glaube, James Cardew.»

«James Cardew», wiederholte Jack langsam. «Ich werde mich umhören. Vielleicht kennt ihn einer. Aber um Gottes willen, tu nichts voreilig.» Er legte seine Hand auf Sams Arm. «Versprichst du mir das?»

Widerstrebend nickte Sam. Aber er war sich gar nicht sicher, ob er sich daran halten würde.

Fletch war außer sich, und als die Bande zum Versteck zurückkam, nahm er sich Josh vor.

«Du hast ihn hierhergebracht!» tobte er, «du und deine dumme Schwester». Er beugte sich über den verängstigt am Boden kauernden Josh. «Du hast uns da reingeritten!» wütete er weiter. «Eigentlich sollt' ich dich rauswerfen. Und deine Schwester gleich mit. Also, was hast du zu deiner Verteidigung zu sagen?»

Josh murmelte etwas, aber es war so undeutlich, daß man ihn nicht verstand.

«Steh auf, wenn ich mit dir rede», knirschte Fletch und riß ihn hoch. «Es wird Zeit, daß du merkst, wer hier das Sagen hat!» Er packte ihn am Hemd und schüttelte ihn. «Antworte, verdammt noch mal! Oder muß ich's aus dir rausprügeln?»

Die übrigen Bandenmitglieder schauten schweigend zu. Jigger und Beth hockten auf Kisten, Aggie auf dem Boden, und jedesmal, wenn Fletch ihren Bruder schüttelte, zuckte sie zusammen. Hester lag mit tränenüberströmtem Gesicht in einer Ecke, sie hatte eine Decke in ihren Mund gestopft.

«Wenn ich was frag', will ich 'ne Antwort!» brüllte Fletch. «Was willste also tun? He! He? Los, sag's!» Bei jedem Wort boxte er Josh in die Brust und stieß ihn immer weiter zurück.

«Laß ihn in Ruh'!» schrie Aggie und stürzte vor, um ihrem Bruder beizustehen.

Fletch schubste sie um, und sie schrie auf, als sie auf dem Boden landete. Empört warf sich Josh auf Fletch und gab ihm einen solchen Schlag in den Magen, daß beide hinfielen. Dann sah man nur noch fliegende Fäuste und strampelnde Beine; sie hämmerten aufeinander herum und rangen miteinander und rollten hin und her, bis es dem Älteren gelang, seinen Gegner auf den Rücken zu legen und mit beiden Armen auf dem Boden festzuhalten.

«Versuch das nich' noch einmal», stieß er böse hervor, «oder ich mach' dich kalt!»

Josh starrte ihn angstvoll an, er war auf den nächsten Schlag gefaßt. Aber der Kampf hatte die furchtbare Erregung in Fletch gelöst. Mit einer verächtlichen Kopfbewegung ließ er von seinem Gegner ab und stolzierte wie ein Preisboxer, der in seine Ecke zurückkehrt, erhobenen Hauptes auf eine Kiste zu. Aggie krabbelte zu ihrem Bruder, und sie kuschelten sich aneinander, um sich zu trösten und ihre Wunden zu pflegen.

Eine Zeitlang hörte man nur Hesters unterdrücktes Husten und den Regen, der auf das Dach prasselte und auf den Fußboden tröpfelte.

Ein gellender Schrei von Beth ließ alle hochfahren.

«Aggie!» kreischte sie. «Lumpen!»

Die älteren Jungen brüllten vor Lachen, als sie mit ungeschickten Schritten, die Hände zwischen den Beinen, zur Leiter stolperte. Aggie fluchte laut und machte sich auf die Suche nach Stoffetzen.

Durch diese Ablenkung lockerte sich die gespannte Atmosphäre etwas, und als die Mädchen wiederkamen, diskutierten sie ihre mißliche Lage.

«Vielleicht haben sie Ossie gar nicht geschnappt», sagte Josh hoffnungsvoll.

Fletch spottete: «Vielleicht ham die Schweine plötzlich Flügel gekriegt.»

«Und wenn sie ihn erwischt haben, muß er ja nicht gleich unsre Namen ausspucken.»

«Würdest du uns verpfeifen?» wollte Beth wissen.

«Würde er bestimmt nich'.» Aggie hielt treu zu ihm.

«Aber vielleicht singt er doch. Also riskieren wir lieber nichts und tauchen eine Weile unter.»

Beth spuckte zum Zeichen ihres Mißfallens auf den Boden.

«Was is' mit Pikey?» fragte Jigger.

«Was soll mit ihm sein?»

«Ich mein', wenn er sich jetzt andre Lieferanten besorgt.»

«Ach, das macht er doch nich'.» Fletch grinste spöttisch. «Er hat nur Spaß gemacht.»

Jigger nickte unsicher, er hatte Bedenken.

«Is' schon sehr komisch, daß der Stutzer dich hat laufenlassen», bemerkte Josh.

«Er hat mich nich' laufenlassen!» behauptete Fletch – er mochte gar nicht daran erinnert werden, daß er von einem feinen Herrn geschnappt worden war. «Ich bin ihm weggelaufen!»

«Aber er hat das Taschentuch.»

«Ich hab's ihm halt gelassen.»

«Wie sah er aus?» fragte Beth unwirsch.

Fletch zuckte die Achseln. «Groß un' stark.»

«Wie der, der mir geholfen hat.»

«Was soll's? Ich hab' keine Angst vor ihm. Nächstes Mal kriegt er mich nich'.»

«Wenn's ein nächstes Mal gibt», murmelte Josh vor sich hin.

«Was?»

«Nix, Fletch. Hab' nur grad gedacht, 's ist schad', daß wir untertauchen müssen.»

«Das is' nich' meine Schuld. Ossie ist schuld.»

«Vielleicht hat er 'nen Unfall gehabt», ertönte eine schwache Stimme aus der Ecke.

Sie hatten Hester völlig vergessen und wandten sich nun überrascht nach ihr um.

«Was für'n Unfall?» fragte Fletch.

Sie hustete und schüttelte den Kopf. «Wenn ich nur heut morgen mit ihm gegangen wär'», sagte sie und fing an zu weinen. «Bitte! Ihr müßt ihn suchen. Vielleicht hat er sich verlaufen.»

«Es macht mir nix, nach ihm zu suchen», bot Josh gleich an.

«Du gehst nirgends hin», schnauzte Fletch ihn an. «Und auch sonst keiner. Sie haben ihn geschnappt, und es hat keinen Sinn, ihn zu suchen.»

Hester brach in Tränen aus.

«Hör auf zu plärren, Mädchen», polterte Beth los. «Dein kleiner Bruder is' weg, und damit hat sich's.»

«Laß sie in Ruh'.» Auch Aggie weinte jetzt. Sie ging zu Hester, um sie zu trösten. «Sie is' krank.»

«Geht mir auf die Nerven mit ihrem Husten. 's is' ekelhaft.» Beth spuckte auf den Boden. «Schmeiß sie doch raus, Fletch.»

«Dann wird sie bloß von der Polente geschnappt.»

Wieder entstand langes Schweigen.

«Woher kriegen wir jetzt Geld?» jammerte Jigger. «Ich halt's nich' mehr aus ohne meinen Gin.»

Fletch grinste. «Mach dir keine Sorgen. Wenn wir keinen beim Schankkellner rausschlagen können, gibt's immer noch das Gold unter Pikeys Bett.»

Jigger starrte seinen Anführer bewundernd und ungläubig zugleich an. «Das is' doch nich' dein Ernst?»

«Wer weiß?» lachte Fletch und gab ihm einen freundschaftlichen Klaps.

Ossie wiegte sich vor und zurück, er umschlang seinen Körper mit den Armen und sang mit leiser, stockender Stimme:

«Der Herr ist mein Hirte ...
mir wird nichts mangeln ...»

Diesen Psalm liebte er, seitdem er ihn zum ersten Mal in einer Dorfkirche gehört hatte, die sie vom Waisenhaus aus besuchten. Es war in dem Heim schrecklich gewesen, aber jetzt hätte er alles darum geben, dorthin zurückkehren zu können – mit Hester.

«Er weidet mich auf einer grünen Aue ...»

Seine Augen füllten sich mit Tränen, als er an die grünen Felder dachte, die er in seinen Träumen für Hester zu finden hoffte. Die schienen weiter entfernt denn je.

«... und führet mich zum frischen Wasser ...»

Immer hatte er sich ausgemalt, daß das Wasser dort, wo er Hester hinzuführen hoffte, ganz kühl sei und köstlich zu trinken.

«Er erquicket meine Seele ...»

Ach, nur eine Nachricht von Hester würde seiner Seele guttun. Es kam ihm vor, als sei der Mann nun schon seit Stunden weg. Hin und wieder hatte er Schritte auf der Treppe gehört und das

Schlagen von Türen; da war er versucht gewesen, um Hilfe zu rufen. Aber die Drohung des Mannes, daß er ihn den Gendarmen übergeben würde, hatte ihn zurückgehalten.

Er hatte reichlich Zeit gehabt, seine Umgebung zu erforschen. Er wußte, daß er sich in einem winzigen Raum im obersten Stockwerk eines Hauses befand. Direkt über ihm war das Dach. Das Zimmer war voll staubiger Kisten und Truhen und Gerümpel, es blieb kaum Platz umherzugehen. Aber was es für ein Gebäude war und wo es sich befand, blieb ein Rätsel.

«Und ob ich schon wanderte im finstern Tal,
fürchte ich kein Unglück ...»

Ach, es war schwer, keine Angst zu haben, sich keine Sorgen zu machen. Eine Ewigkeit schien vergangen, seit er Hester von Mr. Crabbs neuem Hund erzählt hatte. Und in seiner Aufregung hatte er ganz vergessen, ihr einen Abschiedskuß zu geben.

«Denn du bist bei mir,
dein Stecken und Stab ...»

Er brach ab, als unten, ganz fern, eine Tür schlug. Er lauschte angestrengt und hörte Schritte nach oben kommen. Er erwartete, daß sie bald haltmachen und sich verlieren würden. Aber sie bewegten sich weiter, einen Gang entlang, noch eine Treppe höher, noch einen Gang weiter, sie näherten sich, wurden lauter. Sein Herz fing an zu klopfen, als er sie auf der letzten Stufe vernahm. Das war gewiß der Mann! Die Schritte machten draußen halt. Der Riegel wurde zurückgeschoben, und quietschend öffnete sich die Tür.

«Warst du ein guter Junge, Ossie?»

«Ja, Sir.»

«Das freut mich. Hier. Was zum Essen.»

Eine Brotrinde landete in seinem Schoß, er griff danach und riß mit seinen Zähnen ein Stück ab.

Der Mann kicherte. «Du bist aber hungrig.»

«Bitte, Sir, habt Ihr Hester gesehen?»

«'türlich.»

Ossie seufzte erleichtert. «Wie geht's ihr?»

«Gut. Sie bat mich, dir etwas auszurichten.»

«Was?»

«Warte, ich muß überlegen ...» Der Mann machte eine Pause, als versuche er, sich zu erinnern. «Sie sagte, sie versteht's, daß du dich vor den Gendarmen verstecken mußt. Sollst dir keine Sorgen machen wegen ihr. Es geht ihr sehr gut. Und du sollst ein guter Junge sein, und – das soll ich dir ausdrücklich sagen – alles tun, was ich anordne.»

«Mußte sie liegen?»

«Liegen? Nein, sie hüpfte vor Freude, tanzte herum. Aber sie war traurig, daß die übrige Bande erwischt worden ist. Doch wegen dir war sie glücklich.»

Ossie lächelte. Die Nachricht war besser, als er zu hoffen gewagt hatte. Doch fand er es schon eigenartig, daß sie herumgetanzt haben sollte. Das hatte er noch nie bei ihr erlebt. Vielleicht war es die Freude und Aufregung, als sie erfuhr, daß er in Sicherheit war?

«Mußte sie deswegen husten?»

«Weswegen?»

«Wegen dem Tanzen.»

«Nein. Keine Spur. Möchtest du was trinken?»

«Ja bitte, Sir.»

Ein Stöpsel knallte, und eine Lederflasche wurde in seine Hand gedrückt. Er nahm einen kräftigen Zug Bier und verschluckte sich vor lauter Hast.

«Nicht so schnell, Bursche», der Mann lachte. «Verschwend mir's nicht.»

Ossie hustete, dann trank er noch mal, langsam und genüßlich.

«Is' es schon Abend?» fragte er und wischte sich den Mund.

«Es wird dunkel.»

«Seht Ihr Hester morgen?»

«Du hast sie sehr gern, was?»

Ossie nickte.

«Wo sind deine Eltern?»

«Mutter is' tot. Von meinem Vater weiß ich nichts.»

Der Mann versetzte barsch: «Da geht's uns gleich. Haste genug?»

Ossie bejahte und streckte ihm die Flasche hin. Sie wurde ihm aus der Hand genommen, der Stöpsel wieder hineingesteckt.

«Gut. Es ist Zeit zum Schlafen. Ich möchte, daß du morgen ganz frisch bist.»

«Warum?»

«Schluß mit den Fragen.»

«Bitte, Sir, ich muß mal.»

«Mach's in die Hosen. Oder auf den Boden.»

Die Tür fiel ins Schloß, der Riegel wurde rasch vorgeschoben.

Ossie kauerte im Dunklen und dachte wieder und wieder an das, was der Mann gesagt hatte. Ging es Hester wirklich gut? Als er weggegangen war, hatte sie sich überhaupt nicht wohl gefühlt. Und das mit dem Tanzen sah ihr so gar nicht ähnlich. Wenn er das nur selbst herausfinden könnte. Aber er war in einem winzigen Gefängnis eingesperrt, und eine lange, einsame Nacht lag vor ihm.

«Der Herr ist mein Hirte ...»

sang er mit zitternder Stimme,

«mir wird nichts mangeln ...»

XIII

Ryders Wange zuckte, als ein Schweißtropfen unter seiner Perücke hervorrann. Im Tanzsaal war es durch das Kerzenlicht und die allgemeine Schwüle nach dem Regen unerträglich heiß. Überall flirrten Fächer, es sah aus, als habe sich eine Wolke bunter Schmetterlinge darin niedergelassen.

Er zog aus der breiten Stulpe seiner Jacke ein Taschentuch heraus und betupfte sich sacht die Schläfe. Er hoffte, der Puder würde nicht verschmiert, denn nichts sollte seine Erscheinung beeinträchtigen.

Mehr als eine Stunde lang hatte er Paare von Rang und Namen beim Menuettanz beobachtet und war jetzt gründlich gelangweilt von der Steifheit der ganzen Veranstaltung. Es hatte damit begonnen, daß Nash eine königliche Prinzessin auf das Parkett führte. Viel lieber wäre Ryder im Spielsaal gewesen. Aber im Moment hatte er eine andere Aufgabe.

Er hatte beschlossen, das gestohlene Taschentuch, statt seinem Besitzer, lieber dessen Frau zurückzugeben. Das eingestickte Monogramm und ihre so offensichtliche Betrübnis ließen ihn vermuten, daß es ein Hochzeitsgeschenk von ihr war. Er zählte auf ihre Erkenntlichkeit, von der er sich höheren Lohn als ein bloßes Dankeschön erhoffte.

Als der erste Teil des Abends vorüber war, ließ er sich mit der Menge in den Tearoom treiben, wo man Erfrischungen zu sich nahm. Dort hoffte er, mit Lady Molyneaux sprechen zu können. Aber sie war ständig von Freunden umringt, und er wollte unbedingt mit ihr allein reden.

Ein Musiktusch verkündete das Ende der Pause, und alles eilte zurück in den Saal zum Kontertanz. Der Zeremonienmeister kündigte den ersten Tanz an, und als die Leute sich in Gruppen aufstellten, ergriff Ryder die Hand einer dicklichen Dame, die keinen Partner hatte und ganz überrascht und aufgeregt reagierte, und führte sie der Gruppe um Lady Molyneaux zu.

Kaum hatten sie ihre Plätze eingenommen, setzte auch schon das Orchester ein. Jeder verneigte sich oder knickste vor seinem Gegenüber.

Der Tanz schrieb vor, daß nach jeder Passage Männer sowie Frauen ihre Partner wechselten. So würde er zwangsläufig schließlich mit Lady Molyneaux zu tanzen kommen. Als es soweit war, grüßte er sie mit tiefgründigem Lächeln, worauf sie ihn fragend anblickte. Nun wurden zwei Reihen gebildet, und sie taten beide einige Schritte zurück, als sie aber wieder aufeinander zukamen, zog er das Taschentuch hervor.

«Ich nehme an, Euer Gemahl hat dies verloren?» sagte er und hielt es hoch.

Sie starrte darauf, und während sie mit den anderen Damen wieder rückwärts schritt, blieb ihr Blick daran haften. Als sie wieder vor ihm stand, ließ er es galant in ihre ausgestreckte Hand gleiten. Während er sie im Kreis drehte, stolperte sie und blieb stehen.

«Wie kann ich Euch nur danken?» rief sie.

Er lächelte flüchtig. «Eure Freude ist mir Dank genug, Madam. Sollen wir den Tanz fortsetzen?»

Er bot ihr den Arm und führte sie im Kreis mit den anderen Paaren. Zu seiner großen Befriedigung spürte er, daß sie zitterte.

«Darf ich Euren Namen erfahren, Sir?» fragte sie, als sie sich wieder einander zuwandten.

«Captain James Ryder.»

Ein anderer hätte vielleicht versucht, seinen Vorteil auszunützen. Aber als lebenslanger Beobachter aristokratischen Verhaltens wußte er, worin die Kunst, sich als Mann von Welt zu geben, bestand. Man mußte so tun, als erwarte man keinerlei Belohnung, da man ja alles hatte, was man sich irgend wünschen könnte. Während sie sich im Kreise drehten, trafen sich ihre Augen, und sie lachte glücklich, er erwiderte ihren Blick jedoch nur mit einem höflichen Lächeln. Als der Tanz endete, machte er keinen Versuch, das Gespräch fortzusetzen, sondern verneigte sich vor ihr und schlenderte in den Spielsaal.

Kurze Zeit später freute er sich, denn sie trat herein und ging zu ihrem Mann. Aufgeregt flüsterte sie ihm etwas zu und überreichte ihm das Taschentuch. Dann blickten beide zu Ryder herüber. Dieser neigte seinen Kopf zum Gruß und dachte, man würde ihn herwinken. Aber das geschah keineswegs. Lady Molyneaux verließ den Raum, und ihr Gemahl wandte sich wieder dem Spiel zu.

Ryder war äußerst enttäuscht. Planlos setzte er auf ein paar Beträge und verlor gleich mehr, als er eingenommen hatte.

Zum Ende des Abends verließ Lord Molyneaux den Saal und machte keinerlei Anstalten, Ryder anzusprechen. Es schien, als sollte sein Spielchen keine Früchte tragen. Aber als er mit den Bauerntölpeln den Tearoom betrat, erwartete ihn der junge Lord.

«Ich nehme an, hierfür habe ich Euch zu danken», sprach er gedehnt und hielt ihm das Taschentuch entgegen.

«Es war mir eine Ehre, Mylord», erwiderte Ryder zurückhaltend, aber sein Puls raste, als er nun endlich seiner Beute gegenüberstand.

«Edward Molyneaux.»

«Captain James Ryder, zu Euren Diensten.»

«Meine Frau möchte Euch zum Essen einladen. Habt Ihr morgen etwas vor?»

Ein Schauer der Erregung durchlief Ryder. Er runzelte die Stirn, als müsse er über seinen Tagesplan nachdenken. «Nein. Ich glaube, ich bin frei.»

«Also, morgen um drei Uhr. Ihr findet uns in der North Parade 10.» Damit schlenderte Lord Molyneaux davon.

Aufgeregt umringten die Bauerntölpel Ryder. «Was war denn das?» flüsterte Trotter.

Ryder zuckte die Achseln. «Eine kleine Privatangelegenheit.»

«Is' er nicht ein Lord?»

«Und zum Essen eingeladen werden!» Bushell mußte nach Luft ringen.

Ryder lächelte süßlich. Im Verlauf eines einzigen Tages hatte er den Jungen erfolgreich entführt, hatte die erwünschte Bekanntschaft gemacht und obendrein eine Einladung zum Essen erhalten. Das mußte unbedingt gefeiert werden.

«Jawohl!» sagte er laut. «Mal sehen, ob wir Norton von Miss Perkins loseisen können, und dann geht's auf zu Peg Draper!»

XIV

Im ersten Dämmerlicht des Morgens lag Hester wach und überlegte, wie sie sich davonschleichen könnte, ohne die anderen zu wecken. Sie hatte fast die ganze Nacht husten müssen und sich Sorgen um Ossie gemacht. Es ging ihr gar nicht gut, aber da Fletch keinem erlaubte, nach ihm zu suchen, mußte sie es tun, und zwar rasch, bevor die anderen aufwachten.

Vorsichtig legte sie die Decke beiseite und lief auf Zehenspitzen zur Leiter. Wie erstarrt blieb sie stehen, als Jigger sich rührte, aber als er ruhig weiteratmete, kletterte sie vorsichtig nach unten. Sie wickelte ein Tuch um ihren Kopf und schlich in die trübe Morgendämmerung hinaus.

Über dem Fluß hing dichter Nebel, als sie die Brücke überquerte und der Stadt zustrebte. Insgeheim hegte sie die winzige Hoffnung, daß Ossie zu einem ihrer alten Verstecke gegangen war; dort hatten sie sich aufgehalten, als sie sich noch kümmerlich allein durchschlagen mußten. Oft hatten sie mit anderen Obdachlosen die Nacht auf einem Hügel hinter der Nordgrenze der Stadt verbracht, und sie beschloß, dort zuerst zu suchen.

Stall Street war nahezu menschenleer, nur ein paar Straßenfeger und Kaminkehrer und übelriechende Mistkarren waren unterwegs. In den oberen Stockwerken schimmerte hinter manchen Fenstern Kerzenlicht, denn Schneider und Kleidermacher arbeiteten schon an ihren Aufträgen für den kommenden Tag. Ab und zu blieb Hester stehen und fragte einen Geschäftsinhaber, der gerade die Läden öffnete, ob er am Vortag einen blinden Jungen gesehen habe. Die Antwort war immer die gleiche: ein Kopfschütteln.

Als sie Burr Wall erreichte, begann die Stadt zum Leben zu erwachen. Arbeiter gingen zu ihren Baustellen, Frauen schleppten Eimer voll Milch, die an einem Joch über ihren Schultern hingen, Männer schoben mit Obst und Gemüse beladene

Handkarren zum Markt, Sänftenträger brachten frühe Badegäste an ihr Ziel. Aus den Bäckereien kam der Duft nach frischgebackenem Brot, daß einem das Wasser im Munde zusammenlief. Aber Hester war in zu großer Sorge um Ossie, als daß sie sich die Zeit genommen hätte, um ein Stück Brot zu betteln.

Am Queen Square hielt sie kurz inne. Es war ein großer Platz, der von einigen der vornehmsten Häuser der Stadt umsäumt war. Sie fragte eine Gruppe von Sänftenträgern, ob sie Ossie gesehen hatten. Alle verneinten; da eilte sie weiter.

Die letzte Straße vor dem offenen Land war so steil, daß sie stehenbleiben mußte, um Atem zu schöpfen. Als sie sich an ein Geländer klammerte, kam eine Frau mit einem Bündel Wäsche auf dem Kopf und fragte, ob alles in Ordnung sei. Hester nickte und kämpfte sich weiter. Aber als sie oben angelangt war, versagten plötzlich ihre Beine, und sie lag eine Zeitlang auf dem feuchten Gras und rang nach Luft und hustete.

Im grauen Morgenlicht bot der bewaldete Abhang einen trostlosen Anblick. Traurige Gestalten wanderten zwischen den Elendshütten und Abfallhaufen umher. Andere kauerten um rauchende Feuer. Von der Stadt her hörte man schwach die Glocke der Abteikirche, die sechs Uhr schlug. Hester zog den Schal enger um ihre Schultern, stand mühsam auf und lief über das stoppelige Gras, um ihren Bruder zu suchen.

Ossie lag in sich zusammengesunken auf dem Boden der Abstellkammer. Er lauschte den Schritten des Mannes im Nebenzimmer. Er hatte eine schlechte Nacht hinter sich, fürchterliche Alpträume hatten ihn aufgeschreckt, und er war stundenlang wach gewesen. Ihn fror, und alles tat ihm weh, weil er so verkrampft dagelegen hatte.

Wilder Schrecken durchfuhr ihn, als unten gegen die Tür gehämmert wurde. Ob die Gendarmen herausgefunden hatten, wo er versteckt war? Angstvoll lauschte er den nur schwach vernehmbaren Stimmen. Dann rief eine Frau: «Captain Ryder!» Die Tür neben ihm wurde geöffnet, und eine Männerstimme befahl: «Sagt ihnen, sie sollen raufkommen.» Man hörte Poltern und Krachen, dann unterdrücktes Fluchen, als ein großer

Gegenstand die Treppe hinaufbefördert wurde. Auf dem unteren Gang wurde er mit lautem Rumpeln abgestellt, so daß es im ganzen Haus widerhallte. Eine ärgerliche Stimme keuchte: «Wir können nicht weiter.»

«Gut», erwiderte der Mann. «Wartet, wo ihr seid. Ich bin in einer Minute unten.»

Ossie war überzeugt, daß es die Gendarmen seien. Er konnte nur an Flucht denken. So rappelte er sich hoch und stand mit angespannten Muskeln da, als der Riegel plötzlich zurückgeschoben wurde. Er hörte das Quietschen der Tür und warf sich vorwärts. Fast war er schon an dem Mann vorbei, da wurde er am Genick gepackt und zurückbefördert.

«Was bildest du dir ein, wohin du gehst?» zischte der Mann. Seine Hand hielt Ossie am Hemd fest und zwang ihn die Treppe hinunter. Der Mann schien einen langen Mantel und Pantoffeln zu tragen.

«Ihr habt kein Wort davon gesagt, daß Ihr zu zweit seid», murrte eine Stimme.

«Ich werd' euch die Mühe lohnen.»

«Wir können euch nicht beide die engen Treppen runtertragen.»

«Dann nehmt ihr den Jungen, ich laufe.»

«Das hätte man gleich tun können.»

«Hört auf zu meckern, tut was ich sage.»

«Rein mit dir, Bursche.»

Mit einem entsetzten Aufschrei versuchte Ossie, sich freizustrampeln.

«Was ist los mit ihm?»

«Er ist blind, du Idiot.»

«Woher soll ich das wissen? Komm, Kerlchen, ich helf' dir.»

Eine Hand packte seinen Arm und schob ihn in etwas hinein, das wie eine große Kiste war. Ossie stieß an einen gepolsterten Sitz, und bevor er sich von dem Schreck erholen konnte, wurde er hochgehoben und verlor das Gleichgewicht. Da lag er auf dem Boden und wurde hin und her geschüttelt, als die Männer ihn zwei Treppen hinunterschleppten.

«Es ist alles in Ordnung, Mrs. Grimes», hörte er seinen Entführer sagen. «Ich bekam Mitleid mit ihnen und bin zu Fuß gegangen.»

«Habt wohl gedacht, Ihr würdet einen vornehmen Abgang haben, was, Captain?» kicherte die Alte.

«Will doch nicht, daß die Welt mich so sieht», lachte der Mann.

Eine Tür schlug zu, und zu Ossies großer Erleichterung wurde die Sänfte – er war sich sicher, daß es eine war – auf dem Boden abgesetzt. Er hörte Hämmern, Sägen, Möwen, Schritte, Pferde. Er war wieder draußen, in der Außenwelt! Während sein Entführer mit den Trägern über die Bezahlung stritt, suchte er verzweifelt nach dem Griff, aber als seine Finger ihn endlich umschlossen, wurde der Schlag aufgerissen, und der Mann kletterte herein und versperrte jede Aussicht auf Flucht.

«Setz dich auf meinen Schoß», befahl der Mann und umfaßte Ossies Hüfte.

Jemand rief: «Auf!» Und plötzlich setzten sie sich in Bewegung.

«Wohin gehen wir?» fragte Ossie aufgeregt.

Sein Entführer kicherte. «Zu deinem Debut.»

Darunter konnte sich Ossie nichts vorstellen, aber es klang bedrohlich, und er zitterte in angstvoller Ahnung.

«Wir müssen ihr nach!» schrie Beth.

«Das ist zu gefährlich!» brüllte Fletch.

«Sie wird bestimmt geschnappt.»

«Na und?»

«Die spuckt bestimmt Namen aus!»

Sie standen im Regen vor der alten Brauerei und starrten einander wütend an.

Aggie hatte als erste entdeckt, daß Hester verschwunden war, und gleich die anderen geweckt. Fletch schickte sie dann sofort auf die Suche in der Nachbarschaft, und als sie unverrichteter Dinge zurückkamen, gerieten Fletch und Beth fürchterlich aneinander.

«Warum habt ihr Idioten sie nicht aufgehalten?» fuhr er sie an.

«Du hast ja auch geschlafen», wagte Josh ihn zu erinnern.

«Und wenn schon», gab er wütend zurück, «einer von euch hätte sie hören müssen.»

«Haben wir aber nicht», sagte Jigger hilflos.

Fletch boxte ihn gegen die Brust und ging erregt zurück ins Haus.

«Der ist verrückt geworden», sagte Beth zornig. Sie spuckte in den Dreck und stürmte ihm nach.

Die übrigen Bandenmitglieder standen mit klatschnassen Haaren und durchtränkten Kleidern im Regen und schauten sich verzweifelt an.

«Es ist ungerecht», klagte Aggie. «Immer sind wir schuld.»

«Nich' immer», erwiderte Jigger, er nahm Fletch in Schutz.

«Aber es scheint so.» Sie begann zu weinen. «Glaubst du, sie ham beide geschnappt?» fragte sie ihren Bruder.

«Vielleicht nich'.» Er lächelte unsicher.

Ihre Blicke wanderten zum Haus, erneut flammte dort der Streit zwischen Beth und Fletch auf.

«Is' er wirklich übergeschnappt?» erkundigte sich Josh ängstlich.

«Niemals!» schrie der ältere Junge wütend. Josh hoffte, daß er recht hatte. Jetzt, wo Ossie und Hester beide weg waren, wären sie ohne die starke und zuverlässige Führung durch Fletch verloren.

«Gehn wir rein», murmelte er seiner Schwester zu.

Ossie schrie und wand sich auf dem nassen Boden. Zwei alte Frauen zogen ihn nackt aus. Von allen Seiten hallten Stimmen, hörte man Lachen und platschende Geräusche im Hintergrund. War er wirklich im Gefängnis? Der Mann sprach über ihn. Was sagte er? Irgendwas, daß er das Kind seines Bruders sei?

«Das is 'ne Lüge!» schrie er und wehrte sich gegen die Zugriffe der Frauen, als sie ihm irgendein komisches Gewand über den Kopf zogen.

«Halt still, du kleiner Teufel!» rief eine von ihnen.

«Es ist für ihn das erste Mal», lachte der Mann. «Er wird sich beruhigen, sobald er im Wasser ist.»

Wasser? Was für ein Wasser?

«Der is' aber ein dünnes Kerlchen, was?» brummte eine andere Frau und schob energisch seine Arme in die Ärmel des Gewands, das ihm viel zu groß war und bis an seine Füße reichte. Als der Mann ihn vorwärts schubste, trat er auf den langen Saum und mußte ihn hochheben.

Seine Angst und Verwirrung wuchs, als man ihn durch einen rutschigen Gang ins Freie führte. Er spürte Regentropfen in seinem Gesicht, doch die Luft war warm; es roch eigenartig. Leute lachten, plantschten und schwatzten. Irgendwo spielte ein Orchester, es war eine heitere Melodie, die er oft aus der Trinkhalle gehört hatte. Jetzt klang sie viel näher. War er – sein Herz setzte bei dem Gedanken einmal aus – im Kings Bath?

«Runter mit dir», sagte der Mann und schob ihn ein paar Stufen hinab.

Ossie schrie auf, als sein Fuß in heißem Wasser landete. Der Mann fluchte in sich hinein und hob ihn hoch. Er wurde als ein tretendes, schreiendes Bündel ins Wasser getragen, bis er mit dem ganzen Körper untergetaucht war. Wild schlug er um sich und versuchte, seinen Kopf über Wasser zu halten, aber das unförmige Gewand behinderte ihn.

«Halt still, du kleiner Idiot!» befahl der Mann ärgerlich.

«Laßt mich nich' los!» stieß Ossie hervor und verschluckte etwas von dem faulig schmeckenden Wasser.

«Hör auf, um dich zu schlagen, und halt dich fest.»

Obwohl er den Mann haßte, klammerte sich Ossie an ihn.

Da waren plötzlich Applaus und freundliche Zurufe.

«Der Sohn meines Bruders», rief der Mann. «Er ist von Geburt blind.»

Ossies Angst vorm Ertrinken war viel zu groß, um zu protestieren.

Langsam bewegten sie sich durch das Wasser vorwärts. Plötzlich umfaßte der Arm des Mannes ihn fest, und mit tiefer, drängender Stimme sagte er: «Das Orchester hat aufgehört. Jetzt mußt du singen.»

«Singen?» Ossie schnappte nach Luft und schrie entsetzt auf, als er plötzlich aus dem Wasser hochgehoben und auf einer Steinplatte abgesetzt wurde.

«Stell dich ordentlich hin!» befahl der Mann.

Ossie schüttelte den Kopf, er konnte sich vor Angst nicht rühren.

«Stell dich hin!» Die Stimme war jetzt hart und eindringlich.

Ossie tastete vorsichtig um sich, er faßte an eine Steinsäule und stellte sich hin, ohne loszulassen. Der Rand schien gefährlich nah, und er klammerte sich an den Pfeiler aus schrecklicher Furcht, ins Wasser zu fallen. Er wußte nicht, daß er auf dem Brunnenkopf mitten im Becken stand.

«Sing!» befahl der Mann.

Das Wort hallte in Ossies von Angst gepeinigtem Kopf wider.

«Sing! Verdammt noch mal!»

Ossie zitterte und schüttelte den Kopf.

«Sing!»

Eine Melodie, ein paar Worte blitzten in ihm auf. Aber ihn schwindelte, und der Druck in seiner Brust machte ihm das Atmen nahezu unmöglich.

«Ich kann nicht!» rief er verzweifelt. «Ich kann nicht!»

Mit einem dumpfen Schlag, der ihm die Luft nahm, landete Ossie auf dem Boden der Abstellkammer. Er schwitzte immer noch von dem heißen Wasser, und seine nassen Kleider klebten ihm am Körper.

«Du bist ein unfolgsames, widerspenstiges Kind», wütete der Mann mit unterdrückter Stimme. «Wie kannst du es wagen, nicht zu singen, wenn ich es sage? Ich hab' dich vor dem Galgen gerettet, und du machst mich vor allen Leuten zum Narren. Es gibt nur eine Möglichkeit, einen Jungen wie dich zu behandeln, und das sind Prügel.»

«Bitte, Sir, bitte schlagt mich nicht!» flehte Ossie und schützte seinen Kopf mit den Händen. «Ich wollt' nich' ungehorsam sein, ehrlich …»

Er stieß einen Schrei aus, als ihn ein heftiger Stockhieb an der Schulter traf. Instinktiv legte er seine Hand darauf und schrie wieder, als der nächste Schlag seinen Arm erwischte. Er wandte sich ab, klammerte sich an eine Kiste, um dem Stock auszuweichen, da landete ein Hieb auf seinem Rücken. Aufheulend sank er zu Boden und vergrub sein Gesicht in den Händen, wieder und wieder sauste der Stock auf seinen Rücken, seine Arme nieder. Endlos schienen ihm die Schläge, und der brennende Schmerz war so fürchterlich, daß er fast das Bewußtsein verlor. Schließlich aber hörten sie auf, und Ossie lag zusammengekrümmt am Boden; alles tat ihm weh, sein Entsetzen war zu groß, als daß er hätte weinen können.

«Mach nie mehr einen Narren aus mir», warnte der Mann mit drohender Stimme.

Ossie hatte so große Schmerzen, daß er kaum merkte, wie der Mann hinausging. «Warum?» fragte sein fiebernder Geist immer wieder. «Warum wollte er, daß ich singe?»

XV

Als Ryder vor der North Parade Nummer 10 der Sänfte entstieg, sah man ihm seine vorherige Wut nicht mehr an. Er trug eine frisch gepuderte Perücke und ein neues Hemd mit einer Halsbinde, die er am Morgen gekauft hatte, dazu eine weinfarbene Samtjacke und Kniehosen. Er war ganz das Abbild eines wohlhabenden Mannes von Rang. Er hatte den Zeitpunkt seiner Ankunft sorgfältig gewählt – es war einige Minuten nach drei Uhr –, so würde er weder zu übereifrig wirken noch zu spät kommen.

Er läutete die Glocke und atmete tief durch. Er genoß die Aussicht darauf, nun die Welt der Aristokraten in einem der elegantesten Häuser Baths zu betreten.

Als die Tür von einem ältlichen Diener geöffnet wurde, verkündete er stolz: «Captain Ryder.»

«Bitte, tretet ein, Sir», forderte der Mann ihn auf.

Ryder schritt an ihm vorbei in eine geräumige Halle, nahm mit Schwung den Hut vom Kopf und reichte ihn samt Handschuhen und Stock einem bereitstehenden Lakai.

«Wie ist Sein Name?» fragte er den Diener.

«Jessup, Sir», erwiderte dieser. «Würdet Ihr mir bitte folgen?»

Ryder ging hinter ihm eine gewundene Treppe hinauf und einen Gang entlang. Er verging fast vor Neid beim Anblick der prächtigen Einrichtung und der riesigen Gemälde an den Wänden. Er wartete, bis Jessup eine Doppeltür geöffnet hatte; eine Lachsalve tönte ihm entgegen, sogleich nahm Ryder eine abwehrende Haltung ein.

«Captain Ryder, Mylord», hörte er den Diener melden, da schritt er entschlossen über die Schwelle.

«Tretet ein, tretet ein!» rief eine gleichgültig klingende Stimme.

Ryder spürte, daß alle Blicke ihm folgten, als er das Empfangszimmer durchquerte, um seinen Gastgeber zu begrüßen, der lässig am Feuer lehnte und seinen Ellbogen auf das Kaminsims gestützt hatte.

«Wir dachten schon, Ihr würdet nicht kommen», sagte der junge Lord gelangweilt.

Ryder geriet etwas aus der Fassung. Hatte er den Zeitpunkt seiner Ankunft doch falsch gewählt, oder sollte das eine gezielte Beleidigung sein? Einerlei, was zutraf, er würde sich nicht nervös machen lassen.

«Vergebt mir, Sir», sagte er sanft, «eine unerwartete Nachricht von meinem Regiment.»

«Zum Teufel mit der Armee», kicherte sein Gastgeber, was bei den übrigen Anwesenden auch gleich zu glucksendem Lachen führte.

«Roberts! Wein für den Captain!»

Ein Lakai trat mit einem Silbertablett voll Weingläser herzu.

«Captain Ryder», grüßte eine freundliche Stimme. «Wie nett, daß Ihr gekommen seid!»

Er drehte sich um und stand Lady Molyneaux gegenüber. Sie sah in ihrem feingemusterten Seidenkleid und einer doppelreihigen Perlenkette sehr attraktiv aus.

«Es ist mir eine Ehre, Madam», erwiderte er mit einer galanten Verbeugung.

«Bitte, nehmt Euch ein Glas, ich möchte Euch den anderen Gästen vorstellen. Vielleicht kennt Ihr schon jemanden? Wir sterben vor Neugier, die Geschichte zu hören, wie Ihr zu Edwards Taschentuch kamt.»

«Beim Essen», unterbrach ihr Gemahl mit einem gequälten Gesichtsausdruck. «Charlie kommt um vor Hunger.»

Der Mann, von dem er gesprochen hatte, war schrecklich dick, er schüttelte sich vor Lachen. Ryder erkannte in ihm einen von Lord Molyneaux' Spielkumpanen. Er wurde ihm später als der Ehrenwerte Charles Henshaw vorgestellt.

Die meisten Gäste hatten diesen oder jenen Titel. Auch ein Parlamentsmitglied, Sir Cosimo Gordon mit Gemahlin, war darunter. Schließlich noch Lady Molyneaux' ältere Schwester, Lady Venetia, die am Morgen aus London gekommen war. Sie war eine hochgewachsene, eindrucksvolle Erscheinung mit leuchtendrotem Haar, aber auch nicht annähernd so hübsch wie ihre Schwester.

Insgesamt gab es zwanzig Gäste. Als der Gong sie ins Speisezimmer rief, wies man jedem seinen Platz an einem hochpolierten Tisch, an dessen einem Ende der Gastgeber saß, am anderen seine Frau. Ryder wurde in die Mitte plaziert, zwischen die Gemahlin des Parlamentsmitglieds und Lady Venetia. Während Diener die Suppe reichten, wandte er sich an Lady Venetia und erkundigte sich nach ihrer Reise.

«Langweilig», erwiderte sie abweisend. «Die Fahrt von London ist immer ermüdend, findet Ihr nicht?»

Er pflichtete ihr bei. «Ihr seid also nicht zum ersten Mal in Bath?»

«Aber sicher nicht. Ich komme seit meiner Kindheit regelmäßig hierher.» Ihre schneidende, hochmütige Stimme war ziemlich abstoßend.

«Und gefällt es Euch?» fragte er lahm.

«Überhaupt nicht.»

Als ihm nun wirklich nichts mehr zu sagen einfiel, nahm er Zuflucht bei der Hummersuppe.

«Nun, Captain Ryder, verratet Ihr uns jetzt, wie Ihr an Edwards Taschentuch gekommen seid?» sagte seine Gastgeberin.

Er lächelte bescheiden. «Nun, es war eigentlich ganz einfach», begann er mit seiner wohleinstudierten Erklärung. «Ich kam gerade aus einer Leihbibliothek, als ein Mann plötzlich gegen mich stieß. Natürlich war ich wütend und hielt ihn fest, ich wollte, daß er sich entschuldigte. Ich sah sofort, daß er irgend so ein Gauner war.»

Einige der Damen rangen nach Luft, und er fragte sich, ob er die Geschichte wohl zu sehr übertreibe.

«Fahrt fort, Captain Ryder», ermutigte ihn Lady Molyneaux.

«Nun, wir rangen ein bißchen miteinander, dabei merkte ich, daß er etwas in der Hand hielt. ‹Was ist das?› schrie ich. Als er es mir nicht sagen wollte, wurde ich mißtrauisch. Ich griff danach und konnte es seiner Hand entwinden. Natürlich hätte ich ihn zur Wache gebracht, aber er riß sich los und rannte davon. Ich schwankte, ob ich den Diebstahl melden sollte. Aber als ich das

Monogramm sah, dachte ich, sein Besitzer wünsche bestimmt, es ohne viel Aufhebens zurückzuhaben. Ich hoffe, ich handelte in Eurem Sinne, Mylord.»

«Gewiß doch!» Lady Molyneaux war voll Bewunderung. «Wir stehen hoch in Eurer Schuld, nicht wahr, Edward?»

«Gewiß, Madam», antwortete ihr Gemahl gleichgültig.

«Wie mutig!» murmelte eine der Damen, andere stimmten ihr zu.

Ryder wehrte bescheiden räuspernd ab, insgeheim aber gratulierte er sich zum Erfolg seiner Geschichte.

«Ein ausgezeichneter Wein, Edward!» tönte der dicke Mann. Er schien der Meinung, es sei nun genug Theater um das Taschentuch und seinen Apportierhund gemacht worden.

«Ein Portugieser, Charlie. Solltest dir welchen davon kaufen. Hab' ihn vom Weinhändler in St. James. Er ist ein Schlitzohr, hat aber guten Wein auf Lager. Obendrein zu anständigen Preisen.»

«Wahrscheinlich geschmuggelt ...»

Alles lachte, auch Ryder, für den diese Bemerkung ja eine besondere Ironie hatte.

Eine Zeitlang drehte sich das Gespräch um Allgemeines; in der Hauptsache redete man über das Ergehen verschiedener Freunde, von denen er noch nie gehört hatte. Er lächelte jedoch und nickte hier und da zustimmend, als ob er von den Betreffenden wüßte oder sogar mit einigen von ihnen bekannt sei. Er hatte sein Ziel erreicht und war froh, nicht mehr im Mittelpunkt der Aufmerksamkeit zu stehen.

Im Verlauf des Mahles wurde er jedoch noch einmal ins Rampenlicht gerückt, als das Parlamentsmitglied fragte: «Habe ich Euch heute morgen nicht im Kings Bath gesehen, Captain Ryder?»

«Kings Bath!» rief eine statuenhafte Dame, die sinnigerweise Lady Olympia hieß. «Aber Sir Cosimo, dahin geht Ihr doch wohl nicht? Da herrscht doch schreckliches Gedränge! Wir sind immer im Cross Bath, nicht wahr, Diana?»

Lady Molyneaux nickte.

«Mich brächten keine zehn Pferde dahin», erklärte einer aus der Spielerkumpanei des Lords.

«Mich auch nicht», nickte der fette Mann.

«Es ist eben nicht groß genug für Euch, Sir!» lästerte Lady Venetia.

Diese taktlose Bemerkung brachte die Unterhaltung zu einem abrupten Ende. Der eine oder andere kicherte hinter vorgehaltener Serviette. Einen Moment schien Charles Henshaw beleidigt, aber dann brüllte er vor Lachen, und alles atmete erleichtert auf. Ryder begann, Lady Venetias unverblümte Art sympathisch zu finden.

«Mir gefällt es dort», beharrte Sir Cosimo, «ich gehe seit Jahren ins Kings Bath. Es ist doch nicht übel, was meint Ihr, Captain Ryder?»

Ryder rutschte unbehaglich auf seinem Stuhl hin und her. «Ich gehe gelegentlich dorthin.» Er war auf der Hut.

«Ihr hattet ganz schönes Theater mit dem Kind. Was war los?»

«Kind?» Lady Molyneaux war voller Interesse.

«Ach, das Kind meines Bruders», erwiderte er mit ernster Miene. «Eine traurige Geschichte. Der älteste Sohn. Blind von Geburt. Eltern verzweifelt. Ich bot an, ihn eine Weile zu betreuen. Dachte, das Wasser könnte ihm helfen.»

Ringsum wurden Sympathiekundgebungen laut.

«Wie edelmütig Ihr seid, Captain Ryder», schmeichelte ihm Lady Molyneaux lächelnd.

Er zuckte geringschätzig die Achseln. «Man hat doch die Pflicht, zu helfen.»

Er hoffte, damit sei die Sache erledigt, aber das sollte nicht der Fall sein.

«Weshalb sind seine Eltern nicht hier?» fragte eine rundliche Dame namens Lady Stapleton.

«Können ihren Besitz nicht allein lassen», erwiderte Ryder, krampfhaft suchte er nach einer einleuchtenden Erklärung. Schließlich sagte er: «Vater ist zu alt dafür, deshalb muß mein Bruder sich kümmern. Schwieriger Mensch, mein Vater.» Jetzt kam er in Fahrt. «Leider bin ich wohl nie mit ihm ausgekommen. Vor einigen Jahren hatten wir eine Auseinandersetzung. Völlig nichtiger Anlaß. Aber ich mußte fort. Das Kind wurde heimlich von einem zuverlässigen Diener herübergebracht.»

«Rübergebracht von wo?» fragte der wohlbeleibte Mann.

Ryder hätte sich selbst treten mögen, daß er sich auf ein Kreuzverhör eingelassen hatte.

Es war schön und gut, für die Bauerntölpel einen Besitz in Irland zu erfinden. Aber würde er in dieser Gesellschaft damit ankommen? Nun, es blieb ihm jetzt wohl nichts anderes, als es zu versuchen.

«Irland, Sir.»

«Welcher Teil?»

«Teil?» wiederholte Ryder, um Zeit zu gewinnen.

«Norden oder Süden?»

Ryder zögerte für den Bruchteil einer Sekunde. Aber dann siegte seine Spielernatur, und er erwiderte mit fester Stimme: «Süden.»

«Schade», hörte er den wohlbeleibten Mann sagen, und Ryder schickte ein stilles Dankgebet an welchen Gott auch immer, der ihn bewahrt hatte. Und der Dicke fuhr fort: «Ich kenne den Norden ganz gut. Bin aber im Süden nie gewesen.»

«Ich würde Euren Neffen gerne kennenlernen», sagte Lady Molyneaux. «Werdet Ihr ihn uns vorstellen, bevor er nach Hause zurückkehrt?»

«Ich glaube, das wäre keine gute Idee», stotterte Ryder. «Er ist ein ungezogener, plumper kleiner Kerl. Man hat ihm auf dem Gut zuviel Freiheit gelassen. Ich fürchte, er könnte Euch Ungelegenheiten bereiten.»

«Unsinn. Er ist sicher ganz reizend. Schande über Euch, Captain Ryder», tadelte sie scherzend, «daß Ihr so vom Kind Eures Bruders redet!»

Er lächelte sie gequält an. «Vielleicht war ich ein bißchen zu streng. Er ist nicht ohne Talent ...» fügte er rasch hinzu.

«Über welches besondere Talent verfügt er denn?» wollte Lady Venetia mit der ihr eigenen Direktheit wissen.

Ryder war wütend auf sich. Er war drauf und dran, etwas zu erfinden, da besann er sich noch einmal. Wenn er schon soviel Mühe auf die Entführung des Knaben verwendet hatte, warum sollte er ihn dann nicht benützen, um das Ansehen seiner irischen Phantasiefamilie zu erhöhen?

«Er hat eine wundervolle Stimme», hob er an.

«Wirklich?» rief sie und wurde plötzlich ganz lebhaft. «Meint Ihr, er würde für uns einmal singen?»

Ryder geriet außer Fassung. «Nun ...»

«Oh, bitte! Ich liebe Knabenstimmen!»

Lady Molyneaux mischte sich ein: «Meine Schwester liebt Musik.» Sie klatschte in die Hände und lachte. «Wir könnten ein Konzert geben. Wäre das nicht herrlich, Edward?»

«Wenn Ihr darauf besteht, Madam», erwiderte dieser gelangweilt.

Sie plapperte weiter: «Netty! Du könntest ihn begleiten.» Erklärend wandte sie sich an Ryder: «Meine Schwester spielt nämlich wunderschön Spinett. Oh, bitte sagt ja!»

Beinahe hätte er laut aufgelacht. Von einer solchen Gelegenheit, seinen Schützling einzuführen, hatte er ja geträumt, und hier fiel sie ihm buchstäblich in den Schoß. Gerade als er daran dachte, den Jungen wieder loszuwerden! Aber es bedurfte sorgfältiger Vorbereitung. Einen Reinfall wie heute morgen konnte er nicht noch einmal riskieren. Er mußte dem Knaben anständige Kleidung besorgen und Gesangstunden organisieren, denn er bezweifelte, daß der je zu einem Spinett gesungen hatte.

«Es wäre mir eine Ehre, wenn Ihr gestattet, ihn für Euch singen zu lassen, Lady Molyneaux», sagte er. «Aber darf ich vorschlagen zu warten, bis er sich eingelebt hat?»

«Hilfe! Laßt mich raus!» schrie Ossie und hämmerte gegen die Tür. Seine Stimme war ganz heiser und die Arme taten ihm schon weh. Verzweifelt versuchte er zu fliehen, bevor der Mann zurück sein würde.

«Laßt mich raus!» gellte sein Ruf, dann sank er gegen die Tür und lauschte erschöpft, ob sich irgend etwas rührte. Das Haus schien so still wie immer.

Noch einmal nahm er seine letzte Kraft zusammen und schrie und klopfte.

Unten in der Küche im Erdgeschoß fluchte Mrs. Grimes, daß man sie aus ihrem Nachmittagsschlaf geweckt hatte. Zuerst glaubte sie, das Geräusch käme von draußen, aber als sie merkte, daß es in ihrem Haus war, rappelte sie sich aus ihrem Stuhl hoch und watschelte in den Flur. Einen Feuerhaken griffbereit in der Hand, stieg sie langsam die Treppen hoch und blieb vor der lose in den Angeln hängenden Tür auf dem Gang im zweiten Stock stehen. «Wer ist da?» rief sie nach oben.

Ossies Herz machte einen Sprung. «Laßt mich raus! Laßt mich raus!» schrie er mit neugewonnener Energie.

Mrs. Grimes stand am Fuß der Treppe und spitzte den Mund, sie glaubte, eine Mädchenstimme zu hören. Hatte ihr Mieter im obersten Stockwerk sich etwa ihrer Anordnung widersetzt und hielt eine Hure in der Rumpelkammer versteckt? Außer sich vor Empörung hangelte sie sich die Stufen hoch.

«Wer ist da?» fragte sie.

«Ich bin's. Ossie. Bitte, Missus, laßt mich raus.»

Sie überlegte. Aus der Nähe hörte es sich eher nach einem Jungen als nach einem Mädchen an.

«Wer is' Ossie?»

«Ossie Parsley, bitte laßt mich raus, Missus.»

Sie murmelte etwas vor sich hin, schob den Riegel zurück, und als sie die Tür öffnete, rannte eine kleine Gestalt direkt in ihren breiten Körper, so daß sie aufstöhnte und den Feuerhaken fallen ließ.

Einen Moment rangen sie miteinander, bis sie schließlich mit beiden Armen seine Brust umfaßt hielt und ihn schwer atmend hochhob.

«Laßt mich los!» brüllte er und hämmerte mit seinen Fersen gegen sie.

«Du gehst nirgendshin! Zurück mit dir!»

Sie stieß ihn mit dem Knie in den Rücken, und als er kopfüber auf die Kisten fiel, knallte sie die Tür zu und schob rasch den Riegel wieder vor.

«Was machst du in meinem Haus?» fragte sie und hob den Feuerhaken auf. «Heraus damit, oder ich hol' die Polente!»

«Nein! Bitte nicht, Missus!» flehte Ossie von der anderen Seite der Tür. «Ich bin nich' schuld. Der Mann hat mich hergebracht.»

«Welcher Mann?»

«Weiß ich nich', Captain und noch was. Ich glaub', er heißt Ryder.»

«Captain Ryder?» Ihre Stimme klang mißtrauisch. «Weshalb sollte er dich hier reintun?»

«Ich weiß nich'», antwortete er verzweifelt.

«Du hast was angestellt. Ich hol' die Polente.»

«Nein, bitte nich', ich bin kein Dieb. Ehrlich.»

«Was tust du dann in meiner Rumpelkammer?»

«Ich weiß nich'», schluchzte Ossie.

Mutter Grimes war verärgert und ratlos. Sie war sicher, daß der Junge ein Dieb war. Aber sie konnte sich nicht erklären, wie er in die Abstellkammer hineingekommen war und den Riegel von außen vorgeschoben hatte. Sagte er aber die Wahrheit, warum hatte Captain Ryder ihn dann dahin gebracht?»

Ossie flehte verzweifelt: «Bitte, Missus. Laßt mich raus!»

«Du bewegst dich nich' von der Stelle, bis ich mit Captain Ryder gesprochen habe.»

«Sagt ihm nich', daß ich geschrien hab'; dann bringt er mich zur Polizei. Und ich seh' Hester nie wieder.»

Sie brummelte, daß er eine gehörige Tracht Prügel verdiene, und stampfte die Treppen hinunter.

Völlig entmutigt verzog Ossie sein Gesicht. Es war aus mit der Freiheit, und er war sicher, daß er wieder geschlagen würde.

Es wurde schon dunkel, als Ryder die Straße entlanglief, er schwang seinen Stock und lachte vor sich hin. Beflügelt von seinem Erfolg und dem vielen Wein, den er getrunken hatte, bemerkte er den Regen kaum.

Nun stand er auf der ersten Sprosse der Leiter, die zur Rache führte, und schon plante er den nächsten Schritt.

Er würde von zwei Seiten angreifen. Er hatte eine offene Einladung, an Lord Molyneaux' Spieltisch teilzunehmen, und selbstverständlich würde er dort sein Glück versuchen. Gleichzeitig wollte er Lady Venetia den Hof machen. Welch süße Rache wäre es, den reichen Stutzer zu ruinieren und gleichzeitig in die Familie einzuheiraten!

Lady Venetia war sarkastisch und nicht sehr fein, obendrein

keine Schönheit und auch schon fast über das Heiratsalter hinaus. Aber das war um so besser, so gab es keine Nebenbuhler von anderer Seite. Sie und ihre Schwester schienen ja sehr begierig darauf, den Jungen singen zu hören, und er würde dafür sorgen, daß dies zustande käme, denn er wollte ihre Liebe zur Musik unbedingt ausnützen.

Er war so von seinen Plänen und Ränken erfüllt, daß ihn der Anblick des Viertels, in dem er wohnte, jäh aus seinen schönen Träumen riß. Er fluchte über den Dreck und die heruntergekommenen, alten Häuser und beschloß, sobald als möglich nach etwas Besserem zu suchen.

Er betrat eine Bäckerei und kaufte ein Brötchen für den Jungen, dann ging er zum Haus Nr. 23. Er war gerade die ersten Stufen hinaufgestiegen, als Mutter Grimes aus der Küche kam.

«Captain Ryder», rief sie ihm nach. «Habt Ihr eine Minute Zeit?»

«Nein, jetzt nicht», antwortete er wichtigtuerisch, «ich bin in Eile», und wollte weitergehen.

«Nur eine Minute, bitte sehr. Ich hab' mit Euch ein Wörtchen zu reden.»

Er blieb stehen und seufzte schwer: «Worüber?»

«Wißt Ihr etwas von dem Jungen da oben?»

Seine Augen verengten sich, als ihm klar wurde, daß sie ihn entdeckt hatte. «Welchen Jungen?» fragte er und machte ein überraschtes Gesicht.

«Der in meiner Abstellkammer. Behauptet, Ihr habt ihn da reingesteckt. Ist das wahr?»

Einen Moment schien er in die Enge getrieben. Doch dann sagte er sich, es würde nichts bringen, wenn er vorgab, den Jungen nicht zu kennen, und er lachte auf, als sei bei ihm plötzlich der Groschen gefallen: «Ach! Ihr meint meinen Neffen?»

«Neffen?» rief sie überrascht.

«Hat er Euch gestört?»

«Das möcht' ich meinen! Klopft und schreit. So laut! Das ganze Haus wäre fast zusammengestürzt.»

«Er ist ein ungezogenes Kind», pflichtete Ryder ihr bei. In Gedanken beschloß er, den Jungen in Zukunft zu fesseln und zu knebeln. «Deshalb mußte ich ihn auch in der Rumpelkammer einsperren. Ich hatte gehofft, es Euch sagen zu können, bevor ich zum Essen bei Freunden in der North Parade ging.»

«North Parade!» sie schnappte nach Luft.

«Ein alter Schulfreund.»

Die Neuigkeit, daß er an solch vornehmem Ort Freunde hatte, nahm ihr den Wind aus den Segeln. «Er sah aber gar nicht wie ein Neffe von Euch aus», murmelte sie voll Zweifel.

«Der Sohn meines Bruders. Er ist grad von Irland gekommen. Seine Eltern können mit ihm nichts anfangen, deshalb bot ich an, ihn aufzunehmen. Will sehen, was Soldatenzucht bei ihm bewirkt. Ich werde ein strenges Wörtchen mit ihm reden. Ihr werdet nicht mehr gestört. Danke für Eure Hilfe.» Er zog seinen Hut und stieg die Treppe weiter hinauf.

«Ihr müßt extra für ihn bezahlen!» rief sie ihm nach.

Sein Gesicht bekam einen harten Ausdruck, aber als er sich noch einmal umwandte, setzte er ein freundliches Lächeln auf. «Selbstverständlich. Selbstverständlich.»

«Zwei Schilling die Woche.»

«Was immer Ihr wollt, Mrs. Grimes.»

«Wie lang bleibt er?»

«Nur ein paar Tage.» Und einer plötzlichen Eingebung folgend, fügte er hinzu: «Tatsächlich werden wir Ende der Woche ausziehen.»

Die alte Frau war bestürzt: «Ausziehn?»

«Es geht nicht anders. Habe meine Pläne geändert. Ihr werdet's sicher verstehen. Wollt Ihr mich jetzt entschuldigen? Ich muß mich um meinen Neffen kümmern.»

Er nahm zwei Stufen auf einmal und ließ eine überaus verärgerte Mrs. Grimes zurück. Sie war wütend, weil sie nun einen Mieter verlor – und das so plötzlich –, und fühlte sich irgendwie betrogen. Sie war sicher, daß bei der Sache mit diesem «Neffen» etwas nicht stimmte. Der Bursche sah eher wie ein Gassenjunge aus als wie der Neffe eines Armeeoffiziers mit Freunden in der North Parade. Wenn der Captain etwas im Schilde führte, müßte er ihr dafür, daß sie den Mund hielt, eine Belohnung zahlen.

Oben im Haus fuhr Ossie vor Furcht zurück, als sich die Tür öffnete.

«Wie ich höre, hast du Mrs. Grimes geärgert», sagte sein Entführer.

«Ich tu's nicht mehr, ehrlich.»

Ossie schützte seinen Kopf mit den Händen, er erwartete das Schlimmste. Zu seiner Überraschung lachte der Mann: «Dumme alte Schlampe. Hier. Was zum Essen.» Ein Brötchen landete in Ossies Schoß, aber er traute sich nicht, es anzurühren.

«Ich schlag' dich nicht, iß. Du mußt dich stärken für das Konzert.»

«Konzert?» Ossie schnappte nach Luft, er konnte es immer noch kaum glauben, daß er nicht bestraft wurde.

«Du wirst singen, Bursche. Los, iß jetzt.»

Ossie nahm das Brötchen und biß ein Stück ab. «Warum wollt Ihr, daß ich singe?»

«Die Leute wollen dich hören.»

«Welche Leute?»

«Wirst du bald genug merken.»

«Und die Polente?»

«Darum mach dir keine Sorgen.»

«Dann is' es jetzt nich' mehr gefährlich, zu Hester zurückzugehen?»

«Noch ist die Luft nicht rein.»

Ossie machte ein langes Gesicht. «Habt Ihr Hester heute gesehen?»

«Ja. Es ging ihr gut.»

Der vage Ton in der Stimme seines Entführers weckte in Ossie ein ungutes Gefühl. Er argwöhnte, daß der Mann log, aber wie sollte er das herausfinden?

XVI

Spät in der Nacht lag Hester hustend und fröstelnd in einem Toreingang, der ihr Schutz vor dem peitschenden Regen bot. Den ganzen Tag hatte sie nach Ossie gesucht, jeden, dem sie begegnete, hatte sie nach ihm gefragt. Mehrere Male war sie zum Friedhof und zum Kirchplatz zurückgekehrt, ja, sogar beim Gefängnis hatte sie es versucht. So entsetzlich es gewesen wäre, ihn dort zu entdecken, dann hätte sie doch wenigstens gewußt, wo er war. Einer der Gefängniswärter, ein grober, schlechter Mensch, hatte gesagt, viele Kinder seien dort eingesperrt, und wenn er Nachforschungen anstellen sollte, müsse sie dafür zahlen. Da sie kein Geld hatte, mußte sie es dabei belassen.

Bei Einbruch der Dunkelheit war sie ein letztes Mal vergeblich zum Friedhof gelaufen und hatte dann beschlossen, zum Unterschlupf zurückzukehren und sich Fletchs Zorn zu stellen. Aber soweit kam sie nicht. Sie stolperte durch eine Hintergasse, und plötzlich brach sie, von Hunger, Erschöpfung und Kranksein überwältigt, zusammen. Eine Zeitlang blieb sie im Dreck liegen, sie war zu schwach, um sich zu rühren. Dann schleppte sie sich zu dem Toreingang. Dort lag sie nun schon mehrere Stunden. Leute gingen vorbei, Sänften wurden vorübergetragen, aber kein Mensch bot ihr seine Hilfe an. Überall in der Stadt gab es zusammengekauerte Gestalten in Toreingängen.

Schließlich weckte sie eine Stimme aus ihrem Dämmerzustand, von weit, weit her schien sie zu kommen: «Fräulein … Fräulein …»

Sie drehte sich um und stieß einen Schrei aus, als sie von einem hellen Licht geblendet wurde. Sie beschattete ihre Augen und erkannte eine Laterne, dahinter ahnte sie mehr, als sie sah, die Silhouette eines Mannes.

«Bitte nich' ins Gefängnis», flehte sie, denn sie dachte, es sei der Nachtwächter, einer der «Charleys», wie man sie nannte.

«Ich bring' dich nich' ins Gefängnis», antwortete eine tiefe Stimme. «Aber hier kannst du nich' bleiben. Du holst dir den Tod. Kannst du denn nirgends hingehen?»

Sie schüttelte den Kopf und fing an zu husten.

«Du bist krank, Fräulein», sagte der Mann ganz besorgt.

«Bitte Sir, habt Ihr einen blinden Jungen gesehen?»

«Einen was?» fragte er und beugte sich über sie, denn ihre Stimme war kaum zu hören.

«Einen blinden Jungen. Meinen Bruder. Ich hab' überall nach ihm gesucht.»

«Leider nein, Fräulein.»

Er richtete sich auf, betrachtete sie einen Moment und wandte sich ab. Er schien gehen zu wollen. Dann seufzte er und drehte sich wieder zu ihr: «'s is' nich' in Ordnung, ich kann dich nich' hierlassen. Am besten kommst du mit mir. Ich geh' grad heim und will einen Happen essen. Ich teil's mit dir.»

«Dank Euch», murmelte Hester. Es fiel ihr schwer, an die Freundlichkeit des Mannes oder ein gütiges Geschick zu glauben.

«Kannst du aufstehn?»

Sie versuchte es, aber die Beine sackten immer wieder unter ihr weg, so mußte er sie schließlich hochheben. Er sagte, sie solle die Laterne halten, hüllte sie in einen Zipfel seines Umhangs und ging los durch den strömenden Regen.

Sie hatte keine Ahnung, wohin er sie brachte. Zu guter Letzt hielten sie vor einer Tür neben einem Laden. Im Schein der Laterne erkannte sie an einem Schild, daß es ein Fischgeschäft war. Er trug sie ins Haus und ein paar Stufen hinauf in ein kleines Zimmer, wo er sie sanft in einem Sessel neben einem erkalteten Kamin absetzte. Er nahm ihr die Laterne aus der Hand und stellte sie auf einen Holztisch.

Hester war bis auf die Haut durchnäßt und zitterte vor Kälte. Schweigend beobachtete sie, wie der Mann Hut und Mantel abnahm, die tropfnaß waren, und sie auf dem Gang ausschüttelte. Als er wieder ins Zimmer trat, sah sie, daß er die dunklen Hosen und die Jacke eines Sänftenträgers anhatte.

Verschiedene Kleidungsstücke hingen an Haken an der Wand

und baumelten an einer Wäscheleine, die über dem Kamin gespannt war. Das Zimmer war sauber und ordentlich, aber spärlich eingerichtet. Es gab nur einen kleinen Tisch, einige Stühle und an der Wand eine schmale hölzerne Bettstatt.

«Bald brennt das Feuer», sagte er und zündete eine Kerze an der Laterne an, «und dann ziehen wir deine nassen Kleider aus und essen eine Fischsuppe.» Er löschte die Laterne und stellte sie in eine Ecke.

Als sie hörte, daß sie sich entkleiden sollte, bekam sie plötzlich Angst: «Bitte, tut mir nichts, Sir. Ich bin kein Straßenmädchen.»

«Das hab' ich keinen Moment gedacht», sagte er lächelnd und setzte sich hin, um seine Stiefel aufzuschnüren. «Ich tu dir nichts. Aber du mußt das nasse Zeug ausziehen, sonst erlebst du den Morgen nicht. Ich dreh' mich solange um, hab keine Angst.» Er stellte die Stiefel zum Trocknen vor die Feuerstelle und zog unter dem Bett ein Paar Hausschuhe hervor.

Und bald wärmte er einen Topf Suppe über dem flackernden Feuer, während Hester sich aus ihren nassen Kleidern schälte und in eine Decke einwickelte. Sie konnte auch noch zum Sessel zurückgehen, aber als die Suppe fertig war, war sie zu schwach, um selber zu essen, so daß er sie füttern mußte.

«Warum seid Ihr so gut zu mir, Sir?» murmelte sie und nahm einen Schluck.

Der Mann zuckte die Schultern. «Weiß nich' genau, Fräulein. Ich hab' viele elende Gestalten auf der Straße liegen sehen, und keinem hab' ich geholfen, obwohl die Bibel sagt: Liebe deinen Nächsten … und obwohl man mir die Geschichte vom Guten Samariter beigebracht hat, wie jedem Christenkind.» Er bot ihr noch einen Löffel Suppe an. «Vielleicht», fuhr er fort, «hatt' ich Mitleid mit dir da draußen im Regen. Und als du gesagt hast, daß du deinen Bruder suchst, hat's mich wie ein Blitz getroffen, weil ich auch jemand suche, bloß is' es kein Kind, und ich wette, nich' halb so nett wie dein Bruder.»

Als er von Ossie sprach, stiegen ihr Tränen in die Augen.

«Keine Sorge, Fräulein, wir finden ihn bestimmt.»

Sie nahm noch ein paar Löffel Suppe, aber dann mußte sie

aufhören. Ihr war schwindelig, und sie fröstelte, obwohl ihr Gesicht glühend heiß war.

«Am besten gehst du jetzt schlafen», sagte er und setzte die Schale ab.

«Hier?»

«Wo denn sonst?»

Sie schüttelte hilflos den Kopf.

«Du schläfst hier, Mädchen», sagte er mit sanfter, aber fester Stimme. «In dem Bett da. Und ich leg' mich auf den Boden. Ich will kein Widerwort hören. Also was ist? Kannst du allein hingehen, oder muß ich dich tragen?»

Sie versuchte es, aber sie hatte nicht die Kraft aufzustehen. Er nahm sie auf die Arme, trug sie zum Bett und hüllte sie in eine Decke.

«Ich denk', du bist ein anständiges Mädchen, kleines Fräulein», sagte er und lächelte. «Und ich bin ein anständiger, verheirateter Mann, obwohl ich nich' bei meiner Frau und den Kindern leb', was um so trauriger is'. Aber weil wir die Nacht unter einem Dach verbringen, denk' ich, wir sollten uns bekannt machen. Also sag mir deinen Namen.»

«Hester Parsley», murmelte sie.

«Ein schöner Name. Und jetzt bin ich dran. 's is' ein einfacher Name und leicht zu merken, 's is' Sam – Sam Webb.»

Sie schenkte ihm ein zaghaftes Lächeln, dann verzerrte sich ihr Gesicht unter einem schmerzhaften Hustenanfall.

«Das müssen wir loswerden», sagte er besorgt. «Gute Seeluft, das is' es, was du brauchst.»

Das hörte sich für Hester in ihrem fiebrigen Zustand noch viel verlockender an als die grünen Felder, von denen Ossie immer redete. Ach, Ossie! Sie weinte in sich hinein. Wo bist du nur?

Ryder zog an einer langen Tonpfeife und starrte nachdenklich auf die beiden Musiker, die in einer Ecke von Peg Drapers Empfangszimmer spielten. Mitternacht war längst vorüber. Er rekelte sich auf einer Polsterbank, Jacke und Weste seiner Uniform waren aufgeknöpft, und ein Hemdzipfel hing aus seiner Hose.

Betrunkene Männer lümmelten herum oder saßen an Tischen

beim Kartenspiel, während Frauen in allen Variationen spärlicher Bekleidung, die Arme um ihren Hals gelegt, hinter ihnen standen und sie ständig mit frischen Getränken versorgten. Keiner außer Ryder schenkte dem großen, spindeldürren Harfenisten und dem scharfnasigen, kleinen Spinettspieler auch nur die geringste Aufmerksamkeit. Ihre Musik ging in dem rüpelhaften Geschrei und Gelächter völlig unter.

«Ihr seht nachdenklich aus, Captain», sagte eine üppige Frau in einem geschmacklosen Kleid, während sie sich schwer neben ihn fallen ließ.

Es war Peg Draper, die Bordellmutter. Sie mochte mittleren Alters sein, aber es war unmöglich zu sagen, wie alt sie wirklich war, denn sie hatte ihr Gesicht so dick gepudert, daß es einer Totenmaske glich. Die falschen Schönheitsflecken auf jeder Wange hoben sich wie harte, schwarze Punkte gegen das Weiß der Schminke ab. Ihre Frisur, die von Haarteilen unterstützt wurde, thronte unter einem Spitzenhäubchen, das von einer Straußenfeder gekrönt war.

«Ich hab' der Musik zugehört.»

«Wirklich?»

«Ich dachte, wie schön es wäre, wenn du einen Sänger hättest.»

«Ich hab' in meinem Leben schon viele Vorschläge bekommen, aber noch nie hat mir einer von einem Sänger geredet. Die meisten Herren machen sich nichts aus Musik», sagte sie mit heiserer Stimme.

«Sollten sie aber», meinte er ernsthaft.

«Und an was für'n Sänger denkst du?»

Er zog an seiner Pfeife, als überlege er: «Einen Sängerknaben.»

«Hör doch auf», kicherte sie und schlug mit ihrem Fächer nach ihm. «Was soll ich denn mit einem Sängerknaben?»

«Alle besseren Puffs in London haben einen.»

Sie blickte ihn scharf an. «Ist das wahr?»

«Es is' ganz große Mode.»

Die Augen in der weißen Maske wurden schmal. Sie war stolz auf die Gastlichkeit, die ihr Haus bot, sie mochte es nicht leiden, von anderen zu hören, die besser waren. «Woher soll ich einen Sängerknaben kriegen?»

Ryder lächelte. «Damit kann ich dir helfen.»

«Du?»

«Ich hab' einen Neffen ...» begann er.

Sie unterbrach ihn: «Neffen? Seit wann hast du einen Neffen?»

«Seit gestern. Er kam unerwartet aus Irland, und seitdem hat er nichts als Ärger gebracht.»

«Wirf ihn doch raus, Herzchen», sagte sie und lachte hinter ihrem vorgehaltenen Fächer, damit man ihre schlechten Zähne nicht sah.

Er seufzte. «Er macht mir ziemlich zu schaffen. Aber ...» er hob vielsagend die Augenbrauen, «er hat eine wunderschöne Stimme.»

«Willst du ihn für den Job etwa vorschlagen?» fragte sie ungläubig.

«Genau. Natürlich braucht er ein paar Stunden. Aber du tätest mir einen großen Gefallen. Seinetwegen bin ich schon aus meiner Unterkunft rausgeworfen worden.»

«Na, na ...» kicherte sie. «Wie hat er das denn fertiggebracht?»

«Rumgehämmert und geschrien und alle aufgeregt hat er. Ich konnte den Besitzer gerade noch daran hindern, die Polizei zu holen.»

«Er braucht 'ne schöne Tracht Prügel, Herzchen.»

«Hat er schon bekommen. Aber was soll ich jetzt machen? Ich wag' es nich', ihn woanders unterzubringen, vielleicht macht er's da genauso.»

«Und du willst, daß er hierher kommt? Das ist ja köstlich! Was?»

«Die Mädchen können sich um ihn kümmern.»

Sie schniefte nachdenklich und schüttelte den Kopf: «Es geht nich'.»

«Wieso denn?»

«Er is' dein Neffe. Was würde sein Vater dazu sagen?»

«Sein Vater is' tot.»

«Und seine Mutter?»

«Sie is' auch tot.»

«Dann is' er ganz allein?»

«Und blind.»

«Ach du meine Güte!»

«In London hat keiner einen blinden Jungen», sagte er schlau, «du könntest eine neue Mode einführen.»

Er sah, wie ihr Blick zu den Musikern wanderte, und wußte, daß sie angebissen hatte. «Also gut, Captain», sagte sie schließlich, «bring ihn am Sonntag. Wenn er gut is', kann er bei Mr. Gimlett Unterricht haben.»

«Dein Spinettspieler? Ein ausgezeichneter Musiker», sagte er mit Nachdruck.

«... und er soll für die Kunden singen und damit seinen Unterhalt verdienen.»

«Peg! Du bist ein Schatz!»

«Gell?» sagte sie lüstern und schlug mit ihrem Fächer nach ihm.

XVII

«Aufstehen! Du kommst fort!»

Diese Ankündigung verschlug Ossie den Atem. Er wollte fragen, wohin es gehen sollte, aber er brachte nur ein unverständliches Gemurmel heraus.

«Langsam», grunzte der Mann. Er packte Ossie bei den Haaren und zog seinen Kopf mit einem Ruck vor, um ihm die Binde vom Mund zu lösen.

Ossie war mehrere Tage gefesselt und geknebelt gewesen, und es war immer ein glücklicher Moment für ihn, wenn er losgebunden wurde, meistens zum Essen. Er bewegte seinen Mund hin und her, um wieder Gefühl in die tauben Lippen zu bekommen, und fragte dann: «Wo komm' ich hin?»

«Immer stellst du Fragen», lachte sein Entführer, während er die Knoten löste. «Du brauchst was zum Anziehen.»

«Aber ich bin angezogen», sagte Ossie und rieb sich die Handgelenke.

«In den dreckigen Lumpen kannst du nich' gehen, ich hab' für dich neue Sachen. Hier.»

Ein schweres Bündel landete in Ossies Schoß, gerade in dem Augenblick, als er die Arme hob, um seinen verkrampften Rükken zu strecken. Er schnappte nach Luft und hielt sich den Magen.

«Zieh dich an. Und paß auf die Sachen auf.»

Verwundert betastete Ossie die Kleider. Er fühlte eine Jacke, ein Hemd, Kniehosen und Dinge, die er schon lange nicht mehr angehabt hatte: Strümpfe und Schuhe. Sie rochen nicht neu, aber sie waren viel schöner als die alten Lumpen, die er trug, und es bedurfte keiner weiteren Aufforderung, um sie anzuziehen.

«Darin wirst du wie ein feiner junger Mann aussehen», sagte der Mann beifällig, «grad recht für die Mädchen.»

«Ihr meint, ich soll Hester sehen?» rief Ossie aufgeregt.

Der Mann lachte. «Außer deiner Schwester gibt's einen Haufen andrer Mädchen auf der Welt.»

Ossie stöhnte vor Enttäuschung. «Wann kann ich sie sehen?»

«Sobald es sicher ist. Ich hab's dir oft genug gesagt. Jetzt hör mir mal zu, und hör gut zu. Die Polente ist dir hier auf der Spur, und deshalb bring' ich dich an einen geschützten Ort, wo dich eine Frau versorgt, die Peg heißt. Tu was sie sagt, und sie wird dich gut behandeln. Und von jetzt an will ich, daß du mich Onkel nennst. Frag nich' warum, sondern tu's. Also, wie sollst du mich nennen?»

Das Wort blieb Ossie in der Kehle stecken, aber er zwang sich, «Onkel» zu sagen.

«Und kein Wort von Hester, oder es könnte sein, daß jemand mit der Polente redet. Peg will dich singen hören. Wenn ich's dir also befehle, mußt du singen. Und weigere dich ja nicht wie letztes Mal, verstanden?»

«Was soll ich singen?»

«Was Lustiges.»

In diesem Augenblick wurden sie von einem Ruf von unten unterbrochen.

«Zeit zum Gehen», sagte der Mann. «Pfui, hier stinkt's wie auf einem Misthaufen.»

Er packte Ossie beim Kragen und schaffte ihn die Treppe hinunter. Es sah aus, als trage er einen großen Sack, der ständig ungeschickt gegen das Geländer schlug.

«Hier ist der junge Schlingel, Mrs. Grimes», verkündete er, «das ist mein Neffe. Sag auf Wiedersehen, Ossie.»

Ossie murmelte: «Auf Wiedersehen.»

«Ich versteh' nich', warum Ihr ihn in die Abstellkammer gesperrt habt», brummte die Alte argwöhnisch.

«Danke für Eure Hilfe», der Mann überging ihre Bemerkung mit barscher Stimme. «Es war ein Vergnügen, bei Euch zu wohnen.» Und mit diesen Worten führte er Ossie hinaus.

Ossie fröstelte im kalten Wind, aber die frische Luft war ihm angenehm im Gesicht, und zum ersten Mal seit Tagen konnte er die Außenwelt wieder hören: Stimmen, Schritte, Pferde, Möwen – und Kirchenglocken.

«Isses Sonntag?» fragte er überrascht.

«Natürlich. Steig ein.»

Wenige Augenblicke später schwankten sie in einer Sänfte davon. Sie waren eng zusammengepfercht, der Mann hielt das große Bündel auf den Knien. Ossie versuchte herauszuhören, wohin es ging. Aber da Sonntag war, fehlten die gewohnten Geräusche aus den Läden, anhand deren er die Straßen hätte erkennen können.

Als die Sänfte schließlich abgestellt wurde und der Mann ihm heraushalf, hielt Ossie sich fluchtbereit. Aber die Hand an seiner Jacke lockerte sich keinen Moment, nicht einmal, als der Mann die Träger löhnte und an eine Tür hämmerte. Kaum wurde geöffnet, flog Ossie hinein. Es gab eine dumpf gemurmelte Begrüßung, ein Schlüssel drehte sich im schweren Schloß. Ossie sank das Herz. Es schien, als sei es mit der kurzen Freiheit schon wieder vorbei, und er war von neuem ein Gefangener.

Die Stimme einer jungen Frau verkündete: «Sie sind da, Peg.» Von ferne über ihm rief eine unfreundliche, furchteinflößende Stimme: «Komm rauf, Captain.»

«Vergiß nich'», mahnte sein Entführer, «daß du mich Onkel nennen mußt. Und sing, wenn ich's dir sage.»

Ossie nickte, ihm war sehr bang.

Er wurde ein paar Stufen hinaufgeführt und in ein Zimmer hineingeschoben, in dem es stark nach Puder und Lavendelwasser und abgestandenem Tabakrauch roch. Er war erstaunt, als er das Zischen von brennendem Wachs hörte, denn Hester hatte ihm gesagt, daß die Leute nur nachts Kerzen anzünden, und er dachte, es sei Tag.

«Ach, is' er nich' süß!» rief ein Chor von Frauenstimmen. Mit ihren rauschenden Unterröcken fielen sie über ihn her wie ein Schwarm schnatternder Gänse, befühlten seine Wangen, fuhren ihm durchs Haar.

Ossie wich zurück, er errötete vor Verwirrung und Verlegenheit.

«Laßt ihn in Ruhe, Mädchen», befahl die heisere Stimme von vorher, und sie stoben davon. «Das ist also dein Neffe, Captain.»

«Richtig, Peg. Das ist Ossie.»

«Von was is' das die Abkürzung?»

«Sag's ihr, Ossie.»

Ossie schluckte. «Bitte Missus», sagte er furchtsam, «'s is' Oswald.»

Weibergelächter flammte auf.

«Seid ihr still!» belferte die Frau, «Os-wald», sie dehnte die beiden Silben des Namens, «das gefällt mir, Süßer. Und wenn du hierbleibst, gewöhnst du dir besser an, mich Peg zu nennen. Nichts mehr von dem ‹Missus›-Blödsinn, wenn's dir nichts ausmacht.»

Er nickte unsicher.

«Also, dann laß mal dein Singen hören.»

Verlegen trat Ossie von einem Fuß auf den anderen. Er wußte, daß er es tun mußte. Aber sein Mund war ausgetrocknet, und die Zunge schien ihm am Gaumen zu kleben.

«Tu was sie sagt, Ossie, sing!» zischte ihm der Mann ins Ohr.

«Bitte, Missus ... Peg», Ossie nahm allen Mut zusammen, «kann ich was zu trinken haben?»

«Ach! Er is' nervös!» girrte sie. «'türlich, kannst du, Herzchen. Gloria! Bring ihm ein Glas Wein. Was wirst du für uns singen, Os-wald?»

Ossies Gesicht verfinsterte sich. Wenn sie doch nur nicht seinen Namen so unnatürlich ausgesprochen hätte. «Sweet Nelly», antwortete er.

Zustimmendes Murmeln aus dem Hintergrund und ein Tusch von einem Instrument, das er nie zuvor gehört hatte. Er wandte sich um und lauschte, vor Staunen blieb sein Mund offen, als die Anfangsakkorde des Liedes erklangen.

«Was is' das?» fragte er atemlos.

«Ein Spinett, Herzchen, hast du's noch nie gehört?»

«In Irland gab's keins», erklärte sein Entführer. «Nicht wahr, Ossie?»

Er runzelte die Stirn. Irland. Wo war das?

«Nicht wahr?» beharrte der Mann.

«Nein, ... Onkel», stammelte er.

«Braver Junge», murmelte der Mann vor sich hin.

«Bist du sicher, daß er singen kann?» fragte die Frau zweifelnd.

«Hab ein bißchen Geduld. Hier ist dein Glas, Ossie.»

Ossie wollte rasch seinen Durst löschen und nahm einen langen Zug von der Flüssigkeit, die er nie zuvor gekostet hatte, und verschluckte sich mächtig. Er wurde rot, als die Frauen vor Lachen kreischten, und nachdem er noch ein paar vorsichtige Schlucke genommen hatte, gab er das Glas zurück.

«Ist er endlich soweit?» fragte Peg ungeduldig.

«Los, sing!» befahl der Mann.

Ossie wischte sich den Mund, atmete tief ein und wollte gerade anfangen, als ein perlender Akkord auf dem Spinett seinen Einsatz unterbrach. Verwirrt drehte er sich um. Der Akkord wurde noch einmal wiederholt, kräftiger betont, und plötzlich dämmerte ihm, daß das Instrument die Tonhöhe angab wie die Orgel in der Kirche. Er holte noch einmal Luft und begann zu singen:

«Süße Nelly, meines Herzens Freud,
lieb mich und tu mir kein Leid,
den Antrag mach' ich
der Sittsamkeit wegen;
in Ehren halt' ich
deiner Schönheit Glanz ...»

Hätte Ossie seine Zuhörerschaft sehen können, wäre er sicher überrascht gewesen, daß sie ausschließlich aus Frauen bestand, die weder sittsam noch schön waren. Sie rekelten sich faul in ihren Unterröcken und Korsetts und saßen da mit auseinandergespreizten Beinen und heruntergerutschten Strümpfen. Ihr Haar hing lose herab, und ihre bleichen Gesichter waren von den Überbleibseln der Schminke der vergangenen Nacht verschmiert. In ihrer Mitte hockte, im Spitzenmorgenmantel und mit einer Schlafhaube über dem schütter werdenden Haar, Peg Draper in einem Stuhl mit hoher Lehne wie eine auffallend geschminkte Königin.

«Denn ich gesteh' dir meine Liebe,
ich kann nichts andres tun,
du hast meine Gunst gewonnen ...»

Nachdem er wegen des Knebels tagelang nur hatte summen

können, war es eine Freude für Ossie, endlich wieder frei zu singen. Er fühlte sich durch die hallenden Töne und perlenden Läufe des Spinetts angespornt und hatte seine Aufregung bald vergessen. Auf seinem Gesicht lag ein Ausdruck feierlicher Konzentration, und sein Körper wiegte sich zur Musik. Seine Stimme war wie ein Sonnenstrahl, der Wärme und Licht in einen Raum bringt, in dem die Vorhänge nie geöffnet werden.

«Und da ich seh' deine Sittsamkeit,
so bitt' ich dich, sag ja,
und schenk mir deine Gunst,
auch wenn ich nur ein Bauernsohn ....»

Was er ja tatsächlich war. Aber das wußte niemand und interessierte auch keinen. Worauf es für sie ankam, das war seine Stimme, und das entging Ryder nicht. Er grinste vor sich hin.

Das waren also die Frauen, die von ihrer Tätigkeit hart geworden waren und grob, die oft betrunken, vollgepumpt von Drogen waren; sie zogen sich tödliche Krankheiten zu, und wenn sie schwanger wurden, überlebten viele die schrecklichen Abtreibungen nicht. Und doch rührte Ossie in ihnen etwas an – eine Spur von Unschuld vielleicht, die sie von ihrer Kindheit bewahrt hatten, oder die Sehnsucht nach einem Kind, das sie selber nie gehabt hatten oder verlassen mußten.

Da Ossie ihre ergriffenen Gesichter nicht sehen konnte, dachte er, ihr Schweigen am Ende des Liedes bedeute, daß es ihnen nicht gefallen hatte. Er wollte gerade fragen, ob er noch etwas anderes singen solle, als Peg Drapers vom Gin trunkene Stimme erklang: «Entzückend, Captain. Was haltet Ihr von ihm, Mr. Gimlett?»

«Am Anfang lag er ein bißchen falsch», ließ sich eine dünne, kritische Stimme vernehmen, «aber dann hat er ganz sauber gesungen. Mit ein wenig Übung wird er gut, sehr gut werden.»

«Da seht Ihr's», sagte sein Entführer, «ich hab' doch gesagt, daß er eine schöne Stimme hat. Und er kennt noch viele andere Lieder. Stimmt's?»

Ossie nickte. Aber er begriff nicht, was das alles sollte und wo er war.

«Also, was sagst du, Peg, nimmst du ihn?»

«Nimm ihn, Peg», rief ein Mädchen, «er ist ein kleiner Engel.»

«Ich glaube nicht, daß wir hier ausgerechnet Engel brauchen», erwiderte Peg spitz. «Aber ich geb' ihm trotzdem eine Chance.»

Die Frauen umringten ihn und kreischten vor Entzücken, fuhren ihm durchs Haar und nestelten an seinen Kleidern, als sei er ein Spielzeug.

«Haut ab!» rief er und schlug um sich.

«Hat ganz schön viel Feuer, was?» lachte eine.

«Ein richtiger kleiner Teufel», stimmte eine andere zu.

«Is nich' wahr», verteidigte ihn eine, die Dolly hieß. «Er ist ein kleiner Engel. Darf ich mich um ihn kümmern, Peg?»

«Nein, du darfst nicht. Ich will nicht, daß die Herren wegen ihm vernachlässigt werden. Bringt ihn runter zu Lizzy. Os-wald, sag deinem Onkel auf Wiedersehen.»

Ossies Gesicht verfinsterte sich. Wollte sein Entführer ihn wirklich bei all diesen komischen Weibern lassen?

«Vergiß nicht, dich gut zu benehmen. Und übe fleißig mit Mr. Gimlett.»

«Bitte, Sir, wo bin ich?»

Die Frauen kreischten vor Lachen.

«In einem Bordell, Herzchen», kicherte Peg. «Hat dir dein Onkel das nicht gesagt? Schäm dich, Captain.»

Ossie war wie gelähmt. Er hatte Fletch prahlen hören, daß er sich in solchen Häusern auskannte, so wußte er, was da vor sich ging.

«Warum?»

«Du sollst für die Herren singen, Herzchen.»

Ossie war angenehm überrascht. Natürlich hätte er lieber für die Leute im «Jolly Weaver» gesungen. Aber hier war es doch immerhin besser, als in einer winzigen Kammer eingesperrt zu sein. Ja, je mehr er darüber nachdachte, desto mehr wuchs seine Freude. «Kann ich zum Spinett singen?»

«Natürlich, Herzchen», erwiderte Peg mit einem Seufzer, was seinen Entführer zu der Bemerkung veranlaßte: «Beachte ihn nicht, er stellt dauernd Fragen.»

«Er sollte sich lieber angewöhnen, den Mund zu halten, sonst kriegt er meine Hand zu spüren. Dolly! Bring ihn in die Küche und sag Lizzy, sie soll ihm ein Bad machen. Er stinkt.»

Bevor Ossie protestieren konnte, packte eine schmale Hand die seine und zog ihn fort. «Keine Angst, mein Engel», flüsterte das Mädchen. «Ich paß auf dich auf.»

XVIII

«Hester? Kannst du mich hören?»

Besorgte Gesichter verschwammen vor ihren Augen, aber allmählich wurden die Umrisse klarer, und sie erblickte Sam Webb und eine Frau, die sie nicht kannte.

«Wie fühlst du dich heut?»

Ein schwaches Lächeln zuckte um ihre Lippen. «Ich glaube, es geht besser», erwiderte sie schwach.

Die beiden strahlten. Die Frau befühlte Hesters Stirn.

«Is' jetzt schön kühl, Sam. Ich glaub', die Krise is' vorbei.»

«War ich krank?» fragte Hester.

«Du hattest fürchterliches Fieber», antwortete Sam. «Wir haben ein paar Mal gedacht, jetzt ist's aus. Aber Mrs. Godfrey hier is' dauernd mit frischen Tüchern und trocknem Zeug zum Wechseln hin- und hergerannt, weil du alles ganz naß geschwitzt hast. Wir haben uns nicht getraut, dich allein zu lassen. Mrs. Godfrey saß immer bei dir, wenn ich die Sänfte tragen ging. Du hast Glück, daß Sonntag is', sonst wär' ich wieder unterwegs. Der arme Mr. Godfrey mußte den Fischladen ganz allein besorgen.»

«Wie lang war ich hier?»

«Vier Tage.»

«Vier Tage!» keuchte Hester.

«Kannst du dich nich' erinnern?»

Sie schüttelte den Kopf. «Ich weiß nur, daß Ihr mich hergebracht habt. Aber danach ...» Dann jammerte sie plötzlich: «Ossie!»

«Sei ruhig, Liebes», sagte Mrs. Godfrey. Sie war eine rundliche, einfache Frau, sie roch nach Fisch. Ihr graues Haar hatte sie unter eine Schlafhaube gesteckt, über einem einfachen Kleid trug sie eine große Schürze. «Du darfst dich jetzt nich' aufregen.»

«Habt Ihr ihn gefunden?» fragte sie Sam.

Er schüttelte den Kopf: «'s gibt keine Spur von ihm.»

«Dann muß ich ihn suchen!» rief sie und versuchte aufzustehen.

«Du gehst nirgendshin.» Mrs. Godfrey hielt sie mit ihrer kräftigen Hand fest, die vom Fischausnehmen ganz rissig war. «Du darfst erst aufstehen, wenn du wieder gesund bist.»

«Aber ich muß wissen, wo er ist. Vielleicht ist er wieder bei den andren.»

«Welchen andren?» fragte Sam. «Meinst du, bei der Familie?»

Hester schüttelte den Kopf, aber sie hatte Angst, mehr zu sagen; womöglich würde sie damit die Bande in Schwierigkeiten bringen.

«Sie is' sicher zu müd, um Fragen zu beantworten», sagte Mrs. Godfrey. «Laß sie ausruhn, Sam. Ich bring' später ein bißchen Suppe. Und rühr dich ja nich' aus dem Bett, Mädchen», fügte sie hinzu und drohte Hester mit dem Finger.

Hester lächelte schwach. «Ich tu's nich'. Danke für alles, was Ihr getan habt.»

«Ach, das is' doch nichts. Du mußt Mr. Webb danken, daß er dich aufgenommen hat.»

Sie nahm Handtuch und Schüssel und lief geschäftig hinaus.

Sam schloß hinter ihr die Tür, legte frische Holzscheite aufs Feuer und trat ans Fenster, um die Vorhänge zuzuziehen.

«Macht nich' zu», bat Hester. «Ich mag nich' schlafen, und es is' schön, den Himmel zu sehen.»

Er schaute hinaus und sagte: «Er is' voller Wolken, ich glaub', es gibt Regen, bevor es dunkel wird.»

«Mr. Webb?»

«Nenn mich Sam.»

«Könnt Ihr ein Geheimnis bewahren?»

«Natürlich kann ich das.» Er blickte sie an und fühlte, daß etwas Schweres auf ihrer Seele lastete. «Ich denk', dazu setz' ich mich besser hin.» Er rückte einen Stuhl ans Bett und ließ sich darauf nieder, die Ellenbogen auf die Knie gestützt. «Nun, Mädchen. Bringen wir's hinter uns.»

Sie hustete nervös. «Ossie und ich», begann sie, «haben mit einer Bande gelebt. Wir haben nie was gestohlen, aber Ossie mußte alles in einem Sack tragen. Sie dachten, niemand würde sich darum kümmern, weil er doch blind ist. Ich hab' ihn immer begleitet, wenn ich konnte. Aber an einem Tag ging alles schief, ich war zu krank, deshalb ging er allein. Die andren glauben, daß ihn die Polizei erwischt hat, und wollten ihn nicht mehr suchen. Aber ich mußte es doch tun. Ich hab' überall gesucht. War sogar beim Gefängnis. Aber der Wärter wollte Geld, um nach ihm zu schauen.»

«Und du hast keins gehabt?»

Sie schüttelte den Kopf.

«Ich hab' welches, ich geh' für dich hin.»

«Aber vielleicht is' er wieder bei den andren.»

«Dann geh' ich und find' es raus.»

Hester blickte ängstlich drein bei dem Gedanken, daß sie ihn dann ja zum Versteck schicken müßte.

«Vielleicht ist's besser, wenn ich geh'.»

«Also, ich glaub', du brauchst noch ein paar Tage, bis du dies Bett verlassen kannst. Und währenddessen liegst du da und machst dir Sorgen und wirst davon wieder krank. Warum sagst du mir also nich', wo sie sind, und läßt mich herausfinden, was los is'? Ich sag' ihnen nich', daß du hier bist, wenn du Angst hast, daß sie dir Vorwürfe machen.»

Einer nach dem anderen durchwühlte seine Kleider und legte seine Beute auf Pikeys Tisch. Zum ersten Mal war die Bande ohne Ossie unterwegs gewesen, und jeder hatte die Bequemlichkeit mit dem Sack vermißt.

Der Sonntag war für die Taschendiebe noch nie günstig gewesen, denn die reichen Stutzer machten dann Spaziergänge oder Ausflüge aufs Land. Früher hatte die Bande den Sonntag oft ausgelassen. Aber nachdem sie sich nun mehrere Tage in ihr Versteck zurückgezogen hatten, war kein Geld mehr da, und es gab kaum etwas zum Essen. So waren sie nur allzu froh gewesen, als Fletch meinte, daß die Luft nun wieder rein sein müßte und man wieder an die Arbeit gehen könnte.

Der alte Hehler empfing sie keineswegs erfreut, im Gegenteil, er schien ziemlich verärgert über ihr Auftauchen. Er nahm sich auch viel mehr Zeit als sonst, um die armseligen Sachen auf dem Tisch zu befingern.

«Was soll ich mit dem Zeugs?» beklagte er sich schließlich.

«Am Sonntag ist's immer schwer», sagte Jigger.

«Aber das alles hier taugt höchstens für den Müllhaufen.»

«Da is' ein Geldbeutel», protestierte Fletch. «Sogar mit Geld!»

Nat schniefte und leerte ein paar Münzen aus. «Sin' nur 'n paar Pennies. Wo is' der Rest?»

«Mehr war nich' drin.» Diesmal sagte Fletch die Wahrheit.

«Das Problem is', ich hab' jetzt andere Lieferanten. Sie bringen mir ordentliche Sachen.»

«Nich' am Sonntag», stieß Beth hervor.

Fletch versuchte, Nat mit einem Lachen umzustimmen. «Du hast uns nur zum besten, weil du willst, daß wir mit einem niedrigern Preis zufrieden sind.»

«Preis?» höhnte Nat. «Ihr erwartet für diesen Mist auch noch Bezahlung?»

«Das is' kein Mist!» schrie Josh.

Der alte Hehler schlurfte zu seinem Stuhl. «Was is' mit dem blinden Jungen?» knurrte er.

Fletch zuckte die Achseln. «Im Kittchen. Mit seiner Schwester. Verraten aber nichts.»

«Und das soll ich glauben?»

Bevor jemand antworten konnte, wurden sie durch lautes Hämmern an der Ladentür aufgeschreckt.

«Wer zum Teufel is' das?» sagte Nat drohend. «Haut ab!»

Aber das Klopfen ließ nicht nach, und schließlich stand er, in sich hineinfluchend, auf und schlurfte hinaus.

«Wer is' da?»

«Martha Grimes», antwortete eine erregte Stimme. «Ich muß mit Euch reden.»

Die Bande hörte, wie er die Riegel von der Ladentür beiseite schob. Alle drängten sich vor und sahen, daß er eine alte, dicke Frau hereinließ. Schnaufend betrat sie den Laden und ließ sich schwer auf einen halb zerbrochenen Stuhl fallen.

«Was gibt's, Mrs. Grimes?» fragte Nat.

«Eine schöne Bescherung», sagte sie wütend. «Einer von meinen Mietern hat mich reingelegt.»

«Is' er abgehaun, ohne zu zahlen?»

«Viel schlimmer.»

«Was meint Ihr damit, Mrs. Grimes?»

«Hat einen Jungen in meiner Abstellkammer versteckt. Hat ihn tagelang eingesperrt. Sagt, er is' sein Neffe, aber der war bestimmt nich' sein Neffe – nich', wenn er ein Captain in der Army is'. Der Captain is' fein und vornehm, oder er war's, heut morgen ist er nämlich gegangen und hat den Jungen mitgenommen. Was mir stinkt is', er hat mir nie was bezahlt, damit ich den Mund halte. Es is' schwer für 'ne arme Witwe, wenn sie keinen Mann mehr hat, an den sie sich wenden kann. Deshalb frag' ich Euch um Rat. Soll ich's der Polizei melden?»

«Schwer zu sagen.» Der Hehler rümpfte die Nase, der Polizei ging er am liebsten aus dem Weg. «Wie heißt der Captain?»

«Ryder.»

Nat schüttelte den Kopf. «Glaub' nich', daß ich ihn kenn'. Wo is' er hingegangen?»

«Hat er nich' gesagt. Und ich hab' nich' daran gedacht, ihn zu fragen.»

«Schad. Vielleicht hätt' ich ihn dazu gebracht, etwas auszuplaudern.»

«Ich hab's gewußt!» rief sie und schlug sich gegen ihren dicken Busen. «Ich hab' gewußt, daß er mich betrügt. Der mit seinen Freunden in der North Parade.»

«Was? North Parade? Und Ihr sagt, er hatte einen Jungen dabei?»

«So 'nen Straßenbengel. Echter kleiner Schurke. Hat seine Kleider liegengelassen. Wenn man Lumpen Kleider nennen kann. Das is' auch von ihm.»

Die Bande hielt den Atem an, als sie Ossies Schild unter ihrem Schal hervorholte. «Wer ist denn das?» knurrte sie und blickte die Bandenmitglieder der Reihe nach an.

«Ein paar Freunde.» Mit einer Kopfbewegung befahl Nat ihnen zu verschwinden.

Sie murrte etwas und wandte sich wieder dem Schild zu. «Ich

bin nich' sicher, was darauf steht. Aber ich glaub', es heißt ‹blind›, das war der Junge nämlich.»

Der Hehler nickte. Er schniefte laut und wischte sich die Nase mit dem Ärmel ab. «Ich sag' Euch was, Mrs. Grimes. Ihr laßt das Ding da, und ich seh', was ich herausfinden kann. Am besten geht Ihr nich' zur Polizei. Die sind 'n ekelhafter Haufen.»

«Oh, Mr. Pike», seufzte sie, «das is' sehr nett von Euch. Ich hab' gewußt, daß Ihr mir helfen könnt.»

«Keine Ursache, Mrs. Grimes. Was wär' 'ne alte Freundschaft wert, wenn man sich nicht gegenseitig helfen würde?»

Ohne weitere Umstände half er ihr aus dem Sessel und schob sie eilig zur Tür, wo sie noch ein Weilchen verharrte und ihren Dank mehrmals wiederholte, bis sie endlich ging.

Nat Pike knallte die Tür zu und schob rasch die Riegel vor. Für einen Mann, der sich für gewöhnlich nur schleppend vorwärtsbewegte, kehrte er jetzt mit erstaunlicher Geschwindigkeit in das Hinterzimmer zurück. Er warf das Schild auf den Tisch und schrie: «Und ihr behauptet, daß sie ihn geschnappt haben!»

Schweigend sah die Bande zu, wie er sich wieder in den Sessel fallen ließ.

«Was hätten wir denn sonst denken sollen?» gab Fletch mürrisch zurück.

«Ich versteh' nich', warum du so'n Theater machst», sagte Josh fast fröhlich. «Is' doch gut, daß sie ihn nich' geschnappt haben.»

«Was soll daran gut sein?» fuhr Beth dazwischen.

«Jedenfalls is' er nich' im Kittchen.»

«Aber ein andrer hat ihn und das ganze Zeug.»

«Um so schneller müßt ihr ihn finden», sagte der Hehler höhnisch.

«Wie denn?» rief Jigger, er hüpfte von einem Fuß auf den anderen.

«Is' eure Sache, oder nich'?»

Langes, betretenes Schweigen trat ein, das schließlich von Fletch gebrochen wurde: «Was zahlst du uns also für das Zeug hier?» Er deutete auf die Gegenstände auf dem Tisch.

«Nix! Nehmt's mit! Und kommt ja nicht wieder, bevor ihr den

Jungen gefunden habt. Und wenn ich hör', daß ihr einem andren eure Sachen bringt, schick' ich euch die Polente auf den Hals.»

Die Bande starrte ihn an.

Mit einem traurigen Lachen erklärte er: «Ich möchte euch doch nicht hängen sehen.»

Dank seinem Partner, der meinte, der Sonntag sollte ein Ruhetag sein, konnte Sam regelmäßig eine der kleinen Kirchen in der Stadt besuchen. An diesem Sonntag hatte er den Gottesdienst versäumt, weil er sich um Hester kümmern wollte. Aber als es ihr besserzugehen schien, ging er am Abend doch noch in die Kirche und überquerte anschließend den Fluß, um nach Ossie zu suchen.

Weil Hester Angst hatte, ihm das Versteck zu verraten, hatte sie ihn zum «Jolly Weaver» geschickt.

Es regnete – wie er vorausgesagt hatte – heftig, und im Licht seiner Laterne schienen die schlammigen Gassen und elenden Hütten noch schmutziger als sonst. Er war entsetzt, als er sah, unter welch armseligen Bedingungen Familien wohnen mußten. Im Vergleich damit kam ihm die kleine Behausung, in der er mit Frau und Kindern gelebt hatte, wie ein Palast vor. Er vermißte sie schrecklich und sehnte sich danach, bei ihnen und am offenen Meer zu sein, weitab vom Gewühle und Gestank der Stadt. Wenigstens hatte er jetzt Hester, für die er sorgen konnte. Er wußte, sie würde nie von ihrem Husten geheilt werden, aber sie füllte eine Lücke aus, und er war froh, daß er sie aufgenommen hatte.

Die Ginkneipe war wie immer überfüllt, und von den vielen Betrunkenen ging ein widerlicher Schweißgeruch aus. Sam bahnte sich einen Weg durch die Menge, er sah viele Kinder, manche waren schon genauso besoffen wie die Erwachsenen, aber keines war blind. Er beschloß, den Schankkellner anzusprechen, der an einem der Fässer lederne Becher füllte.

Er war breit wie ein Schrank und hatte muskulöse Arme; eine Lederschürze überspannte seinen mächtig hervorstehenden Bauch, er beäugte Sam mit wachsamem Blick. Denn Sam war nicht nur ein Fremder, man hätte ihn, so wie er in seinem Sonntagsstaat daherkam – Dreispitz und Umhang über einer schlichten Jacke und Kniehosen – auch für einen Gesetzeshüter halten können.

«Abend», brummte der Schankkellner.

«Guten Abend», erwiderte Sam. «Bitte ein Pint.» Er trank niemals Gin, aber er dachte, um den Schein zu wahren, sei es sicher besser, welchen zu bestellen.

Der Mann drehte einen Hahn auf und begann, den Krug zu füllen.

«Heckswetter», sagte Sam.

«Keine Nacht, um draußen zu sein», stimmte der Schankkellner ihm zu.

Er deutete mit einer Kopfbewegung auf Sams tropfenden Hut und Umhang. «Kommt Ihr von weit her?»

«Nur von der andren Flußseite. Habt ganz schön viel Leute hier.»

«Kann nich' klagen.»

«Stammgäste?»

«Die meisten.» Der Schankkellner reichte ihm den Krug.

«Kennt Ihr zufällig einen Ossie Parsley?» fragte Sam, während er die Zeche zahlte. «Er is' blind.»

Der Schankkellner zuckte die Achseln. «Vielleicht. Wer fragt nach ihm?»

«Ein Verwandter», sagte Sam vage.

«Ein Verwandter?» Der Mann schaute ihn neugierig an. «Woher?»

«Devon.»

«Hab's schon gedacht wegen Eurer Aussprache, daß Ihr nicht von hier seid.»

«Kann ich ihn hier finden?»

«Nicht mehr.»

«Wie das?»

«Die Polizei hat ihn erwischt. Mit andren Worten, er ist im Gefängnis.»

«Seid Ihr sicher?»

«Fragt seine Kumpel da drüben.» Der Schankkellner deutete ans Ende des Raumes und wandte sich ab, um einen andren Gast zu bedienen.

Sams Blick wanderte zu einer Gruppe, die streitend um einen Tisch saß. Sie entsprachen Hesters Beschreibung, und Ossie war offensichtlich nicht dabei. Sam zog die Stirn in Falten und überlegte, ob er sie ansprechen sollte. Aber es schien nicht viel Sinn zu haben, da er doch bereits wußte, wo Ossie war, und wegen Hester war es sicher besser, wenn er sich nicht zu erkennen gab. So ließ er seinen unberührten Becher auf dem Faß stehen und steuerte auf die Tür zu.

Der Schankkellner sah ihn gehen und rief: «Fletch! Hierher!»

Fletch ließ sich Zeit, er glitt von der Bank und schlenderte herüber. «Was is' los?»

«War grad 'n Mann hier. Sagte, er is' 'n Verwandter von Ossie.»

Mit einmal war Fletch hellwach: «Sein Onkel?»

«Vielleicht.»

«Wo is' er?»

«Weg.»

«Warum hast du's mir nich' eher gesagt?»

«Ich sag's dir eben jetzt.»

Fletch fluchte laut und ließ einen durchdringenden Pfiff ertönen. Er winkte den anderen und stürzte zur Tür hinaus.

Als er draußen war, war der Fremde verschwunden. Er rannte die Gasse hinauf bis zur nächsten Straße, da sah er in einiger Entfernung eine einsame Gestalt mit einer Laterne. Er schaute sich nach den anderen um, sie waren weit und breit nicht zu sehen, und als er sich wieder der Straße zuwendete, war der Mann weg. Er fürchtete, ihn zu verlieren, deshalb lief er allein los.

Als er über die Felder rannte, bekam er Angst, daß er ihm doch entwischt sei. Kaum hatte er das Ende der Straße erreicht, sah er die Laterne und den unförmigen Umriß des Mannes, der gerade die Brücke überquerte. Noch einmal nahm er alle Kräfte zusammen und folgte ihm durch mehrere Gassen und Straßen, blieb aber in gebührendem Abstand. Dann sah er ihn in der Tür neben Godfreys Fischladen schließlich verschwinden.

Fletch war bis auf die Haut durchnäßt und von oben bis unten mit Schlamm bespritzt, aber er grinste triumphierend. Er war überzeugt, herausgefunden zu haben, wo Ossie festgehalten wurde, und er rannte los, um es den anderen zu erzählen.

IXX

«Der Silberschwan konnt' im Leben nicht singen ...»

Jemand brachte vor Ärger einen Mißklang auf dem Spinett hervor. «Nein ... nein ... nein ... Wie oft soll ich dir das noch sagen? Du sollst vor dem Ende der Melodie nicht Atem holen. Nimm dich zusammen, Bursche.»

«Bitte, Mr. Gimlett, der Lärm bringt mich raus.»

Schon einige Minuten hielt das Schreien im oberen Stockwerk an. Schritte polterten die Treppe rauf und runter, man hörte Peg Draper nach heißem Wasser rufen.

«Beachte das nicht. Das passiert immer wieder. Fang von vorne an. Und wage ja nicht zu atmen, bevor die Melodie zu Ende ist.»

Mr. Gimlett spielte einen gebrochenen Akkord auf dem Spinett, und Ossie wollte gerade einsetzen, als ein durchdringender Schrei ihn lähmte; mit offenem Mund stand er da.

«Was ist mit dir los, Junge?» fragte Mr. Gimlett verärgert. «Hast du noch nie eine Frau schreien gehört?»

«Nicht so. Was ist da los?»

«Geht dich nichts an.»

«Klingt wie Dolly.» Ossie mochte sie am liebsten von all den Frauen.

«Und wenn schon? Es geht dich nichts an. Also vergiß es einfach.»

Für Ossie war die morgendliche Stunde bei dem dürren Spinettspieler eigentlich immer der Höhepunkt des Tages. Die meisten Frauen schliefen noch, so daß sie das Zimmer für sich hatten. Weil dann aber immer noch eine Rauchwolke darin schwebte, hatte Mr. Gimlett sich angewöhnt, das Fenster zu öffnen. Er war ein strenger Lehrmeister, aber Ossie war ein williger Schüler, er wollte gerne besser werden und sein Repertoire erweitern.

An diesem Morgen lernte er gerade ein neues Lied, es hatte eine wunderschöne Melodie und war voll geheimnisvoller Worte. Er hatte es gleich gemocht, als Mr. Gimlett es ihm vorspielte. Und die Stunde war gut gelaufen, bis das mit Dolly anfing. Danach konnte er an nichts anderes mehr denken.

Noch einmal spielte Mr. Gimlett den Anfangsakkord, und Ossie gab sich große Mühe, die Geräusche von oben zu überhören. Gott sei Dank hatte das Schreien aufgehört, aber Dolly weinte immer noch, und die anderen Frauen jammerten.

> «Der Silberschwan konnt' im Leben nicht singen,
> doch als der Tod sich naht',
> ward seine stumme Stimme geweckt ...»

Ein plötzliches Poltern auf dem Spinett. «Nein ... nein ... nein ...» kreischte Mr. Gimlett. «Nicht Stimme! Kehle! Stumme Kehl'!»

«Entschuldigung, Mr. Gimlett. Ich weiß, es heißt Kehle ... es ist mir so rausgerutscht ...»

Sein Lehrer seufzte. «Es hat keinen Sinn weiterzumachen, wenn du dich nicht konzentrieren kannst.» Ein paar rasche Läufe ertönten auf dem Spinett, dann wurde der Deckel mit einem Knall geschlossen.

«Ich könnt' das Lied allein üben», bot Ossie an. «Ich kenn' die Melodie ... und die Wörter auch. Ehrlich.»

«Also sorge dafür, daß du's auch tust. Ich habe Peg versprochen, daß du heute abend das neue Lied singst. Also laß mich ja nicht im Stich.»

Ossie lächelte. «Danke, Mr. Gimlett, kann ich gehen?»

«Ab mit dir, verschwind, eh ich dir eins hinter die Ohren geb'. Und vergiß nicht zu üben!»

Ossie schoß hinaus auf den Gang, tastete nach dem Geländer und rannte die Treppe hinab.

Unten wandte er sich scharf nach links und eilte zu der Tür, die hinab in die Küche führte. Nach einer Woche kannte er sich im Bordell gut aus. Nur die oberen Zimmer, in die die Frauen die Männer mitnahmen, gehörten nicht zu seinem Bereich, die durfte er nicht betreten.

«Lizzie?» rief er, als er die Stufen herunterkam.

«Hierher, Engel», antwortete eine schrille Stimme aus der Richtung, wo der Herd stand. Er ging um den großen Tisch in der Mitte herum und steuerte auf sie zu.

«Komm nich' zu nah», warnte sie, «ich hab' einen Topf mit kochendem Wasser hier.»

Sie war ein dünnes, unscheinbares vierzehnjähriges Mädchen mit einem Wust widerspenstiger schwarzer Haare, die sie unter eine Haube gesteckt hatte, eine große Schürze bedeckte ihr unförmiges Kleid. Ihr Rücken war gebeugt, und die Knöchel an ihren Händen waren vom Rheuma geschwollen. Oft hatte sie Schmerzen, aber keine Zeit, zu klagen. Sie war die Magd für alles, sie kochte für die Frauen, wusch und flickte ihre Kleider und putzte hinter allen her. Daß sie sich um Ossie kümmern mußte, vermehrte ihre Aufgaben, aber in ihrer rauhen Art mochte sie seine Gesellschaft.

«Du hast heute früh Schluß gemacht bei Mr. Gimlett», bemerkte sie.

Er nickte und wollte gerade nach Dolly fragen, als die Küchentür aufflog und eine dicke Frau in Unterrock und Korsett die Treppe heruntergestürzt kam. «Peggy wird wahnsinnig. Kocht das Wasser immer noch nicht?»

«Es is' gleich soweit, Becca.» Lizzie schob Ossie auf die Seite, wickelte ein Tuch um den Stiel eines großen schwarzen Topfes und schob ihn der Frau zu. «Paß auf mit dem Griff. Es is' furchtbar heiß. Wie geht's Dolly?»

«Blutet fürchterlich», sagte Becca, während sie den Topf vom Herd nahm und ihn vorsichtig zur Treppe trug.

Lizzie wischte sich rasch über die Stirn, während sie zu einem großen Sack eilte, der an der Wand lehnte. Sie faßte hinein und begann, ihre Schürze mit Kartoffeln zu füllen.

«Was is' mit Dolly?» fragte Ossie.

«Mach dir keine Sorgen wegen ihr. Komm, hilf mir die Kartoffeln schälen. Ich bin schrecklich spät dran mit dem Abendessen.» Sie kippte die Kartoffeln auf den Tisch und eilte hierhin und dorthin, um Messer und eine Schüssel zu holen.

«Ich hab' sie schreien gehört», sagte Ossie. «War, wie wenn man sie tötet.»

«Sie ham eher ihr kleines Baby getötet.»

«Ihr Baby?» Vor Entsetzen blieb ihm die Luft weg.

«Na ja, kein richtiges Baby – dazu isses zu klein.»

«Was?»

«Du fragst zuviel, hilf lieber mit den Kartoffeln.»

«Warum haben sie's totgemacht?» fragte er beharrlich weiter, als sie sich neben ihn setzte.

«Weil Dolly keine Babys haben soll.» Damit drückte sie ihm eine Kartoffel und ein Messer in die Hand.

«Warum nich'?»

Lizzie schnalzte mit der Zunge. «Hör jetzt auf zu fragen, und kümmere dich um die Kartoffel, du wirst's noch früh genug erfahren, wenn du älter bist.»

«Ich bin alt genug.»

«Wie alt bist du denn?» fragte sie und schälte dabei eifrig.

«Elf.»

«Und wann hast du Geburtstag?»

«Weiß nich'.»

Sie warf eine fertige Kartoffel in die Schüssel. «Komm, freu dich», sagte sie heiter. «Weißt du was? Wir tun so, als wär heut dein Geburtstag, und ich mach' dir ein Geschenk.»

Sein Gesicht erhellte sich, denn noch nie hatte er etwas geschenkt bekommen. «Was denn?»

«Ach, das ist ein Geheimnis.» Sie gab ihm einen liebevollen Klaps hinter die Ohren. «Los Engel, wir haben noch einen Haufen Kartoffeln vor uns!»

Der Gedanke an das Geschenk spornte ihn an, und so machte er sich eifrig ans Kartoffelschälen.

In vielerlei Hinsicht war sein Leben jetzt angenehmer denn je zuvor. Er und Lizzie durften zwar nur die Reste nehmen, dennoch hatte er, seitdem er im Waisenhaus war, nie mehr so gut gegessen. Er schlief auf einer Strohmatratze in der Küche, und wenn auch der Boden feucht war und Mäuse herumflitzten, so zog es immerhin nicht, und auch der Regen tropfte nicht durch. Er wünschte, die Frauen würden ihn nicht dauernd hätscheln und streicheln. Außerdem mußte er vor Peg auf der Hut sein, denn sie regierte mit eiserner Hand. Aber wenn er ihr tagsüber aus dem Weg ging, behelligte sie ihn nicht weiter.

Er bemühte sich immer, schön zu singen – darauf bestand auch Mr. Gimlett –, aber es war oft schwer, die lauten, rauhen Stimmen der Männer zu übertönen. Manchmal sangen sie mit, wie die Leute im «Jolly Weaver», aber meistens schienen sie ihn nicht zu beachten. Mr. Gimlett erlaubte ihm, zwischen den Liedern Pausen einzulegen. Peg aber gestattete ihm meist erst nach Mitternacht, wieder in die Küche zu gehen, wo Lizzie immer noch schwer arbeitete.

Er hätte dieses Leben nicht so übel gefunden, wenn nur Hester bei ihm gewesen wäre. Oft war er in Versuchung, Lizzie von ihr zu erzählen. Aber er wagte es dann doch nicht, vielleicht hätte jemand anders davon erfahren und es der Polizei gemeldet.

Seine Sehnsucht nach ihr war immer gegenwärtig, und er konnte nicht verstehen, warum er sich nach wie vor versteckt halten mußte. Bestimmt war es jetzt doch nicht mehr gefährlich, zu ihr zurückzukehren. Wenn niemand in der Nähe war, probierte er mehrere Türen, aber sie waren immer zugesperrt.

Schließlich unterbrach er das lange Schweigen: «Gehst du eigentlich auch mal aus?»

«Manchmal.»

«Warum?»

«Wenn ich ins Warmbad geh' für mein Rheuma.»

«Wie oft?»

«Immer wenn es mit meinen Händen schlechter geht.»

«Und jetzt?»

«Komische Fragen. Sie sind nich' gut, wenn du's unbedingt wissen mußt. 's is' wegen dem nassen Wetter.»

«Also gehst du bald?»

«Vielleicht.»

«Kann ich dann mit?»

Sie lachte und knuffte seine Ohren. «Du schlauer kleiner Kerl. Du hast gar nicht an meine Hände gedacht; du willst dir nur einen Ausflug angeln.»

«Das geht doch leicht, oder?»

«Kann sein. Aber ich leg' keinen Wert drauf, Peg zu fragen.»

«Mir macht's nichts aus, sie zu bitten», sagte Ossie. Es war wohl eine Tracht Prügel wert, dachte er, wenn er dafür rauskäme und fliehen könnte.

«Wir werden sehen», sagte sie unsicher. Inzwischen waren sie mit dem Schälen fertig, und Lizzie trug die Schüssel zum Spülbecken, um die Kartoffeln zu waschen.

«Wie wär's mit einem Lied für mich?»

«Möchtest du mein neues hören?»

«Gern, und danach kriegst du dann mein Geschenk.»

Er lächelte und trat vom Tisch zurück. In diesem Augenblick durchbrach die Sonne den Nebel, ihr Schein fiel durch ein kleines, vergittertes Fenster, und ein Lichtstrahl durchbrach die dampfige Luft. Ossie fühlte die Wärme in seinem Rücken und begann zu singen.

«Der Silberschwan konnt' im Leben nicht singen ...»

Eine Lachsalve machte Ossie ganz verlegen. Er war sicher, die Männer amüsierten sich darüber, wie er in Lizzies Kostüm aussah.

Sie hatte ihm einen langen Umhang gemacht und eine schlaff herabhängende Halskrause aus einem alten Unterrock, damit er wie ein Engel aussehe, hatte sie gesagt, denn er singe wie einer. Er selbst war sich da nicht so sicher. Der Zierkragen kratzte ihn am Hals, er mochte den Stoff nicht und auch nicht den schalen Geruch, der daran haftete. Aber sie war entzückt, küßte ihn auf die Stirn und nannte ihn «Engelsstimme».

Unglücklicherweise kamen ein paar Frauen in die Küche, als er das Kostüm noch trug, und sie fielen über ihn her und betatschten ihn noch mehr als sonst. Eine schlug vor, ihm das Gesicht zu pudern, und während sie es tat, hielten ihn die anderen fest, damit er es nicht abwischen konnte. Sie schrien vor Lachen und schleppten ihn zu Peg; sie erklärte, er sehe in dem Kostüm vollkommen aus und er müsse es jetzt immer beim Singen tragen. Um alles noch schlimmer zu machen, stellte sie ihn an diesem Abend auf einen Stuhl, damit ihn jeder sehen konnte.

«… doch als der Tod sich naht',
ward seine stumme Kehle …»

Als er wieder Luft holte, um mit dem hohen Ton, der folgte, einzusetzen, hörte er Peg rufen: «Captain Ryder!» Da schwankte seine Stimme, als er den Ton traf.

Mr. Gimlett brüllte ihn an, er kämpfte sich weiter tapfer durch, aber er fühlte sich jetzt, da Ryder da war, in dem Kostüm noch weniger wohl.

«Donnerwetter, Captain, Ihr seht aber elegant aus!» rief Peg und segelte auf Ryder zu, der im Eingang stand. Sie öffnete ihren Fächer und verdeckte ihr Gesicht, als sei sie von seiner neuen Ausstattung geblendet. «Ganz à la mode! Kommt Ihr von einem Ball?»

«So könnte man sagen», antwortete er und sah dabei sehr selbstzufrieden aus. «Ich komme von einem Essen nach einem Ball.»

«Was für ein rühriges Leben du führst, Herzchen, ich dachte schon, du hättest uns ganz vergessen.»

«Dich Peg? Niemals!»

Sie kicherte und schlug mit dem Fächer nach ihm. «Schmeichler! Komm, setz dich zu mir.» Sie packte ihn am Arm und zog ihn auf ein kleines Sofa. «Gloria! Wein für den Captain!»

«Nun, was hältst du von unserer ‹Engelsstimme›?» fragte sie, als sie nebeneinander saßen.

Ryder lachte. «Engelsstimme?»

«Dein Neffe. Bekam heute einen neuen Namen.»

«Und wie ich sehe, damit auch einen neuen Anzug.»

«Lizzie aus der Küche hat's ihm gemacht. Steht ihm, nicht wahr?»

«Sehr hübsch.» Er kicherte. «Aber nicht ganz passend für das Haus, wohin ich ihn nächsten Sonntag mitnehme.»

Sie blickte ihn scharf an. «Mitnehmen? Wohin?»

«Danke, Gloria», sagte er, überging ihre Frage und nahm das Glas von der plumpen Frau entgegen, die sich mit einem Dreispitz geziert hatte, der verwegen, im kecken Winkel auf ihrem

Kopf saß. Sie zog sich den Hut über ein Auge und wackelte mit den Hüften.

«Hau ab, Gloria», befahl Peg verärgert. «Ich und der Captain haben miteinander zu reden.»

Ryder grinste und nippte an dem Wein.

«Los schon. Heraus damit. Wohin nimmst du ihn mit?»

«Zu einem Konzert.»

«Also hör mal, Schätzchen ...», begann sie.

«Mach dir keine Sorgen, Peg», unterbrach er sie munter. «Ich bring' ihn gleich wieder zurück. Und wenn alles gut läuft, springt für dich dabei etwas heraus.»

Sie riß ihre Augen weit auf: «Für mich?»

«Ich habe etwas in Aussicht, Peg. Und ich werd' doch nicht meine alten Freunde vergessen, vor allem, wenn jemand so nett war wie du.»

«Oh! Wenn es so ist, kannst du ihn natürlich mitnehmen. Aber ich muß ihn pünktlich abends wiederhaben.»

«Du kennst das alte Sprichwort: Eine Hand wäscht die andere ...»

Peg blickte ihn nachdenklich an, sie konnte nicht sagen, was sich an ihm verändert hatte. Er war zwar freundlich, aber sie spürte eine gewisse Distanz. Sie fragte sich, ob es daran lag, daß er die Verkleidung des Jungen nicht mochte. Sie konnte ja nicht wissen, daß er immer noch den Erfolg seines Abends in den Gesellschaftsräumen genoß.

An Lord Molyneaux' Spieltisch hatte er allerdings kein Glück gehabt, sondern hohe Schulden gemacht, dafür aber erzielte er Fortschritte bei Lady Venetia. Nicht zuletzt dank ihrer jüngeren Schwester, die sehr darauf bedacht schien, sie zusammenzubringen. Auf ihre Bitte hin war er abends beim Menuett Lady Venetias Partner gewesen. Er war kein großer Tänzer, aber was ihm an Fertigkeit fehlte, machte er mehr als wett mit seinem prahlerischen Auftreten, so daß sie zu guter Letzt für ihre Vorführung Beifall ernteten. Den ganzen Abend lang waren ihre Namen in aller Munde. Jeder wollte bei den Kontertänzen in ihrer Gruppe sein, und eine schier endlose Reihe von Leuten machten ihnen ihre Aufwartung.

Lady Venetia war wohl etwas verlegen, doch schien sie es zu genießen, fast genauso im Rampenlicht zu stehen wie er. Beim anschließenden Essen gestand sie ihm, daß sie ganz nervös war, als sie vor so vielen Leuten tanzten, und bedankte sich für seine Unterstützung. Der Ehrenwerte Charles Henshaw sah äußerst mürrisch drein, woraus Ryder schloß, daß der wohlbeleibte Mann selbst stille Hoffnungen auf sie gesetzt hatte. Dafür war es jetzt zu spät. Ihre Namen waren nun in aller Öffentlichkeit miteinander verbunden, und bald würde er alles auf einen Antrag wetten.

In Anbetracht dieses Zieles war es wichtiger denn je, daß das Konzert ein Erfolg wurde, denn die Musik war zu einem bedeutenden Faktor in ihrer Beziehung geworden. Ryder hatte aus Lady Venetias Erzählungen sorgsam Bruchstücke zusammengetragen und im Gespräch raffiniert eingebracht, so daß er in ihr den Eindruck erweckte, er sei auf diesem Gebiet genauso bewandert wie sie selbst. Vor kurzem hatte sie während einer Unterhaltung gemeint, sie glaube nicht, daß sie vor Publikum spielen könnte, worauf er gleich angeboten hatte, jemand anderen zu finden, der seinen «Neffen» begleiten würde. –

«Morgen lasse ich für ihn neue Kleider bringen», verkündete er prahlerisch. «Er wird eine Perücke tragen, und deshalb muß man seine Haare schneiden.»

«Seine Haare schneiden!» rief Peg. «Wie wird er da in seinem Kostüm aussehen?»

«Er kann die Perücke ja dann immer tragen. Vielleicht bist du so nett und sorgst dafür, daß er am Sonntag pünktlich um ein Uhr gewaschen und angekleidet ist.»

Er tat wie ein Großgrundbesitzer, der den Bediensteten Befehle erteilt – und ganz so fühlte er sich auch tatsächlich.

Peg machte ein finsteres Gesicht. «Du bist nich' bös, weil wir ihn verkleidet haben?»

«Überhaupt nicht. Er sieht süß aus. Und ich denke, sein neuer Name ist äußerst passend. ‹Engelsstimme›», sagte er höchst zufrieden, «wirklich äußerst passend.»

«Ich bin froh, daß du zufrieden bist. Die Mädchen werden sich darüber freuen.»

«Wenn wir schon von ihnen reden. Wo ist Dolly heute abend?»

«Dummes Ding. Hat sich schwängern lassen.»

Er kicherte mitleidlos.

«Möchtest du eine andere?»

Er schüttelte den Kopf. «Ich muß mit Mr. Gimlett reden.» Er blickte ans andere Ende des Zimmers und sah, daß Ossie vom Stuhl gestiegen war und daß die Musiker etwas tranken. «Ich schnapp' ihn mir während seiner Pause. Ach, hab' ich dir eigentlich gesagt, daß ich ihn als Begleiter für meinen Neffen brauche?»

Sie öffnete den Mund zum Protest, aber er war schon auf dem Weg zu den Musikanten. Sie sah, wie er den Spinettspieler beiseite nahm, und fragte sich, was er wohl in Wirklichkeit vorhatte. Ja, das hätte sie nur allzugern gewußt. Aber wegen der Aussicht auf Geld beschloß sie, ihre Neugier zu bezähmen. Sie zog ihr Mieder herunter, damit man mehr von ihrem Ausschnitt sah, stand auf und begab sich an einen der Kartentische, wo eine Gruppe von Männern nach Getränken verlangte. «Gloria», kreischte sie, «bring noch Wein hierher!»

XX

Als Sam am Abend vor dem Konzert von der Arbeit kam, traf er den Fischhändler Godfrey vor seinem Geschäft an, er war gerade dabei, im Schein einer Laterne die Läden zu schließen.

«Abend, Sam», grüßte der Händler, er war ein freundlicher, rotbackiger Mann und trug einen mit Teer beschmierten Hut, Lederstiefel und eine lange gewachste Schürze über Weste und Hosen. In seinen jüngeren Tagen war er Seemann gewesen, und von da hatte er seinen wiegenden Gang behalten. «Bist heut früh dran.»

Sam nickte. «Jack hat sich nicht ganz wohl gefühlt, deshalb ist er heimgegangen.»

«Möchtest du etwas trinken, bevor du raufgehst? Das kleine Fräulein wird dich noch nicht so bald erwarten.»

«Danke, Bill.»

«Hilfst du mir mit den Läden? Dann sind wir schneller fertig.»

Bald hatten sie die Läden vor den Fenstern befestigt. Bill Godfrey ging mit der Laterne voraus durch das Geschäft in die Küche, wo Mrs. Godfrey für das Abendessen Makrelen ausnahm.

«Sam ist kurz auf ein Glas mitgekommen», sagte er. «Setz dich, Sam.» Damit nahm er die Laterne und ging in die Speisekammer.

Sam nahm den Hut ab und setzte sich an den Tisch. Er sah zu, wie Mrs. Godfrey einen Fisch aufschlitzte und die Innereien herausnahm; da bekam er plötzlich großes Heimweh. «Damals hab' ich viele solche gefangen», sagte er traurig. «Wenn ein Schwarm hinter den Sprotten her war, konnte ich sie nicht schnell genug rausziehen. Ich brauchte keinen Köder.»

«Das fehlt Euch, gell?» sagte sie lächelnd.

Er nickte.

«Geht Ihr irgendwann wieder zurück?»

«Eines Tages.»

«Warum eßt Ihr nicht mit uns? Es ist genug da.»

Die Einladung reizte ihn sehr, aber er schüttelte den Kopf: «Es is' sehr nett von Euch, Mrs. Godfrey, aber ich will jetzt lieber zu Hester rauf. Wie ging es ihr heut?»

«Schlecht, Sam, sie hat den ganzen Tag nichts gegessen.»

Er seufzte. «Es setzt ihr so zu, daß der Bruder im Gefängnis ist. Ich würde alles tun, um ihn da rauszuholen.» Sie nickte und kippte die Fischreste in einen Eimer.

«Hier, Sam», sagte Bill freundlich, als er mit zwei Krügen voll Cider wiederkam.

«Auf deine Gesundheit!»

«Und auf deine, Bill!»

Beide nahmen einen langen, bedächtigen Zug. Sam grunzte vor Behagen.

«Das tut gut, und es is' nichts Schlechtes dran», stimmte Bill ihm zu. «Ich wette, im Wasser von Devon gibt's beßren Fisch, aber nichts kann den Cider aus Somerset schlagen.»

Sam lachte. Es war so gemütlich in der Küche, und der Geruch nach dem zischenden Bratenfett vom Herd ließ ihm das Wasser im Mund zusammenlaufen, da hätte er fast seine Meinung geändert und wäre geblieben.

«Hast du Sam von den Kindern erzählt, die heute hier waren?» fragte der Fischhändler seine Frau.

«Noch nicht, wir haben über anderes geredet.»

«Was für Kinder?» erkundigte sich Sam.

Bill schnaubte verächtlich: «Ach, irgendwelche Straßenkinder. Kommen in den Laden, frech wie die Rohrspatzen, und fragen, ob wir einen Mieter haben, mit dem Namen ...» er dachte einen Moment nach und wandte sich an seine Frau: «Wie war doch der Name?»

Sie drehte sich vom Herd um. «Ryder, glaub' ich. Stimmt's?»

«Richtig! Ryder. Ich besorgte es ihnen aber und jagte sie raus.»

Sam runzelte die Stirn. «Wie sahen sie aus?»

«Drei Burschen. Freche kleine Teufel. Einer hat auf meine Fische gespuckt.»

«Haben sie nach Hester gefragt?» Sam war mit einmal ganz besorgt.

«Nicht, soweit ich mich erinnere.»

Aus irgendeinem Grund hatte Sam plötzlich das Gefühl, er müsse nachsehen, ob mit Hester alles in Ordnung sei. Rasch trank er den Rest von seinem Cider und nahm den Hut. «Es is' Zeit, daß ich raufgeh'», sagte er. «Danke für den Cider, Bill.»

«Versucht, ihr etwas Essen zu geben», sagte Mrs. Godfrey. «Ich hab' ihr ein bißchen Brühe dagelassen.»

«Danke.»

Bill Godfrey begleitete ihn durch das Geschäft zur Tür. «Sag mir Bescheid, wenn sich die Burschen noch mal sehen lassen», bat Sam im Hinausgehen.

«Machst du dir Sorgen wegen ihnen?»

Sam zuckte die Achseln. «Wahrscheinlich gibt's keinen Grund. Gute Nacht wünsch' ich.»

Als er sein Zimmer betrat, und entdeckte, daß Hester da war und fest schlief, war er aufrichtig erleichtert. Auf dem Tisch gab es einen Laib Brot und Suppe. Aber sie sah so friedlich aus, daß er es nicht über sich brachte, sie zu wecken. Deshalb zündete er keine Kerze an. Statt dessen zog er die Stiefel aus und ging zum Feuer, um frische Holzscheite aufzulegen. Er machte es sich im Sessel bequem, beobachtete, wie das Holz aufloderte, und dachte über die Jungen nach, die im Laden gewesen waren.

Er kam nicht von dem Gedanken los, daß es möglicherweise die Bande war. Aber, wenn das zutraf, woher wußten sie, wo er wohnte? Und warum meinten sie, daß er Ryder hieß? Wußten sie, daß Hester bei ihm war? Das belastete ihn am meisten, denn er wollte auf keinen Fall, daß sie wieder mit einer Bande junger Diebe zu tun bekam.

Während er so nachdenklich am Feuer saß, befanden sich die älteren Mitglieder der Bande genau unter ihm. Sie krochen auf einer Mauer entlang, die zwischen den Hinterhöfen der Häuser und einer Gasse lag.

«Hier isses», flüsterte Fletch, als er die Godfreys durch das Küchenfenster entdeckte.

Geräuschlos ließ er sich in den kleinen Hof hinabgleiten, und Beth folgte rasch hinterher. Ungeschickt wie er war, landete Jigger auf einem Haufen alter Fischkörbe. Angespannt starrten sie durch das Fenster, um zu sehen, ob die Godfreys das Geräusch gehört hatten. Aber das Paar saß nach wie vor friedlich beim Essen; so führte Fletch sie weiter. Sie umgingen eine Grube voll stinkender Fischreste und stahlen sich näher ans Haus heran, bis sie schließlich direkt unter dem Fenster im ersten Stock standen. Dort war Sams Zimmer, aber ihn konnten sie nicht sehen, auch leuchtete keine Kerze, nur das flackernde Feuer konnte man ahnen.

«Gut so», flüsterte Fletch, «er is' noch nich' zurück. Ich klettre hier rauf.» Er deutete auf ein Regenrohr: «Jigger, mach mir 'ne Leiter!»

Der große Junge nickte und beugte sich mit zusammengelegten Händen vor.

Fletch setzte seinen Fuß darauf, hielt sich an dem Rohr fest und schwang sich hoch. Jigger stöhnte unter der Last und begann zu schwanken, als Fletch auf seine Schultern kletterte. Fletch langte am Rohr hoch und suchte nach einem Halt für seinen Fuß zwischen den Ziegelsteinen, dann zog er sich weiter nach oben. Jetzt war das Rohr seine einzige Stütze.

Seit Sams Besuch im «Jolly Weaver» hatten sie den Fischladen ständig beobachtet und bald herausgefunden, daß Sam das Haus früh am Morgen verließ und erst spät nachts wiederkam. Josh und Aggie waren ihm nachgegangen und mit der erstaunlichen Nachricht zurückgekommen, daß er ein Sänftenträger war, was gar nicht zu der Beschreibung der alten Frau von ihm als «Captain» paßte. Von Ossie war nichts zu sehen, aber sie waren sicher, daß er dort war, denn die Fischhändlerin brachte regelmäßig Essen ins Haus. Sie selbst waren fürchterlich hungrig; sie hatten versucht, den Fischhändler auszufragen, aber als das nichts gebracht hatte, beschloß Fletch, ins Haus einzusteigen.

Fletch war fast oben am Fenster angelangt, als einer der Halter am Rohr nachgab, es löste sich von der Dachrinne und bog sich nach außen und riß ihn mit sich. Mit einem lauten Schrei fiel er in die Grube. Die faulenden Fischreste milderten seinen

Sturz, aber seine Beine waren unter ihm verrenkt, und er lag da und wand sich vor Schmerzen.

Einen Moment standen die anderen wie gelähmt. Erst als aus der Küche Rufe drangen, wurden sie aktiv und rannten Fletch zu Hilfe. Sie zogen ihn heraus und schleppten ihn zur Mauer. In diesem Moment schrie Mrs. Godfrey sie vom Küchenfenster aus an, während ihr Mann in den Laden eilte, um sich mit einer Waffe zu versehen. Über ihnen wurde das Fenster geöffnet, und eine tiefe Stimme rief: «Wer ist da?»

Irgendwie brachten sie es fertig, sich und Fletch über die Mauer zu retten und in die dunkle Gasse zu kommen, bevor der Fischhändler, sein langes Messer schwingend, auftauchte und schrie: «Haltet den Dieb! Haltet den Dieb!»

Andere Fenster wurden aufgerissen, und Nachbarn lehnten sich heraus und wollten wissen, was los war.

«Diebe!» schrie Mr. Godfrey. «Sind abgehauen. Haben mein Regenrohr kaputt gemacht.» Stücke davon lagen im Hof verstreut.

«Hast du sie gesehen?» rief er zu Sam hinauf.

«Leider nein, Bill», erwiderte dieser. Er hatte jedoch jugendliche Gestalten wahrgenommen und war sicher, daß es die Mitglieder der Bande waren.

«Halunken! Wozu sind die an meinem Regenrohr raufgeklettert?»

«Müssen hier was gesucht haben.»

«Was denn?»

Für Sam war es nur allzu klar, daß sie hinter Hester her waren, aber er wollte es nicht sagen, denn er hörte, wie sich hinter ihm auf dem Bett etwas bewegte. «Mich vielleicht.»

«Was ist los?» fragte Hester schläfrig.

Er drehte sich um und lächelte. «Es waren nur ein paar Diebe da, die Fischreste wollten.» Er schloß das Fenster und ging an den Tisch, um eine Kerze anzuzünden. «Wie wär's, wenn du ein bißchen von Mrs. Godfreys Brühe versuchst? Dauert keine Minute, sie aufzuwärmen.»

So sprach er beruhigend auf sie ein, aber er war höchst besorgt, denn jetzt war es wohl nicht mehr sicher, sie allein zu lassen. Aber was sollte er tun, wenn er den ganzen Tag weg war? Gewiß würde Mrs. Godfrey helfen, aber er konnte nicht erwarten, daß sie den Laden oder gar ihren Mann vernachlässigte. Wenn Hester nicht so krank wäre, würde er alles aufgeben und sie mit zu sich nach Hause nehmen. Aber er zweifelte, daß sie die Reise überleben würde, und außerdem wußte er, daß sie nie mitgehen würde, solange ihr Bruder noch im Gefängnis war.

XXI

«Kann ich die Perücke beim Singen abnehmen?»
«Natürlich nicht, Idiot.»
«Sie rutscht aber immer.»
«Dann hältst du sie eben mit der Hand fest.»

Ossie hockte auf den Knien seines Entführers und stöhnte, als sie schwankend in der Sänfte dahingetragen wurden.

Er war sehr beunruhigt, als man ihm sagte, er müsse für reiche Leute singen, denn gerade solche hatte die Bande bestohlen, und er fürchtete, man würde ihn erkennen. Aber als der Mann versprach, ihn zu Hester zu bringen, wenn er schön singe, war alles unwichtig, und er machte Extraproben mit Mr. Gimlett.

Lizzie hatte ihm am Morgen die Haare geschnitten, was für beide eine Qual gewesen war. Und jetzt ging es zur North Parade, und er war herausgeputzt wie ein Pfau. Er trug die Sachen, die sein Entführer besorgt hatte, und keine Größe stimmte. Weste und Jacke waren so eng, daß er kaum atmen konnte, seine Hände waren in Lederhandschuhe gezwängt, daß die Handflächen schwitzten, seine Füße hatte man in hochhackige Schuhe gesteckt, die an den Zehen zwickten, außerdem schwankte er in ihnen beim Gehen. Aber alle diese Unbequemlichkeiten waren nichts im Vergleich zu der Perücke; sie war viel zu groß und rutschte ihm dauernd vom Kopf, selbst, wenn der Hut fest obenauf saß.

Wie sollte er denn beim Singen sein Bestes geben, wenn er sie dauernd festhalten mußte? Und er mußte gut singen, das sagte er sich immer wieder, sonst würde man ihm nicht erlauben, zu Hester zurückzukehren.

Seine Sorge wegen der Perücke nahm noch zu, als sie ins Haus gelassen wurden; sie fiel beim Hutabnehmen herunter.

Sein Entführer setzte sie ihm wieder auf, dann packte er ihn grob bei der Jacke und schob ihn über eine lange, gewundene Treppe in die Richtung, aus der das Stimmengewirr kam – es waren die Stimmen der reichen Stutzer. Als sie oben ankamen, wollte Ossie weglaufen, aber der Mann lenkte ihn mit fester Hand in ein Zimmer und brachte ihn zum Stehen.

Mit einem Schlag verstummte alles. Stühle knarrten, und er senkte den Kopf, denn er spürte, daß ihn die Leute anschauten. Es war gut, daß er die Reihen gepuderter Damen und Herren nicht sehen konnte, die ihn beäugten, einige sogar durchs Fernglas, als sei er eine Mißgeburt.

«Endlich habt Ihr ihn gebracht, Captain Ryder!» rief eine Frauenstimme, die näher kam. «Das ist also Euer Neffe Oswald. Wie geht es dir, Oswald?»

Der Entführer stieß ihn heimlich an.

«Sehr gut, ich dank' Euch», erwiderte er scheu.

Die Frau kicherte: «Wie drollig!»

Ossies Wangen brannten, er fühlte sich ausgelacht.

«Ich hab' Euch gewarnt, Madam», sagte sein Entführer mit gezwungenem Lachen, «er ist ein ungehobelter kleiner Kerl.»

«Ach Unsinn! Er ist entzückend. Ich mag deinen Anzug, Oswald», sagte sie besonders laut und langsam, als hätte sie es mit einem Schwerhörigen zu tun.

«Er is' neu», murmelte er.

«Zweifellos hat ihn dein Onkel gekauft. Du hast Glück, daß Captain Ryder dein Onkel ist.»

«Diana», tönte eine gedehnt sprechende Stimme, «bring ihn doch nach vorn, damit wir alle ihn sehen können. Wir sterben hier vor Langeweile.»

«Wir warten auf seinen Gesang!» rief eine Frau laut.

«Du wirst ihn auch hören, Netty. Darf ich ihn mitnehmen, Captain Ryder?»

«Selbstverständlich, Madam.»

«Hier lang, Oswald.»

Sie nahm ihn bei der Hand und führte ihn durch den Gang zwischen den Stuhlreihen, die extra für das Konzert aufgestellt worden waren. Mit lauten, gönnerhaften Stimmen redeten die Leute über ihn, daß er ganz süß aussehe und daß es eine Schande sei, daß er blind sei. Einige bemerkten, es sei kaum zu glauben, daß er es tatsächlich war.

Ihre Äußerungen machten Ossie ganz verlegen, und er war erleichtert, als er Mr. Gimlett fragen hörte: «Alles in Ordnung, mein Junge?» Aber seine Stimme klang ungewöhnlich aufgeregt.

Ossie nickte.

«Konzentriere dich ganz auf die Musik, und fang an zu singen.»

Es gab eine kurze Pause, während Lady Venetia und Ryder sich in die erste Reihe setzten. Dann gab Lord Molyneaux Mr. Gimlett gebieterisch das Zeichen zum Beginn. Das Geschwätz ließ etwas nach, verstummte jedoch nicht ganz.

Ossie hatte es nie etwas ausgemacht, vor Leuten zu singen. Aber als er sich nun einer Zuhörerschaft gegenüber fand, die aus lauter reichen Stutzern bestand, und er doch so furchtbar gerne ganz gut singen wollte, hatte er plötzlich Angst. Um alles noch schlimmer zu machen, gab ihm die Perücke ein schreckliches Gefühl von Eingeengtsein, und außerdem konnte er das Spinett unter ihr nur gedämpft und wie aus weiter Ferne hören. In dem verzweifelten Versuch, die Ohren freizubekommen, schob er sie zurück, da wäre sie ihm beinahe vom Kopf gerutscht. Er rückte sie wieder nach vorn, und bevor er sich in Positur stellen und richtig Atem holen konnte, war Mr. Gimlett mit dem Vorspiel fertig, und es war Zeit für ihn, einzusetzen.

«Halt deine Hand bereit,
o lieber Richter,
bleib ein kleines Weilchen nur …»

begann er mit dünner, zittriger Stimme.

«Denn ich glaub',
ich seh' meinen Vater
kommen über jenen Zaun …»

«Sing lauter!» drängte Mr. Gimlett mit heiserem Flüstern.

«Oh, der stachlige Busch
bricht mir das Herz so …»

fuhr er fort und preßte die Töne hervor.

«Denn, komm' ich je aus dem Dornbusch heraus,
werd' ich nie mehr kommen hinein ...»

Ryder umklammerte die Lehne seines Stuhls, er kochte innerlich. Das war nicht die Stimme, die er in der Ginkneipe gehört, die er so hoch gepriesen hatte. Machte der Junge das absichtlich? Er blickte Lady Venetia an, ihr Gesicht drückte Mißfallen aus, und das machte ihn ganz krank.

Die Zuhörer rutschten auf den Stühlen herum. Der eine oder andere beklagte sich lauthals, daß er nichts hören könne; andere wiederum meinten, es sei unfair, einen blinden Jungen öffentlich singen zu lassen. Ryder starrte Ossie wütend an, er schwor sich innerlich, ihm ordentlich das Fell zu gerben.

Gegen Ende des Liedes war Ossie den Tränen nah. Noch nie in seinem Leben hatte er so schlecht gesungen. Alle Hoffnung, Hester wiederzusehen, war dahin. Hier und da wurde geklatscht, und gemäß Mr. Gimletts Anweisung, sich nach jedem Lied zu verneigen, beugte er seinen Körper vor. Dabei fiel ihm die Perücke herunter. Alles brach in Gelächter aus, und man lachte noch mehr, als er sich hinkniete, und nach ihr suchend, herumkrabbelte.

«Was ist mit dir los?» zischte Mr. Gimlett, der ihm zu Hilfe geeilt war.

«Es is' wegen der Perücke, Mr. Gimlett, ich kann nich' richtig hören, wenn ich sie aufhab'.»

«Unsinn, reiß dich zusammen und konzentrier dich auf die Musik.» Mr. Gimlett setzte ihm die Perücke wieder auf, drehte sein Gesicht zum Publikum und eilte wieder an das Spinett.

«Ach du liebe Güte!» rief Lord Molyneaux. «Gibt es diese Pantomime bei jeder Verbeugung?»

Das Kichern von allenSeiten machte Ossie plötzlich wütend. Es war nicht seine Idee, die Perücke zu tragen. Er haßte sie. Sicher konnten sie doch sehen, daß sie ihn behinderte? Er hatte eine schöne Stimme. Selbst Peg meinte das. Lizzie sagte, er singe wie ein Engel. Wie konnten sie es wagen, ihn auszulachen. Wenn er nur die Perücke abnehmen dürfte, dann würde er ihnen zeigen, wie er singen konnte. Er vergaß seine ganze Aufregung und rief: «Es is' die Perücke. Ich kann nich' singen, wenn ich sie aufhab'!»

Ryder hätte ihn am liebsten umgebracht. «Es tut mir leid, Mylord ...», begann er.

«Soll er sie abnehmen!» schnaubte Lady Venetia wütend.

«Darf ich?» fragte Ossie eifrig.

«Nimm sie ab!» riefen mehrere Stimmen, worüber sich die übrigen amüsierten, die das Theater um die Perücke höchst unterhaltend fanden.

«Was meint Ihr, Captain Ryder?» fragte Lady Molyneaux.

«Wenn sein Singen dadurch besser wird», sagte er achselzuckend.

«Dann nimm sie ab, Oswald», gebot sie.

Ossie zeigte ein breites Grinsen. «Ich dank' Euch.»

Alles jubelte, als er die Perücke herunterriß und zu Boden warf.

«Können wir jetzt fortfahren?» seufzte Lord Molyneaux. «Bei diesem Tempo sind wir bis zum Essen längst nicht mit allem durch.»

«Pst, Edward», tadelte seine Frau. Sie nickte dem vor Aufregung zitternden Mr. Gimlett zu, daß er weitermachen sollte.

Als Ossie jetzt dem Spinett lauschte, lächelte er. Die Töne waren nun glasklar. Er fuhr sich mit der Hand durch das gestutzte Haar. Was für eine Freude war es, nach der drückenden Beengtheit unter der Perücke wieder die eigene Kopfhaut zu spüren. Er sagte sich, wenn er von nun an gut singe, dürfe er vielleicht doch noch zu Hester zurückkehren. Er richtete sich auf, atmete tief ein und begann:

«Als ich drunt' auf der Wiese vorüberging,
sieh da, erblickt' ich ein schönes Ding ...»

Es war eins seiner Lieblingsstücke, denn er mußte dabei immer an Hester denken, und er legte sein ganzes Herz und seine ganze Seele hinein:

«Ihr Alter, glaub' ich, zählt kaum fünfzehn Jahr',
und auf ihrem Haupt trug sie ein' Kranz,
der so grün war ...»

Die Zuhörer waren beim veränderten Klang seiner Stimme verstummt. Die Frauen fächerten sich nicht mehr zu, die Männer vergaßen den Schnupftabak in ihrer Hand. Ryder schaute Lady Venetia an, und als er sah, wie hingerissen und aufmerksam sie lauschte, lächelte er.

Das Klatschen, als er endete, zeugte nicht von wilder Begeisterung wie der Applaus in der Ginkneipe, denn hier saßen Leute, die es höchst ungebührlich fanden, in der Öffentlichkeit ihre Gefühle zu zeigen. Aber zweifellos hatte das Lied gefallen.

Mr. Gimlett betupfte sich erleichtert die Stirn und rief: «Gut gemacht, Junge!»

Er hatte das Programm sorgfältig gestaltet, es war voller Kontraste – einem fröhlichen Lied folgte ein trauriges, nach einem schnellen Tempo kam ein langsames. Es waren lauter Volkslieder und traditionelle Melodien, die vollkommen zu Ossies Stimme paßten, denn er hatte die reine Naturstimme eines Diskantsängers und nicht die geschulte Sopranstimme einer Erwachsenen.

Seine Stimme füllte den Raum mit hinreißenden Tönen, die oben aus seinem Kopf zu kommen schienen. Manchmal schwebte sie wie eine warme Sommerbrise in der Luft, die durchs lange Gras fährt, dann wieder stieg sie auf und ab wie eine Lerche, und manchmal, wie beim letzten Lied, war sie bloß wie ein sanftes Kräuseln des Wassers auf einem ruhigen See.

> «Der Silberschwan konnt' im Leben nicht singen,
> doch als der Tod sich naht',
> ward seine stumme Kehl' geweckt …»

Mit einem schwachen Lächeln auf den Lippen und seinen zur Decke gewandten leeren Augen stand Ossie bewegungslos da, während der Spinettspieler eine Melodie für sich allein spielte. Dann atmete Ossie noch einmal tief ein und ließ die Luft langsam wieder in einem langen musikalischen Seufzer entweichen:

> «Er legt' seine Brust auf das schilfige Ufer nieder,
> und so sang er zum ersten und letzten Mal,
> und dann nie wieder …»

Er hielt inne, und die bittersüße Traurigkeit des Liedes spiegelte sich in seinem Gesicht:

> «Lebt wohl ihr Freuden, o Tod, komm meinen Augen nah ganz leise,
> nun leben mehr Gäns' als Schwäne, mehr Narren als Weise ...»

Der letzte Ton hing in der Luft, erstarb langsam, im Raum war es vollkommen still.

Trotz ihrer Welterfahrenheit und häufiger Opern- und Konzertbesuche waren die Zuhörer zutiefst gerührt. Einigen Damen, darunter Lady Molyneaux, standen Tränen in den Augen. Sogar Lady Venetia, stellte Ryder befriedigt fest, betupfte ihre Nase mit einem Taschentuch.

Lord Molyneaux, der mit Musik genausowenig anzufangen wußte wie Ryder, rutschte ungeduldig auf seinem Stuhl herum. «Sehr gut», erklärte er und ruderte mit den Armen, um hochzukommen. Jetzt hatte er das Essen im Kopf, und er war richtig verwirrt, als alle anderen aufstanden und klatschten.

Mr. Gimlett kletterte vom Stuhl, ergriff Ossies Hand, und sie verbeugten sich. In einer plötzlichen Eingebung hob er die Perücke auf und winkte dem Publikum damit zu.

Lady Molyneaux drückte Ryder innig die Hand und murmelte: «Himmlisch!» Lady Venetia sagte in ihrer unverblümten Art: «Eine erstaunliche Stimme! Die Welt muß sie zu hören bekommen.»

«Mit Eurer Unterstützung, Lady Venetia, wird sie das auch», erwiderte er.

Viele der Zuhörer kamen nach vorn, um ihm zu gratulieren. Mit Lady Venetia an seiner Seite war er in seinem Element, er spielte die Rolle des stolzen Onkels und stellte seine vermeintliche Liebe zur Musik reichlich übertrieben zur Schau. Gleichzeitig wußte er alle Fragen an Ossie und über seine Familie geschickt abzufangen. Ebenso Erkundigungen über spätere Konzerte Mr. Gimletts. Dies hier war sein persönlicher Triumph, mit niemandem würde er ihn teilen.

Schließlich sammelte Lord Molyneaux, den das Theater um

Ryder und seine Künstler langweilte, seine Gefährten vom Spieltisch um sich und wies Jessup an, den Gong zu schlagen. Als alle in den Speisesaal zogen, wurden Ossie und Mr. Gimlett zum Essen in die Küche gebracht.

Während des Mahles blieb Ryder stets im Mittelpunkt der Aufmerksamkeit und Musik der Hauptgegenstand der Unterhaltung, sehr zum Ärger von Lord Molyneaux und seinen Kumpanen. Sie versuchten vergeblich, die Gesellschaft für Pferderennen zu interessieren. Die anderen ließen sich von ihrem Thema nicht abbringen. Alle wünschten, daß Ossie bei ihnen zu Hause singe; und ohne verbindliche Zusagen zu machen, gab Ryder ihnen zu verstehen, daß er einwilligen werde. Lady Venetia meinte, er müsse in London auftreten.

«Die Welt muß ihn hören», sagte sie immer wieder, und Ryder stimmte ihr nur allzugern zu.

Weil Lady Molyneaux darauf bestand, daß er lange blieb, brach er als einer der letzten auf. Sie sagte, sie wünsche mit ihm ein Wort unter vier Augen zu reden, und als sie die Treppe hinuntergingen, wartete er noch immer darauf, zu erfahren, worum es ging.

«Ich wünschte, Edward würde sich mehr für Musik interessieren», seufzte sie.

«Er hat eben andere Interessen», bemerkte er taktvoll.

«Aber Musik bringt viel Erfüllung. Wenn er sich nur an Euch ein Beispiel nehmen würde. Könntet Ihr ihn nicht vom Spieltisch abbringen?»

«Es ist nichts Schlechtes am Spielen – solange es in Maßen bleibt», sagte er; er hatte dringenden Bedarf an Bargeld.

«Ah! Da ist er ja!» rief sie, ihr Gesicht hellte sich auf, als sie die kleine Gestalt sah, die von einem Lakai in die Halle geführt wurde. Sie eilte die Treppe hinunter und rauschte über den gefliesten Boden. Sie lächelte Ossie an, der schon fertig gekleidet mit Perücke und Hut dastand. «Haben sie dir etwas Gutes zum Essen gegeben?» fragte sie, plötzlich klang ihre Stimme ganz hoch.

«Ja, ich danke Euch.» Noch nie in seinem Leben hatte er

einen solchen Festschmaus genossen: gekochten Schinken und Kartoffeln und Applepie.

«Gut.» Sie nickte Jessup zu, der einen Lakai mit Ryders Hut und Mantel herbeiwinkte.

«Wir planen einen Ausflug nach Highfield», sagte sie, während man ihm in den Mantel half.

Ryder stockte der Atem bei der Erwähnung des Hauses, in dem seine Mutter gearbeitet hatte.

«Meine Schwester hat es noch nie gesehen, und da sie jetzt doch ganz in der Nähe davon ist, habe ich ihr versprochen, es ihr zu zeigen. Ich glaube nicht, daß Edward mitkommt. Aber wir dachten, ob Ihr uns vielleicht begleiten mögt?»

Einen Augenblick verlor er fast die Kontrolle über sich. Seine Hände zitterten, als er seine Handschuhe von einem Lakai entgegennahm. In das Haus eingeladen zu werden – das Haus aller Häuser! – als Gast des Besitzers, das war die Erfüllung eines Traumes, eine weitere Sprosse auf seiner Racheleiter. Am liebsten wäre er laut jubelnd in die Luft gesprungen. Irgendwie gelang es ihm aber, seine Gefühle im Zaum zu halten, und mit einer höflichen Neigung seines Kopfes sagte er: «Es wäre mir ein Vergnügen, Madam.»

«Wie wunderbar!» Sie schien sich wirklich zu freuen. «Wir dachten an nächste Woche. Würde Euch das passen?»

«Vollkommen.»

Sie lächelte zufrieden. «Netty wird glücklich sein!»

Ryder konnte sich nur mit Mühe beherrschen. Sie warf ihm ihre Schwester ja förmlich in die Arme! Er wagte nicht, noch länger zu verweilen, denn er fürchtete, man könnte ihm seine Erregung anmerken. Mit einer militärischen Verbeugung verabschiedete er sich und brachte Ossie zu der draußen wartenden Sänfte.

Als er durch den Regen in die einbrechende Dunkelheit getragen wurde, hatte er das Gefühl, in der Luft zu schweben.

«Gehn wir jetzt zu Hester?» fragte der Junge, der auf seinem Schoß saß.

Ryder runzelte die Stirn. «Hester?» wiederholte er vage.

«Ihr habt's mir versprochen, wenn ich gut singe.»

Als der Mann lachte, lief Ossie ein Schauder über den Rücken.

«Ihr wißt's, daß Ihr's versprochen habt!» rief er höchst beunruhigt.

«Nun, ich habe eben meine Meinung geändert.»

«Aber Ihr habt's versprochen! Ihr habt's versprochen!»

«Du gehst wieder zu Peg», die Stimme des Mannes klang scharf und unnachgiebig, «und außerdem ist deine Schwester tot.»

XXII

«Es überläuft mich eiskalt, wenn ich ihn so seh'.»

«Warum sagt er nix?»

«Komm, Schätzchen, das ist doch kein Weltuntergang.»

«Die Herren fragen dauernd nach dir.»

«Peg sollte ihm 'ne anständige Tracht Prügel geben.»

«Sollte ihn besser rauswerfen.»

Stimmen. Stimmen, die schimpften, schmeichelten, durcheinanderredeten. Hände, die streichelten, durch sein Haar fuhren, an ihm zerrten.

«Laßt ihn in Ruhe», das war Lizzies Stimme, heftig wie immer, «haut ab! Hab' genug hier mit meiner schweren Arbeit zu tun. Los! Haut ab!! Fort! Weg!»

Die Stimmen entfernten sich und ließen eine Spur von Puder und einen schalen Geruch zurück.

Ossie hatte eng zusammengerollt, mit dem Gesicht zur Wand, auf der Strohmatratze gelegen, jetzt streckte er sich ein wenig. Nun, da es in der Küche still geworden war, konnte er Lizzie hören, die etwas über die Frauen vor sich hinmurmelte. Sie war jetzt seine einzige Freundin; der einzige Mensch, dem er trauen konnte. Eines Tages würde er ihr die Wahrheit über Hester erzählen.

O Hester … liebe Hester.

Seine Augen füllten sich mit Tränen, als er daran dachte, daß sie allein hatte sterben müssen.

Eine Hand berührte seinen Rücken, Lizzies Hand.

«Sei nicht traurig, Engel», sagte sie eindringlich. «Ich hab' dir was Schönes zu sagen. Ich hab' Peg gefragt, ob du morgen mit mir zum Warmbad gehen darfst. Sie hat's erlaubt, wenn du heute abend singst. Also, was meinst du dazu? Möchtest du gern mit?»

Trotz allem Gram ging Ossies Puls rascher. Seit dem schrecklichen Tag, als man ihn überlistet hatte, für die Reichen zu singen, nur um zu erfahren, daß Hester gestorben war, hatte er nicht mehr gesungen. Nicht einmal Prügel von Peg konnten ihn dazu bringen. Aber Lizzie bot ihm die Möglichkeit zur Flucht aus dem Bordell und vor dem Mann, der ihn so grausam behandelt hatte. Dafür würde er gern und unbedingt singen!

Er schluchzte noch einmal auf, wischte die Tränen weg und nickte.

«Heißt das ‹ja›?»

Er rollte sich auf der Matratze herum, um sie anzusehen, und nickte mit einem schwachen Lächeln noch einmal.

«Wunderbar!» rief sie und küßte ihn auf die nasse Wange.

Als er an diesem Abend in seinem Engelskostüm Pegs Empfangszimmer betrat und wie der alte Ossie sang, meinten alle, er hätte seinen Kummer überwunden. Keiner kam auf den Gedanken, daß er hoffte, es würde seine letzte Nacht in diesem Hause sein.

Am nächsten Morgen schliefen Peg und die Frauen noch, als der Türhüter Ossie und Lizzie gähnend durch die Hintertür hinausließ und murrte, weil man ihn so früh geweckt hatte. Sie fröstelten in der kalten Luft, als sie eine Straße hinaufliefen, die zum Kings Bath führte.

Ossie konnte sich kaum beherrschen, so groß war seine Aufregung, daß er endlich aus diesem Hause war. Er zog so stark an dem Seil, das Lizzie ihm auf Pegs Anordnung um die Taille binden mußte, daß sie Mühe hatte, ihn zurückzuhalten. Er hatte seinen besten Anzug anziehen müssen, damit jeder Vorübergehende meinte, er sei das ungezogene Kind reicher Eltern, das von einem Dienstmädchen spazierengeführt wurde.

Als sie in die Stall Street kamen, war er ganz entzückt, all die vertrauten Geräusche von Ladenbesitzern und dem brodelnden Verkehr wieder zu hören. Wie oft war er fast verzweifelt, wenn er dachte, daß er das nie mehr erleben und nie mehr das Pflaster im Kirchhof unter seinen Füßen fühlen würde. Daß er es jetzt wieder spürte und die rauhen Rufe der Sänftenträger vernahm, war wie das Wiedersehen mit alten Freunden. Gern wäre er stehengeblieben, um sich an den wiedergefundenen Geräuschen zu freuen, aber Lizzie zog ihn fort zu den Badehallen.

Als sie gerade hineingehen wollten, glaubte er, seinen Namen rufen zu hören. Es war eine Jungenstimme, sie klang vertraut, und das verschlug ihm den Atem. Mit einem Ruck zwang er Lizzie zum Halt und horchte, ob sie noch einmal ertönen würde. Aber wenn sie auch noch einmal kam, so ging sie doch im allgemeinen Lärm unter.

«Komm weiter, Engel», drängte Lizzie und zog ihn heftig in das Bad.

Sie kaufte zwei Billetts und führte ihn durch einen Gang in den Umkleideraum für Frauen. Dort wurde sein Eintritt mit lauter Aufregung, verschämtem Gekreisch und peinlichem Gehabe begrüßt.

«Warum macht ihr so ein Theater?» schalt Lizzie. «Er kann nich' sehn, daß ihr nackt seid, er is' blind.»

Ossie duckte sich unter den «Ohs!» und «Ahs!», die darauf folgten. Noch war keine Gelegenheit zur Flucht, denn Lizzie hatte das Seil um ein Tischbein gebunden, während sie in ihr Badezeug schlüpfte. Als es dann endlich abgenommen wurde, packten ihn sogleich zwei Badewärterinnen und begannen, ihn auszuziehen.

«Laßt mich los!» schrie er und schlug um sich, um freizukommen. «Laßt mich in Ruhe!»

«Die tun dir doch nix, Engel», schalt Lizzie. «Du mußt dich doch umziehen, wenn du ins Wasser gehst.»

«Ich will nich' ins Wasser», schrie er in Panik.

Aber davon wollte sie nichts hören, und unter Mithilfe anderer Badender zwängten ihn die Frauen in ein langes Gewand. Er bat Lizzie, sie möge ihn im Umkleideraum lassen, aber damit war sie gar nicht einverstanden – sie führte ihn fest entschlossen hinaus.

«Lizzie, bitte, ich will nich' reingehn», flehte er, als sie ihn die Treppe hinunterschob.

«Du brauchst dich vor nichts zu fürchten, Engel. Das Wasser is' ganz schön warm, und ich bleib' bei dir.»

In einer verzweifelten Anstrengung versuchte er, wieder die Stufen hinaufzugelangen; plötzlich konnte er sich freimachen und taumelte auf einer schmalen Kante entlang. Er merkte nicht gleich, daß sie zu Ende war, sein Fuß trat ins Leere, und er fiel kopfüber ins Wasser.

Ein paar Sekunden war er zu Tode erschrocken, als er tiefer und tiefer sank und keine Luft mehr bekam. Dann berührten seine Füße den Boden, und er strampelte heftig, um wieder an die Oberfläche zu kommen. Spuckend und hustend, sich verschluckend und keuchend, kam er wieder hoch.

Laute Bravorufe kamen von anderen Badenden, als ihn ein Wärter packte und auf die Treppe stellte, wo Lizzie verzweifelt weinend wartete.

Sie fiel auf die Knie und drückte ihn fest an sich. «O Engel, Engel», schluchzte sie, «das hättest du nicht tun dürfen.»

«Tut mir leid, Lizzie», brachte er schwer atmend hervor. Er zitterte nach dieser bösen Erfahrung, war aber froh, wieder festen Boden unter den Füßen zu haben.

«Ich bin fast vor Angst gestorben, wie du reingefallen bist. Ich hätt' dich nie mitgenommen, wenn ich gewußt hätt', daß es soviel Aufregung gibt.»

«Tut mir leid, Lizzie», sagte er noch einmal entschuldigend.

«Sei jetzt bitte ein braver Junge und warte hier, solang ich im Wasser bin. Meine Gelenke tun mir schrecklich weh nach all dem. Rühr dich ja nich' von der Stelle, bis ich wiederkomm'. Und sag um Gottes willen Peg nichts. Sie würd' mich umbringen, wenn sie erfährt, daß ich dich fast hab' ertrinken lassen.»

Ossie ließ seinen Kopf schuldbewußt hängen. Sie war immer eine gute Freundin gewesen, und er wollte nicht, daß sie für etwas, das er getan hatte, bestraft würde.

«Ich sag' dir was», meinte Lizzie immer noch verärgert, «du kannst für mich singen, wenn ich im Wasser bin, damit kannst du alles wiedergutmachen.»

Er brachte es nicht übers Herz, ihr das zu verweigern. Aber er wußte, daß damit die Flucht unmöglich wurde. Vielleicht würde sie ihn gehen lassen, wenn er ihr von Hester erzählte – oder sogar mitkommen?

«Welches Lied magst du?»

«Das mit dem Schwan. Und sing ganz schön und laut, daß alle dich hören können.»

Als seine Stimme erklang, waren alle überrascht; zuerst wußte keiner, woher sie kam. Dann deuteten einige Badende auf die kleine, durchnäßte Gestalt auf den Stufen, und Rufe nach Ruhe erhoben sich. Dadurch wurden immer mehr Leute angelockt, die sich auf dem Balkon drängten, das Orchester wurde angewiesen, mit dem Spielen aufzuhören. Bald waren die einzigen Geräusche das gurgelnde Wasser, das aus dem Brunnen sprudelte, und Ossies Stimme, die durch die dampfende Luft wie Feenmusik zu schweben schien.

Als das Lied fast zu Ende war, wurde der Zauber abrupt durch zwei Straßenjungen unterbrochen, die aus den Umkleideräumen hervorstürzten und «Ossie! Ossie!» riefen.

Er hörte auf zu singen und wandte sich erstaunt um.

«Schnell Ossie!» drängte der eine.

Er konnte gerade noch «Josh!» hervorstoßen, da wurde er auch schon an beiden Händen gepackt und die Stufen hochgezogen.

Rasch zerrten Josh und Beth ihn durch die Umkleideräume, stießen Leute beiseite, zogen ihn einen Gang entlang zu einer Seitentür und in eine Gasse, wo zu seiner noch größeren Verwunderung Jigger und Aggie warteten. Sie ließen ihm keine Zeit, Fragen zu stellen, sondern rannten mit ihm davon.

Hinter ihnen war Kings Bath in hellem Aufruhr. Lizzie jammerte auf der Treppe: «Sie bringt mich um! Sie bringt mich um!»

Es herrschte so großer Lärm, daß niemand die Stimme einer Badenden hörte: «Es ist ein Wunder! Es ist ein Wunder!»

Das war genau der Erfolg, den sich Ryder für seinen Schützling erträumt hatte. Aber er war nicht anwesend, so konnte er es nicht erleben. Er hatte schon vor Morgengrauen die Stadt verlassen und war im Lauf des Vormittags bereits dreißig Meilen entfernt. Er fuhr in der Molyneauxschen Kutsche einen steilen, gewundenen Weg hinab, der zu dem wunderschönen, alten Haus führte, das zwischen Hügeln eingebettet lag.

«Schau, wen wir haben!» schrie Fletch triumphierend, als er in Pikeys Laden humpelte.

Er winkte die anderen heran, die Ossie vorschubsten. Sie waren noch dünner und schmutziger geworden. Vor allem Fletch sah sehr zerzaust aus mit seinem strähnigen Haar, das ihm bis auf die Schultern fiel, und mit dem mehrere Tage alten Flaum an seinem Kinn. Sein rechter Knöchel war mit einem dreckigen Lumpen umwickelt, und er mußte an einem Stock gehen.

Nat Pike, der gerade einen Haufen alter Kleider sortierte, schaute Ossie mit leerem Blick an. «So?»

«Wir haben ihn!» rief Fletch noch einmal. «Ich hab's doch immer gesagt! Wir haben ihn hergebracht, damit du ihn siehst. Und jetzt können wir wieder arbeiten.»

«Aber nicht mit ihm!» schimpfte der Hehler.

Fletch runzelte die Stirn, weil der Alte so gar keine Begeisterung zeigte. «Wer hat denn gesagt, mit ihm?»

«Und wie's aussieht, kannst du's auch nicht. Was hast du mit deinem Bein gemacht?»

«Umgeknickt. Is' nich' schlimm.»

Nat brummte etwas vor sich hin und wandte sich wieder seiner Tätigkeit zu.

«Es is' nämlich so», fauchte Beth, die jetzt das Wort ergriff, während Fletch sich etwas betreten in einen Sessel fallen ließ, «er war gar nicht im Kittchen.»

«Und wo is' dann seine Schwester?»

«Tot.»

«Woher wißt ihr das?»

«Der Mann, der Ossie entführt hat, hat's ihm gesagt. Heißt Captain Ryder. Außerdem konnte sie mit dem Husten sowieso nich' mehr lange leben», fügte sie hinzu und spuckte auf den Boden.

«Warum hat er ihn entführt?» sagte Nat ungehalten.

«Er wollte nur, daß er singt», erwiderte Josh.

«Singt!» spottete der Hehler.

«In einem Bordell», bemerkte Jigger. «Bei Peg Draper.»

«Peg Draper?» schnarrte Nat ungläubig.

Aggie rief dazwischen: «Er hat eine schöne Stimme, Mr. Pike.»

«Wo is' dieser Captain Ryder jetzt?»

Jigger zuckte die Achseln. «Weiß nich'.»

«Wo is' er, Junge?» fragte Nat, sich an Ossie wendend.

«Sag's ihm, Ossie», drängte Josh.

Mit leiser Stimme antwortete Ossie, daß er es auch nicht wisse.

«Also was is' jetzt?» fragte Fletch und stand aus dem Sessel auf. «Können wir jetzt wieder Zeug bringen?»

Nat Pike dachte einen Moment nach. «Kommt darauf an.»

«Auf was?»

Der alte Hehler antwortete nicht, sondern sortierte die Kleider in verschiedene Stöße.

«Wir haben uns an die Abmachung gehalten», sagte Fletch verärgert, «und was is' mit dir?»

«Die Zeiten sind schlecht, Fletch, die Kunden zahlen nich' mehr so gut wie früher.»

«Du hast uns noch nie viel gegeben», murrte Jigger.

«Nun, und jetzt isses eben noch weniger.»

«Wir nehmen, was du uns gibst, Nat», sagte Fletch. «Wenn du uns nur wieder für dich arbeiten läßt. Wir haben seit Tagen nichts zu essen und zu trinken gehabt.»

Nat schniefte laut und warf ein Kleidungsstück auf einen der Haufen. «Ihr müßt den Jungen einsperren, er is' ein Risiko. Aber wenn ihr mir anständige Sachen bringt», fügte er schlau hinzu, «kann ich's mir ja mal anschauen. Aber bringt ja keinen Mist!»

Die Bande jubelte.

«Aber nix Versilbertes!» warnte er, «nur echtes Silber und Gold!»

«Wir besorgen es dir», versprach Fletch. «Stimmt's?» Alle bejahten freudig.

Während Ossie ihnen zuhörte, war er sich nicht sicher, ob er froh sein sollte, daß er wieder bei ihnen war, oder nicht. Es war alles so schnell gegangen. Es fiel ihm immer noch schwer, zu glauben, daß sie gar nicht im Gefängnis waren und daß er dem Bordell und seinem Entführer entronnen war. Da Hester nun nicht mehr lebte, hatte er eigentlich die Stadt verlassen wollen, statt dessen wurde er wieder von seinem alten Leben eingeholt, diesmal als Gefangener der Bande. Sie waren dieselben geblieben, er aber war ihnen entfremdet. Wie er nun in dem übelriechenden Laden stand, vermißte er die warmen Gerüche der Küche und den Klang des Spinetts, das zu einem wichtigen Teil seines Lebens geworden war. Wie nur, fragte er sich schweren Herzens, wie nur sollte er ohne es auskommen?

XXIII

Hinter den Vorhängen eines Himmelbetts drehte sich Ryder auf den Rücken und reckte sich unter ausgiebigem Gähnen. Er genoß es, die weichen Daunenkissen und die Leinentücher zu spüren. Er starrte auf den feinen Stuck an der Decke, überdachte den vor ihm liegenden Tag und rief sich die Freuden des vergangenen ins Gedächtnis.

In Gesellschaft von Lady Molyneaux und anderen Gästen war er vorn und hinten bedient worden, hatte sich das große Haus angeschaut und in einer offenen Kutsche eine Rundfahrt über den Besitz gemacht. Er hatte an einem Tisch gespeist, auf dem silberne Kandelaber blitzten, und von Tellern und Schüsseln aus feinstem Porzellan gegessen.

Mit Lady Venetia war er nie allein gewesen. Aber es eilte ihm nicht, sie beiseite zu nehmen. Denn er hatte nicht vor, seinen Antrag auf die übliche Weise zu machen. Wenn sie ja sagte – und es war überhaupt nicht sicher, daß sie es tun würde –, dann müßte er die Zustimmung ihres Vaters einholen, und der würde sicher unangenehme Fragen über seine Familie und über seinen Besitz stellen.

«Herein!» rief er, als jemand an die Tür klopfte.

Die Klinke schnappte beim Öffnen, und einen Moment später wurden die Vorhänge geteilt und ein grinsendes Gesicht zeigte sich. Das sah nicht nach einem normalen Diener aus; dieser hier hatte eine gebrochene Nase und entstellte Ohren. Er glich eher einem Preiskämpfer, der er in seinen jüngeren Jahren auch tatsächlich gewesen war.

«Morgen, Captain», sagte der Mann. «Habt Ihr gut geschlafen?»

«Wie ein Baby, Dawson. Zieh die Vorhänge auf.»

Das grinsende Gesicht verschwand, und der Mann trug einen Krug mit heißem Wasser zum Waschtisch. Dann kehrte er wieder und zog die Vorhänge rund ums Bett beiseite, dabei sah man seinen muskulösen Körper. Seit seine Tage im Kampfring vorbei waren, verdiente er sich mühsam seinen Unterhalt mit Stehlereien und dem Zusammenschlagen von Leuten. In den verrufeneren Gegenden der Stadt war er noch immer unter dem Namen «Bully» Dawson bekannt.

Ryder wußte über all seine verbrecherischen Unternehmungen Bescheid, denn sie tranken oft zusammen im selben Bierhaus. Als er erfuhr, Lady Molyneaux erwarte von ihm, daß er einen Diener mitbringe, bot er Dawson den Job an. Dieser war noch nie Diener gewesen, aber er paßte Ryder genau für seine Heiratspläne.

«Also, erzähle», sagte Ryder und setzte sich, «hast du gemacht, worum ich dich gebeten habe?»

«Hab' ich, Captain. Ich komme gerade aus der Küche, und ich denke, es dauert nicht lange, bis man das Geschrei der Lady noch in einer Meile Entfernung hört.»

Ryder lächelte zufrieden. «Dann werde ich wohl vor dem Frühstück ausreiten. Mach das Feuer an und schütt Wasser in die Schüssel, damit ich mich rasieren kann. Und wenn du damit fertig bist, suchst du mein Reitzeug zusammen.»

«Bitte um Verzeihung, Captain, welche Kleider sollen das sein?»

«Die aus braunem Samt, Idiot, mit der roten Weste. Und sorge dafür, daß die Stiefel sauber sind.»

«Sonst noch was?» fragte der Mann sarkastisch.

«Ja, du kannst das Handtuch zum Wärmen aufhängen.»

«Ihr verlangt viel, was?» murrte Dawson und schürte die Glut. «Bin froh, daß ich nicht immer ein Leibdiener bin. Besonders, wenn ich dafür nich' bezahlt werde.»

«Du wirst gut entlohnt, wenn du deine Arbeit anständig erledigt hast», sagte Ryder bissig und kroch aus dem Bett. «Beeil dich mit dem Wasser. Und dann gehst du in den Stall und sagst ihnen, sie sollen ein Pferd satteln.»

Er schlurfte zum Fenster und schaute auf die verlassene Parklandschaft, die in Nebel gehüllt war. Voller Erwartung rieb er sich die Hände, dann lief er zum Waschtisch, wo die Porzellanschüssel voll dampfendem Wasser stand.

Nachdem er gewaschen und angekleidet war, eilte er zu den Stallungen und war erfreut, als dort ein schöner schwarzer Hengst fertig gesattelt auf ihn wartete. Er war ein guter Reiter, und bald jagte er über die Hügel, das Pferd mit lauter Stimme antreibend, und verscheuchte das Wild, das in Todesangst flüchtete. Als er zum Stall zurücktrabte, schwitzte das Tier, und Schaum stand ihm vorm Maul. Er überließ es einem Knecht und ging auf das Haus zu.

Nachdem er sich in seinem Zimmer kurz gesäubert hatte, rannte er noch in Stiefeln und Reitzeug die Treppen hinunter, um zu sehen, ob sich etwas getan hatte. Aber offensichtlich war nichts geschehen, denn als er das Speisezimmer betrat, saßen die anderen ganz friedlich beim Frühstück.

Kaum war er wieder in seinem Zimmer, beschimpfte er Dawson, daß er seinen Auftrag nicht ausgeführt hätte.

«Ich hab' ihnen alles so gesagt, wie Ihr es angeordnet habt.»

«Und wie haben sie reagiert?»

«Sie war'n entsetzt. Der Koch war ganz außer sich. Und erst die Küchenmädchen! Der Butler mußte ihnen befehlen, still zu sein.»

«Hat er auch verfügt, daß sie's für sich behalten müssen?»

«Sozusagen. Er hat gemeint, sie sollen den Mund halten, bis er Genaueres weiß.»

«Und das tun sie sicher auch. Du mußt es noch einmal versuchen. Sag's einem der Zimmermädchen. Die können doch nie den Mund halten.»

Dawson grinste. «Eine von ihnen mag mich ziemlich. Heißt Connie. Ich sag's ihr.»

Der Tag verlief weiterhin ruhig, und erst als Ryder sich für das Abendessen umzog, kam der Topf, der seit dem frühen Morgen gesiedet hatte, plötzlich zum Überlaufen.

Er hörte mit einmal am Ende des Korridors Lady Molyneaux' wütend erhobene Stimme. Dann schlug eine Tür, und ein Zimmermädchen rannte in Tränen aufgelöst vorbei.

Ryder blickte Dawson an und lächelte. «Ich glaube, es geht los.» Unbeeindruckt hielt er seine Arme ausgestreckt, während Dawson ihm die Weste zuknöpfte.

Heftige Schritte polterten die Treppe hinauf, den Korridor entlang; man hörte mehrere Stimmen auf einmal. Dann war da Lady Molyneaux, die verlangte, ihre Schwester zu sehen. Jemand klopfte, kurz vernahm man Lady Venetia. Eine Tür schlug zu, auf dem Gang war jetzt nur noch Flüstern. Hinter einer verschlossenen Tür ertönten die Stimmen der beiden Schwestern, die sich gegenseitig anschrien. Auf dem Gang schauten die anderen Gäste aus ihren Zimmern und fragten, was los sei. Sie verstummten sofort, als sich eine Tür öffnete und wieder geschlossen wurde. Schritte stampften vorbei und die Treppe hinunter.

«Glaubt Ihr, daß das die betreffende Lady ist oder ihre Schwester?» grinste Dawson.

«Ich tippe auf die Lady.» Ryder feixte.

In aller Ruhe kleidete er sich fertig an. Als der Gong zum Essen rief, warf er noch einen eitlen Blick in den Spiegel, rückte noch einmal seine Perücke zurecht und wandte sich an Dawson: «Ich muß jetzt runter. Mach dich fertig zur Abreise.»

«Sehr wohl, Captain.»

Ryder stieg gemächlich die Treppe hinab und schritt in den Speisesaal, wo Totenstille herrschte. Man blickte ihn an, aber keiner sprach oder regte sich. Der Butler und ein Lakai standen wie Statuen, während die Gäste stumm am Tisch saßen. Ihre niedergeschlagenen Gesichter konnte man im Schein der flackernden Kandelaber sehen. Von Lady Molyneaux und ihrer Schwester keine Spur.

«Was geht hier vor?» fragte er unschuldig.

Die rundliche Dame, Lady Stapleton, schluchzte in ihr Taschentuch.

«Stimmt etwas nicht? Ist jemand gestorben?»

«Meine Güte, Sir», ergriff ihr Mann das Wort, «habt Ihr Lady Molyneaux und ihre Schwester nicht gehört?»

Ryder runzelte die Stirn. «Mein Diener glaubte, etwas gehört zu haben, Sir George.» Er fühlte das starke Bedürfnis, über die Seufzer und das allgemeine Kopfschütteln von allen Seiten zu lachen. «Kommen sie denn nicht zum Abendessen herunter?» fragte er.

«Wir wissen es nicht», erwiderte Lady Stapleton hilflos. Ihr Busen erzitterte unter einem Schluchzer.

«Geht es ihnen nicht gut?»

«Sie leiden gewiß», antwortete eine hochgewachsene Frau mißbilligend, «aber nicht an einer Krankheit.»

«Dann sagt mir doch um Himmels willen, was geschehen ist.»

«Solche Dinge können nicht in Gegenwart von Damen erörtert werden», brummte Sir George, er sah sehr verlegen aus.

«Ja will es mir denn keiner sagen?» Ryder blieb hartnäckig. Er wandte sich an den Butler: «Wo ist deine Herrin, Philips?»

«Auf ihrem Zimmer, Sir.»

«Und Lady Venetia?»

Der Butler hüstelte: «Ich glaube, Lady Venetia ist im Musikzimmer.»

Ryders Augen leuchteten. Das Musikzimmer! Kein anderer Ort wäre geeigneter für seinen Antrag.

«Da mir keiner sagen will, was zwischen Lady Molyneaux und ihrer Schwester vorgefallen ist, muß ich es wohl selber herausfinden. Bitte mich zu entschuldigen.» Mit diesen Worten schritt er eilig davon.

Er kicherte in sich hinein, nahm zwei Stufen auf einmal, lief den Gang entlang zu Lady Molyneaux' Zimmer und pochte diskret an die Tür.

«Wer ist da?» ließ sich eine schwache Stimme von innen vernehmen.

«Captain Ryder, Madam, darf ich eintreten?»

«Ach Gott! Mein Mädchen ist nicht hier.»

«Es ist äußerst wichtig, daß ich mit Euch spreche.»

Man hörte Rascheln hinter der Tür, dann sagte sie: «Also gut. Wenn Ihr es ertragen könnt, mich so zu sehen.»

Er gestattete sich noch ein kurzes Grinsen, dann setzte er eine ernste Miene auf und ging hinein.

Lady Molyneaux lag halb angekleidet unter einer Zierdecke auf dem Bett. Ihre Augen waren vom Weinen gerötet, und Strähnen ihres kastanienbraunen Haares hingen an ihren tränennassen Wangen herunter.

Ryder ging sogleich auf sie zu, und sie warf ihre Arme um ihn.

«Oh, mein lieber Captain», schluchzte sie, «ich hätte nie gedacht, daß ich einmal so gedemütigt würde. Und obendrein noch von meiner eigenen Schwester.»

«Was um Himmels willen hat sie getan?» fragte er und versuchte, sich frei zu machen.

«Ich wage kaum, es Euch zu sagen – ausgerechnet Euch.»

«Bitte, berichtet.»

«Dann müßt Ihr Euch auf das Schlimmste gefaßt machen.» Sie umklammerte seine Arme und blickte ihn beunruhigt an. «Meine Schwester, Gott möge ihr vergeben ... hat ... bei sich ... in ihrem Zimmer ... mitten in der Nacht ... einen Mann ... gehabt ...»

«Was!» keuchte er und traf genau die richtige Mischung zwischen Entsetzen und Ungläubigkeit.

«Oh, mein lieber Captain Ryder, haßt Ihr uns jetzt alle? Ich hegte so große Hoffnungen für Euch und Netty. Aber nach dem Vorgefallenen ...» Sie hob ihre Hände in einer Geste absoluter Verzweiflung. «Wie konnte sie das nur tun? Diese Schande! Vater wird ihr nie verzeihen. Und was wird Edward sagen?» Ihre Schultern zuckten unter einem erneuten Tränenausbruch.

«Lady Molyneaux», sagte er eindringlich, «beruhigt Euch. Sagt mir genau, was vorgefallen ist.» Er bot ihr sein Taschentuch an, und wie ein kleines Mädchen wischte sie die Tränen fort und putzte ihre Nase.

«Als ich mich für das Abendessen umzog», sagte sie zitternd, «ertappte ich meine Mädchen, wie sie untereinander kicherten. Ich fragte, worüber sie lachten, aber sie weigerten sich, es mir zu sagen, darauf drohte ich, ich würde sie bestrafen lassen. Schließlich bekannte eine von ihnen», hier wurde ihre Stimme vorwurfsvoll und wütend, «... eine freche, kleine Schlampe, Lucy heißt sie, daß sie sich über etwas lustig machten, was eines der anderen Zimmermädchen erzählt hatte. Eine gewisse Constance. Ich verlangte zu wissen, was es war, und drohte, sie zu entlassen, wenn sie es mir nicht offenbarten. Ach! Wie sehr wünsche ich, ich hätte das nicht getan! Denn dann rückten sie mit der ganzen schrecklichen Geschichte heraus.» Sie machte eine Pause und putzte sich noch einmal die Nase. «Euer Diener Dawson ...»

«Dawson!» unterbrach er sie. «Was hat er damit zu tun?»

«Er war Zeuge.»

«Dawson sah den Mann aus Lady Venetias Zimmer kommen?»

Sie nickte. «Offensichtlich mußte er mitten in der Nacht zur Toilette gehen, und als gewissenhafter Diener beschloß er, bei Euch hereinzuschauen, bevor er wieder ins Bett ging.»

«Mir schien, ich hätte ihn gehört.»

«Als er herauskam, sah er den Mann.»

«Davon hat er mir kein Wort gesagt.»

«Das würde er nie wagen. Aber ich fürchte, er erzählte es einem der anderen Diener.»

«Dann werde ich ihn auf der Stelle entlassen», erklärte Ryder und tat ganz entsetzt. «Ich habe ihn immer für absolut vertrauenswürdig gehalten. Er hatte nicht das Recht, ein solches Gerücht zu verbreiten. Aber, Madam, sagt mir, wo ist der Mann, den er gesehen hat?»

«Das weiß niemand. Aber es kann nur einer der Diener gewesen sein. Ich flehte Netty an, mir seinen Namen zu nennen, aber sie leugnet alles. Oh, Sir», rief sie und brach wieder in Tränen aus, «was sollen wir tun?»

«Beruhigt Euch, Madam, noch ist nicht alles verloren.»

«Aber was können wir denn tun?»

«Da niemand zu wissen scheint, wer es war, werde ich behaupten, daß ich bei ihr gewesen bin.»

Sie starrte ihn ungläubig an. «Das kann ich nicht zulassen, Sir!» Sie atmete schwer.

«Madam», sagte er in entschlossenem Ton, «ich habe als Soldat dem Tod in die Augen geblickt. Glaubt Ihr, ich fürchte mich vor Gerede?» Er senkte den Blick, als sei er von innerer Bewegung überwältigt. «Ich bin überzeugt, Ihr habt meine Gefühle für Lady Venetia bemerkt», fuhr er fort. «Wegen einer Indiskretion werde ich sie nicht verurteilen. Ich gehe jetzt zu ihr und biete ihr meine Hand zur Vermählung an.»

«O James!» rief sie froh, alle Anstandsregeln vergessend, nannte sie ihn beim Vornamen. «Ihr seid der netteste, ehrenwerteste Mann in der ganzen weiten Welt!»

Kurz darauf verließ er sie und freute sich diebisch über den bisherigen Erfolg seines Planes. Bevor er hinunterging, schaute er in sein Zimmer, wo Dawson schon für den Ritt fertig angezogen war.

«Du bist entlassen!» verkündete er mit breitem Grinsen. «Nimm ein Pferd aus den Stallungen und kehre nach Bath zurück. Wir treffen uns nächste Woche im ‹Three Feathers›. Du hast gute Arbeit geleistet, Dawson.»

«Danke, Captain. Ihr vergeßt nicht meine Bezahlung?»

«Du bekommst, was wir abgemacht haben. Und jetzt verschwinde.»

Er schob Dawson hinaus, und nachdem er seine Perücke zurechtgerückt hatte, die durch Lady Molyneaux' Umarmung in Unordnung geraten war, ging er auch.

Auf dem Weg zum Musikzimmer hörte er Spinettklänge. Es war eine Bachsche Fuge, Perlen vor die Säue geworfen bei so jemandem wie ihm. Aber an der Art, wie sie spielte, erkannte er, daß Lady Venetia wütend war. Sie war so in Rage, daß sie sein Eintreten gar nicht bemerkte.

Er beobachtete sie von der Tür aus und konnte ihre Haltung nur bewundern; sie war so ganz anders als die ihrer weinerlichen Schwester. Sie erinnerte ihn mit ihrem kräftigen, über das Instrument gebeugten Rücken, ihren langen Fingern, die auf die Tasten einhämmerten, ihrem flammendroten Haar und den erhitzten Wangen an eine wilde junge Stute, die nicht zugeritten werden will.

Sie beendete das Stück mit donnernden Akkorden und sprang förmlich in die Höhe, als er hinter ihr klatschte.

«So habt Ihr nun doch endlich für mich gespielt», sagte er und schlenderte lächelnd auf sie zu.

«Geht raus!» zischte sie und begann sogleich mit einem neuen Stück.

Ungerührt nahm er sich einen Stuhl.

Sie spielte in einem rasenden Tempo, blieb ein- oder zweimal stecken und brach ab.

«Spielt ruhig weiter», sagte er vergnügt. «Es hat mir gefallen.»

«Geht raus!» fauchte sie.

«Erst, wenn Ihr meine Frage beantwortet habt, Madam.»

Die plötzliche Entschlossenheit in seiner Stimme ließ sie scharf aufblicken.

«Wenn Ihr um eine Erklärung gekommen seid – ich habe keine abzugeben.» Sie ließ den Deckel mit einem Knall zufallen und eilte ärgerlich zur Tür.

Sofort war Ryder auf den Beinen. Er lief ihr nach und ergriff ihren Arm.

«Laßt mich los!» forderte sie.

«Nicht bevor Ihr Euch angehört habt, was ich zu sagen habe», beharrte er und packte auch noch ihren anderen Arm.

«Ich will nichts von Euch hören, Sir», gab sie bissig zurück und wehrte sich gegen seinen Griff.

«Und ob Ihr wollt!» Er warf sie in einen Sessel und drückte ihre Arme mit beiden Händen nach unten. Er beugte sich über sie, bis sein Gesicht nur noch wenige Zentimeter von dem ihren entfernt war, und grinste: «Du bist ein hochnäsiges kleines Biest, was?»

Sie starrte ihn wütend an. «Wie könnt Ihr es wagen, so etwas zu sagen?» Sie versuchte, ihn gegen das Schienbein zu treten.

«Ich wage es», antwortete er, «weil das, was ich gehört habe, wohl zutrifft.»

«Es ist gelogen! Alles gelogen!»

«Soll ich das glauben? Gegen das Wort Eurer Schwester? Gegen das Wort eines vertrauenswürdigen Dieners?»

«Und mir wird nicht geglaubt?»

«Sagt mir doch, weshalb sollte mein Diener lügen? Was für einen Vorteil würde ihm das bringen? Ich habe ihn gleich entlassen.»

«Ich weiß es nicht», jammerte sie, jetzt ganz verzweifelt, «ich weiß nur, daß er lügt.»

«Wollt Ihr das auf die Bibel schwören?» fragte er gnadenlos.

«Ich schwöre überhaupt nichts», gab sie trotzig zurück.

«Dann, Madam, seid Ihr verloren.»

«Ich bin unschuldig», beharrte sie, den Tränen nahe, «Ihr müßt mir glauben, bitte. Ihr vor allen anderen.»

Es bereitete ihm Vergnügen, daß ihm dieser Satz nun schon zum zweitenmal galt. «Warum mir vor allen anderen?»

«Das sage ich nicht.» Eine sanfte Röte erschien auf ihren Wangen.

«Warum nicht?»

«Weil Ihr ein gemeiner Kerl seid, Sir. Und ich will mich nicht erniedrigen.»

«Euer Stolz, Madam, wird Euer Verderben sein. Ich nehme doch an, Ihr begreift Eure verhängnisvolle Lage? Ihr werdet eine Ausgestoßene sein, ohne gesellschaftliche Stellung, ohne Geld, Freunde, Bücher, Musik ...»

«Schluß damit!» rief sie und hielt sich mit beiden Händen die Ohren zu.

«Ich sage nur die Wahrheit, Madam.»

Sie sank in den Sessel zurück, jetzt konnte sie nicht mehr gegen ihn an und brach in Tränen aus.

Ryder lockerte den Griff um ihre Arme und erhob sich. Als er auf sie hinunterblickte, wußte er, der Augenblick, auf den er so lange gewartet, in den er so viel Überlegung, Mühe und Geld investiert, für den er so oft Langeweile ertragen hatte, war da.

«Ihr könnt mich ruhig als brutalen Kerl bezeichnen, Madam, ich bin jedoch bereit, Euch zu helfen. Das habe ich schon Eurer Schwester gesagt. Ich bin gewillt, zu behaupten, daß ich der Mann war, der aus Eurem Zimmer kam.»

Sie schaute ihn mit einer Mischung aus Furcht und Staunen an. «Warum?»

«Weil ich nicht möchte, daß man Euch weh tut», erwiderte er unschuldig. «Meine Gefühle sind Euch doch gewiß nicht verborgen geblieben?»

Unwillkürlich schüttelte sie den Kopf, als wüßte sie, was kommen würde, und wollte ihn daran hindern, es auszusprechen. Aber ihn konnte jetzt nichts mehr aufhalten. In einer großartigen, leidenschaftlichen Pose fiel er auf sein Knie und ergriff ihre Hände. «Heirate mich», drängte er, «und wir werden dies Gerücht für immer zum Schweigen bringen.»

Einen Augenblick starrte sie ihn an, dann senkte sie die Augen und verharrte lange so, ohne etwas zu sagen; währenddessen hing seine gesamte Zukunft in der Schwebe. Schließlich seufzte sie tief und sagte resigniert: «Es scheint, als hätte ich keine Wahl.»

Dies eine Mal versuchte er nicht, seine Gefühle zu verbergen, seine Spannung entlud sich in einem tiefen Lachen. «Ihr habt mich zum glücklichsten Mann der Welt gemacht!» rief er, und zum ersten Mal sprach er die Wahrheit. Dann lachte er noch einmal, als habe er einen neuen Einfall. «Wir schlagen alle Konventionen in den Wind und fliehen!» rief er aufgeregt. «Heute in zwei Wochen! Wir fliehen nach Gloucestershire und heiraten in einer kleinen Kirche auf dem Land. Nur mit dem Vikar und dem Kirchendiener als Zeugen.»

«Ganz wie Ihr wollt.» Sie schien zu müde, um zu streiten.

«Heute abend geben wir unsere Verlobung bekannt, alle sollen denken, daß wir Euren Vater zu einem späteren Zeitpunkt aufsuchen, um seine Einwilligung zu bekommen. Und bis dahin sind wir dann schon verheiratet.»

«Was für ein kluger Mann Ihr doch seid», sagte sie ironisch.

«Kommt!» forderte er sie auf und reichte ihr die Hand. «Wir müssen den anderen unsere gute Nachricht überbringen.»

XXIV

Lady Molyneaux war im siebten Himmel! Sie wußte gar nicht, wie sie es Ryder danken sollte, daß er ihre Schwester vor dem Ruin gerettet hatte, und ließ gleich ihrem Gemahl und den Freunden die gute Nachricht zukommen. Alle billigten die Heirat und waren sich darin einig, daß Lady Venetia eine gute Partie gemacht hatte. Lord Peacocks Einwilligung zu bekommen, bevor die Verlobung in den Zeitungen veröffentlicht wurde, war eine bloße Formalität. Lady Venetia hatte keine andere Wahl, als auf der Woge der allgemeinen Meinung mitzuschwimmen und sich in die Rolle der zukünftigen Braut zu ergeben. Sie wußte, daß sie einer Intrige zum Opfer gefallen war, aber sie konnte sich nicht wehren. Nur der Gedanke, daß ihr durch die Flucht eine Hochzeit in großer Gesellschaft erspart bleiben würde, gab ihr ein klein wenig Trost.

Als Ryder wieder in Bath war, wohnte er mit der Molyneaux-Gesellschaft dem Gottesdienst in der Abteikirche bei. Anschließend suchte er einen Laden auf, um sich für das Festessen in North Parade eine neue Perücke zu kaufen. Als er vor dem Spiegel verschiedene Modelle ausprobierte, schlug ihm jemand auf die Schulter. Verärgert drehte er sich um und blickte in das strahlende Gesicht von Sir Cosimo Gordon.

«Gratuliere, Sir», sagte das Parlamentsmitglied herzlich.

«Danke», erwiderte Ryder in der Annahme, er meine die bevorstehende Verlobung.

«Ihr müßt sehr stolz sein!»

Ryder lächelte. «Nun, das bin ich auch. Sie ist wirklich eine bemerkenswerte Frau.»

Sir Cosimo schaute einen Moment verdutzt drein. Dann erhellte sich seine Miene. «Ja richtig», rief er, «Eure Verlobung mit Lady Venetia! Verzeiht, Sir, in diesem Fall nun sind meine doppelten Glückwünsche angebracht.»

«Doppelte Glückwünsche?»

«Euer Neffe, Sir, bemerkenswertes Kind. Höchst bemerkenswert.»

Ryder runzelte beunruhigt die Stirn. «Er hat eine schöne Stimme», sagte er vorsichtig.

«Ihr seid zu bescheiden. Habt Ihr schon den Bischof gesprochen?»

«Den Bischof?» fragte Ryder, allmählich glaubte er, der Mann sei verrückt geworden.

«Die Kirche muß informiert werden. Nicht jeden Tag geschieht ein Wunder in Bath.»

«Ein Wunder?» Ryder konnte nur noch nachplappern.

«Wart Ihr dabei, als es geschah?»

Ryder war jetzt ganz verlegen und schüttelte den Kopf. «Ich war auf Lord Molyneaux' Landsitz.»

«Dann habt Ihr es ja verpaßt. So ein Pech, Sir. Ich sah es mit meinen eigenen Augen. Bemerkenswert. Die Leute verlangen, Euren Neffen wieder zu hören. Soweit ich weiß, läuft eine Eingabe, daß man ihn jeden Morgen im Kings Bath singen läßt. Nehmt meinen Rat an, Sir, und sprecht unmittelbar mit dem Bischof.»

«Das werde ich tun», antwortete Ryder rasch. Er warf die Perücke dem verdutzten Verkäufer zu, setzte seine alte wieder auf, griff nach Hut und Handschuhen und rauschte davon.

In diesem Augenblick kamen Sam und Jack Garland gerade mit einem Passagier vorbei. Sam war hinten und sah von dort Ryder, der gerade in eine Sänfte kletterte, und rief: «Halt! Da ist er! Halt!» Er zog heftig an den Griffen und zwang Jack zum Stehenbleiben.

«Was ist los?» fragte der erzürnte Insasse und steckte seinen Kopf aus dem Fenster, als der Stuhl zu Boden gestellt wurde.

«Ich lauf' ihm nach!» schrie Sam, und schon war er auf und davon. Jack brüllte: «Komm zurück!» Aber es war nutzlos.

Er wandte sich an den Passagier, der ausgestiegen war und verärgert fragte, warum sie gehalten hätten, und besänftigte ihn.

Sam bahnte sich einen Weg durch den Verkehr, seine Gedanken waren in Aufruhr, als er der Sänfte nachhetzte. Seit dem einen Mal, als er ihn kurz auf dem Kirchplatz erblickt hatte, war er dem Mann, den er als Cardew kannte, nicht mehr begegnet, und er hatte schon gedacht, dieser habe Bath verlassen. Als er ihn jetzt wiedersah, wußte er nicht, was er tun sollte. Es war ja ganz leicht, mitten in der Nacht den Schwur abzulegen, ihn zu töten, aber wie sollte er das bei hellichtem Tage und ohne Waffe ausführen? Sollte er ihn verprügeln? Aber diese Strafe wäre wohl kaum ausreichend für all das Leid, das dieser Mann verursacht hatte. Sollte er die Polizei informieren? Aber wessen sollte er ihn anklagen, wo doch er selbst gegen das Gesetz verstoßen hatte?

Die Unsicherheit quälte ihn, und fast hätte er aufgegeben. Und doch, sagte er sich, mußte er etwas tun. Zunächst einmal mußte er sichergehen, daß der Mann in der Sänfte tatsächlich Cardew war, und dann herausfinden, wo er wohnte. Vielleicht brachte die Sänfte ihn zu seiner Unterkunft?

Ryder bemerkte nicht, daß er verfolgt wurde. Er kochte vor Wut bei dem Gedanken, daß sein Schützling ohne seine Erlaubnis im Kings Bath gesungen hatte. Jetzt, da seine Verheiratung mit Lady Venetia gesichert war, hatte er für den Jungen keine weitere Verwendung und wollte ihn sobald wie möglich loswerden. Aber der Bericht des Parlamentsmitglieds von dem Wunder und öffentlichen Petitionen könnte ihn zwingen, seinen Plan zu ändern – oder wenigstens aufzuschieben. Wer auch immer erlaubt hatte, daß Ossie das Haus verließ, sollte teuer dafür bezahlen.

Sams Hoffnung, daß er zu Cardews Wohnung geführt würde, wurde zunichte gemacht, als die Sänfte vor einem Haus hielt, von dem er wußte, daß es ein Bordell war, denn oft hatte er mit Jack Männer dort abgesetzt. Er verbarg sich hinter einem Karren, sah den Passagier aussteigen und war sich sicher, daß es Cardew war.

Sprachlos vor Wut beobachtete er, wie dieser das Freudenhaus betrat, und erst, als sich die Tür hinter ihm schloß, fand er seine Stimme wieder. «Cardew!» brüllte er, zu spät aber, als daß der Mann ihn noch hätte hören können. Entmutigt ließ er sich gegen den Karren fallen, verfluchte seine Unentschlossenheit und seinen mangelnden Mut, und wenig später machte er sich auf den Rückweg, um Jack zu suchen.

Kaum im Haus, rannte Ryder die Treppe hinauf und schrie nach Peg. Er platzte in das Empfangszimmer, wo eine Gruppe Frauen sich in Unterkleidern herumfläzte, und fragte: «Wo ist Peg?»

«Oben», erwiderte eine unter Gähnen.

«Dann hol sie. Sofort!»

Die Frau warf ihm einen mürrischen Blick zu und erhob sich in aller Ruhe.

«Beeil dich!» rief er und hob seinen Stock.

«Ich geh' ja schon», murrte sie und schlurfte hinaus.

Von allen beobachtet, durchmaß er mit großen Schritten das Zimmer und peitschte die Luft mit seinem Stock. Eine deutete mit dem Kopf nach der Tür, und alle schlüpften hinaus.

Eine Minute blieb er allein, dann rauschte Peg in ihrem spitzenbesetzten Hausmantel und Schlafhaube herein.

«Captain!» rief sie und segelte mit ausgestreckten Armen auf ihn zu. «Wie schön, Euch zu sehen!»

Er machte einen Schritt zur Seite, um ihrer Umarmung zu entgehen. «Was war mit dem Jungen los?» schnauzte er.

Überrascht blickte sie ihn an. «Na, na, Captain! Ihr seid mir ja in einer schönen Verfassung!»

«Wer hat ihn ins Kings Bath gehen lassen?»

«Ich.»

Er blickte sie scharf an. «Dazu hattest du kein Recht. Die Abmachung war, daß er nur auf meine Anordnung ausgehen sollte.»

«An eine solche Vereinbarung kann ich mich nicht erinnern, Captain. Ich glaube mich zu erinnern, daß Ihr mich damals angefleht habt, ihn zu nehmen. Er kam ja gerade aus Irland, nicht wahr?» Sie setzte sich hin und blickte ihn gerissen und auf eine so wissende Art an, daß er noch wütender wurde.

«Wo ist er jetzt?»

«Fort.»

Ryder blieb der Mund offenstehen. «Was?»

«Er is' weg, Süßer.»

«Wohin?»

«Gott weiß, wohin. Hat mir den Ärger erspart, ihn rauswerfen zu müssen.»

«Was soll das heißen?»

«Nun, er war zu nichts mehr nütze, seitdem seine Schwester tot war. Wollte nich' mehr aus der Küche weg. Ich und die Mädels hatten die Nase voll. Ich sagte, er könnte mit Lizzie ins Warmbad gehen, das würde ihn aufheitern. Hätt' nich' im Traum daran gedacht, daß er entwischt. Ich hab' sie verprügelt und dann rausgeworfen. Sie hat eh nich' viel getaugt. Hab' jetzt ein beßres Mädchen.»

Ryder mußte sich setzen. «Hat Lizzie ihm bei der Flucht geholfen?»

Peg zuckte die Achseln. «Sie sagte, es waren andre Kinder.»

«Was für Kinder?» fragte er rasch.

«Frag mich nich'. Ihr seid ihn jetzt los. Solltet froh sein. Wie wär's mit einem Glas Wein zur Feier des Tages?»

«Feiern?» explodierte er. «Das ist eine Katastrophe!» Mit diesen Worten stürmte er hinaus.

In seinem Kopf jagte ein Gedanke den anderen, während er durch die Straßen eilte. Bald mußte er sich zum Essen umziehen, aber er mußte den Jungen um jeden Preis finden. Die Nachricht, daß andere Kinder damit zu tun hatten, ließ ihn sofort an die Bande denken, und er begab sich rasch zum Kirchplatz mit der geringen Hoffnung darauf, daß Ossie seine alte Tätigkeit wieder aufgenommen hatte.

Er fand den Hof fast verlassen vor, keine Spur von dem Jungen und der Bande. Ratlos biß er sich auf die Lippen, er fragte sich, was er als nächstes tun sollte. Das beste war wohl, zum Unterschlupf zu gehen und dort auf die Kinder zu warten. Er wußte, wo das war, denn bevor er Ossie aufgegriffen hatte, war er der Bande mehrere Male dorthin gefolgt. Konnte er das denn noch vor dem Essen erledigen? Er zog seine Taschenuhr heraus und sah, daß die Zeit nicht reichte. Die einzige Möglichkeit war, jemand anderen zu schicken. Aber wen?

«Dawson!» rief er plötzlich und rannte davon, ihn zu suchen.

«Heb deine Hand, geliebter Richter,
wart noch ein Weilchen,
denn ich glaub', ich seh' meinen Vater kommen
über jenen Zaun …»

«Hör auf!» fuhr ihn Fletch an. «Kann deine verfluchten Lieder nich' leiden. Vor allem das nicht.»

«Was is' denn damit?»

«Hat nur mit Richtern und Hängen zu tun, du Idiot.»

«Hat aber 'ne schöne Melodie. Mr. Gimlett hat's mir beigebracht.»

«Mr. Gimlett hat's mir beigebracht», äffte Fletch ihn nach, «du bist jetzt nich' mehr bei den Dirnen. Also halt's Maul und hör auf, mich zu stören.» Er starrte gereizt auf den Boden und verfluchte seinen Knöchel, deswegen hatte er dableiben müssen, und deswegen mußte er Ossie bewachen, während die anderen beim Stehlen waren. Er war sicher, daß Pikey sie übers Ohr hauen würde.

«Kann ich rausgehen?» fragte Ossie.

«Nein.»

«Ich muß mal.»

«Du rührst dich nich' von der Stelle, bis die andren zurück sind. Und damit basta!»

Ossie seufzte verdrossen und ließ sich auf den Boden fallen.

Eine Zeitlang schwiegen beide, und keiner rührte sich.

Dann hievte Fletch sich mühsam von der Kiste, auf der er gesessen hatte, und machte ein paar Probeschritte ohne Stock. Als er versuchte, das Gewicht auf den rechten Fuß zu verlagern, zuckte er zusammen. «Verdammter Knöchel!»

«Geht's nich' besser?»

«Natürlich. In ein paar Tagen ist's wieder in Ordnung, das is' so sicher wie der Regen kommt.»

«Lizzie hatte furchtbare Schmerzen in den Händen.»

«Was hat das damit zu tun?»

«Ich sag's ja bloß.»

«Also hör auf.» Mit einem Fluch ließ sich Fletch wieder auf der Kiste nieder.

Wieder entstand eine lange Pause. Dann fragte Ossie: «Willst du wirklich nich', daß ich singe?»

«Wie oft soll ich dir das noch sagen?»

«Aber dann vergeht die Zeit schneller.»

«O Gott!» seufzte Fletch. «Also meinetwegen. Aber sing um Gottes willen nich' das vom Richter und vom Hängen.»

Ossie lächelte. Er suchte in seinem Kopf nach einem passenden Lied, und dann begann er mit einem, das ihm die Magd im Waisenhaus beigebracht hatte:

«Guten Morgen, lieber Schwätzer John,
wo warst du denn spazieren ...?»

Er sang fröhlich und laut, so laut, daß seine Stimme bis zu Dawson drang, der in diesem Augenblick draußen den schlammigen Weg herunterrannte, auf der Suche nach der alten Brauerei. Als er den Gesang hörte, grinste der ehemalige Boxer, weil er das Versteck so leicht gefunden hatte. Offensichtlich war die Geschichte, daß der Captain einen Neffen hatte, der gerne sang, also doch kein Seemannsgarn. Er konnte nicht verstehen, wieso ein blinder Junge wegrannte, um an einem solchen Schuttplatz zu leben, und auch nicht, wieso der Captain lieber wollte, daß Dawson ihn bei sich einsperrte, als daß er ihn in dessen Wohnung zurückbrachte. Aber das sollte nicht seine Sache sein, und was sollte er groß fragen, wenn dabei Geld für ihn heraussprang?

Als er das Gebäude betrat, zischte eine zweite Stimme: «Halt's Maul!» Er blieb ruckartig stehen.

Also war der Junge nicht allein. Wie viele aber waren da oben? «Wer ist da?» rief die Stimme. Bodenbretter knarrten, als jemand oben durch den Raum humpelte; Dawson versteckte sich lautlos hinter einem Faß. «Wer ist es, Fletch?» fragte eine Jungenstimme. «Weiß nich', kann niemand sehen. Muß mich getäuscht haben.»

«Soll ich weitersingen?»

«Wenn du magst.»

Dawson kicherte in sich hinein. Bis jetzt hatte er nur zwei Stimmen gehört, und keiner von denen würde ein Problem für ihn sein – einer war blind, der andere schien lahm.

«Meine Sperlinge sind weggeflogen ...», ertönte die Stimme jetzt über ihm, «und kehren nie mehr zu mir zurück ...» Der Gesang übertönte seine Schritte, vorsichtig bewegte er sich auf die Leiter zu. Er packte sie fest an, keiner sollte versuchen herunterzukommen! Er setzte seinen Fuß auf eine Sprosse, spannte die Muskeln an und kletterte rasch hoch.

Als er die oberste Sprosse erreichte, erschien ein bärtiges Gesicht in der Öffnung. Mit einem Hieb stieß er es beiseite und rannte durch den Raum, um den blinden Jungen zu packen.

«Laß mich runter!» schrie Ossie, als Dawson ihn hochhob, «Fletch! Hilf mir!»

«Laß ihn los!» forderte Fletch, der sich wieder aufgerappelt hatte und den Weg mit einem Stock in der Hand versperrte.

«Wenn du versuchst, mich aufzuhalten, dann bring' ich dich um!» warnte der Mann.

«Hilf mir!» schrie Ossie, er schlug wild mit den Armen um sich und strampelte mit den Füßen. Der Mann hielt ihn mit eisernem Griff um die Taille und trug ihn wie einen Sack Kartoffeln.

«Laß ihn runter!» forderte Fletch tapfer.

Der ehemalige Boxer lachte. «Du kannst mich nicht aufhalten, Bursche! Also laß mich vorbei.»

«Versuch's!» drohte Fletch und stieß mit dem Stock nach ihm.

«Gib's ihm, Fletch!» flehte Ossie, er wehrte sich wie verrückt, um freizukommen.

Fletch hüpfte vor und schlug nach dem Mann, aber der wich geschickt aus und landete einen bösen Hieb auf Fletchs Kinn, so daß dieser rückwärts taumelte.

«Hab' doch gesagt, daß du mich nich' aufhalten kannst, Bursche.» Dawson lachte und ging weiter.

Verzweifelt warf sich Fletch gegen die Beine des Eindringlings und packte ihn an den Knöcheln. «Laß ihn los!» schrie er. «Er muß hierbleiben!»

Einen Augenblick schien Dawson das Gleichgewicht zu verlieren, aber mit seinen ungeheuren Kräften gelang es ihm, ein Bein frei zu bekommen, und er gab Fletch einen gemeinen

Tritt in den Magen, daß er sich vor Schmerz auf dem Boden wälzte.

«Fletch!» schrie Ossie, als er zur Leiter weitergetragen wurde.

Irgendwie brachte Fletch es fertig aufzustehen. Schwankend war er wieder auf den Füßen und hüpfte dann über den Boden und warf sich mit einem grauenhaften Schrei auf den Mann, der gerade den ersten Fuß auf die Leiter setzen wollte.

Durch die Wucht des Angriffs verlor Dawson den Halt. Er ließ Ossie auf den Boden fallen, versuchte krampfhaft, sich an der Leiter festzuhalten und – griff daneben. Mit einem verzweifelten Aufschrei fiel er durch die Öffnung, stürzte durch die morsche Leiter und landete mit einem dumpfen Schlag unten auf dem Steinboden.

Das Ganze hatte nur wenige Sekunden gedauert; vom Schock waren die Jungen wie gelähmt. Ossie saß eine Weile zitternd auf dem Boden, und Fletch lag da, alles tat ihm weh, und er fürchtete sich ein wenig. Schließlich raffte er allen Mut und alle Energie zusammen, schleppte sich oben an die Öffnung und blickte hinunter. Der Eindringling lag flach ausgestreckt auf dem Boden, völlig bewegungslos, und Blut sickerte aus seinem Kopf.

«Er ist tot», sagte Fletch mit furchtsamer, tonloser Stimme. «Und mich wollte er umbringen, hat er gesagt.» Er lachte unsicher.

«Was tun wir jetzt?»

«Ihn irgendwie loswerden.»

«Wie?»

«Halt's Maul und laß mich überlegen.»

«Wer war das?»

«Weiß nich'.»

«Glaubst du, Captain Ryder hat ihn geschickt?»

«Woher soll ich das wissen?» rief Fletch plötzlich aufbrausend. «Hör auf mit deinen Fragen. Ich muß nachdenken.»

Er besah die teilweise zerbrochene Leiter und schätzte, daß er trotz der fehlenden Sprossen runterkäme, aber er bezweifelte, daß Ossie es könnte. Er wußte, daß er allein den Körper nicht wegschaffen konnte, wegen seines gebrochenen Knöchels.

«Wir müssen halt warten, bis die anderen kommen», sagte er schließlich finster, «dann schmeißen wir ihn in den Fluß.»

«Hat Euer Neffe schon früher Wunder gewirkt?» fragte Lady Stapleton.

«Nicht, daß ich wüßte», erwiderte Ryder kurz angebunden.

«Wird er noch einmal im Kings Bath singen?» erkundigte sich die Frau des Parlamentsmitglieds.

«Wenn er es nicht tut, gibt es einen Volksaufstand», erklärte ihr Gemahl.

Ryder lächelte süßlich, sagte aber nichts. Er fand das Festessen, welches eigentlich ein Höhepunkt in seiner Laufbahn hätte sein sollen, immer widerlicher. Denn die ganze Unterhaltung drehte sich um die Wunderheilung dieser Frau und die Rolle, die der Junge dabei gespielt haben sollte.

«Ich war noch nie im Kings Bath», verkündete Lady Olympia. «Kann er nicht im Cross Bath singen?»

«Du brauchst ja nicht ins Wasser zu gehen», versicherte ihr Lady Molyneaux, «man kann das Ganze dort vom Balkon der Trinkhalle aus beobachten.»

«Gehen wir doch alle hin!» schlug Lady Stapleton ganz aufgeregt vor.

«Ihr müßt ja sagen», drängte Sir George. «Ich gehe bestimmt ins Wasser. Vielleicht kann Euer Neffe meine Gicht heilen.»

«Und meine Verdauungsstörung», fügte ein anderer hinzu.

«Und meine ewigen stechenden Schmerzen.»

«Ohne Zweifel wird er Euch alle kurieren», bemerkte Lady Venetia säuerlich, «wenn Ihr daran glaubt.»

«Was soll das heißen?» rief ihre Schwester.

«Nur, daß man sich selbst gesund machen kann, wenn man Lust dazu hat.»

«Glaubt Ihr denn nicht, was die Frau sagt?» fragte das Parlamentsmitglied entrüstet.

«Aber gewiß nicht!»

«So eine Schande! So eine Schande!» Empörtes Gemurmel wurde laut.

«Und was ist mit Captain Ryders Neffen?» drängte Sir Cosimo. «Zweifelt Ihr an seinem Talent?»

«Nicht, was das Singen anbelangt. Aber ich glaube nicht, daß er Wunder wirken kann.»

«Dann muß man ihn auf die Probe stellen!» erklärte das Parlamentsmitglied und klopfte nachdrücklich auf den Tisch. Er wandte sich an Ryder: «Was meint Ihr, Sir, werdet Ihr Eurem Neffen erlauben, im Bad zu singen?»

Ryder kochte innerlich, weil er zur Zustimmung gezwungen war, denn wenn er sich weigerte, konnte sein Ansehen darunter leiden. Da er aber nicht wußte, ob Dawson den Jungen gefunden hatte, antwortete er vorsichtig: «In letzter Zeit fühlte er sich nicht recht wohl. Aber wenn er sich wieder ordentlich erholt, werde ich es ihm erlauben.»

Der Jubel verwandelte sich in Bestürzung, als er fortfuhr: «Ich fürchte aber, das wird sein letzter öffentlicher Auftritt. Seine Eltern wollen ihn unbedingt wieder zu Hause haben, und ich habe versprochen, ihn am Sonntag zurück nach Irland zu schicken.»

«Wenn er beweist, daß er ein Wunderheiler ist, woran ich fest glaube», sagte Sir Cosimo, «werden sie sicher erlauben, daß er zurückkommt.»

«Vielleicht», erwiderte Ryder ausweichend, aber er hielt es für höchst unwahrscheinlich, wenn der Junge erst einmal auf dem Grund des Flusses lag.

«Würdet Ihr gestatten, daß ich eine Anzeige in der Zeitung drucken lasse?» fuhr das Parlamentsmitglied fort. «Ihr müßt nur einen Tag nennen, und ich werde dann die entsprechenden Stellen informieren.»

«Ich bin Euch sehr verbunden. Kann ich Samstag morgen acht Uhr vorschlagen?»

«Oh, wie wundervoll!» rief Lady Stapleton, und alle pflichteten ihr bei.

«Ich hoffe, er wird doch noch einmal für uns singen, ehe er nach Irland zurückkehrt», sagte Lady Molyneaux besorgt. «Netty würde das Herz brechen, wenn er es nicht täte.»

Lady Venetia war mehr als am Boden zerstört. Sie war entsetzt über die Neuigkeit von Ossies unmittelbar bevorstehender

Abreise: «Was wird jetzt aus seiner Sängerlaufbahn?» fragte sie. «Wird man ihn nun in London nicht zu hören bekommen?»

«Leider nicht», sagte Ryder. «Seine Eltern sind strikt dagegen. Sie sorgen sich um seine Gesundheit.»

«Unsinn», widersprach sie, «er schien mir völlig gesund. Ihr könnt doch nicht zulassen, daß seine Stimme der Welt verlorengeht.»

«Die Entscheidung liegt nicht in meinen Händen.»

Wütend blickte sie ihn an.

«Aber er wird wohl noch für uns singen?» rief Lady Molyneaux. «Wir versprechen auch, daß wir ihn nicht überanstrengen. Bitte sagt ja.»

«Selbstverständlich, Madam. Aber das muß vor seinem Auftreten im Bad sein.»

«Wie wäre es mit Mittwoch?»

«Das paßt vorzüglich, seine Gesundheit vorausgesetzt.»

«Ach, stell dir doch vor, Edward», tönte sie und klatschte in die Hände, «dann können wir aller Welt erzählen, daß er für uns gesungen hat.»

Lord Molyneaux rümpfte die Nase. «Wenn Euer Neffe ein Wunderheiler ist, kann er vielleicht auch bewirken, daß Charles ein paar Pfund abnimmt.»

Der wohlbeleibte Mann lachte. «Wollt Ihr damit etwa andeuten, Edward, daß ich dieser Veranstaltung beiwohne?»

«Wir gehen beide hin», der junge Lord winkte Ryder mit seinem Messer zu, «ich wette für jedes Pfund, das Charles verliert, einhundert Guineen.»

«Und wenn er unverändert bleibt?»

«Dann zahlt Ihr Charles und mir jeweils hundert – und zwar in bar!»

«Edward», tadelte ihn seine Gemahlin, «du kannst doch nicht im Ernst auf Captain Ryders Neffen wetten!»

«Nur mit der Ruhe, Madam. Wir wollen hören, was der Captain dazu zu sagen hat.»

Ryder fühlte den übermächtigen Wunsch, in das grinsende Gesicht am Tischende zu schlagen. Er wurde gezwungen, in eine Wette einzuwilligen, bei der er fast sicher zweihundert

Guineen verlieren würde – Geld, das er gar nicht besaß. Tatsache war, daß er überhaupt keinen Penny mehr besaß. Schon seit einiger Zeit lebte er auf Pump. Aber es war unmöglich, diese Wette abzulehnen, ohne das Gesicht zu verlieren – und das würde er vor diesem Stutzer auf keinen Fall zulassen.

«Gut», sagte er und tat recht freundschaftlich, «und sollte ich gewinnen, werde ich das Geld einer verdienstvollen Wohlfahrtseinrichtung zukommen lassen.»

Alle applaudierten seinem Edelmut, außer Lord Molyneaux, der ganz fassungslos schien, daß sein zukünftiger Schwager ihn überboten hatte, und glühend vor Erregung am Ende des Tisches saß wie ein Kind, dem man eine Süßspeise weggenommen hat.

XXV

Nachdem zwei Tage vergangen waren, ohne daß die Polizei auftauchte, dachten alle von der Bande, sie seien noch einmal davongekommen. Sie zogen los, um im «Jolly Weaver» zu feiern und waren sehr betrunken. Ossies Gesang wurde stürmisch aufgenommen, aber ohne das Spinett war es für ihn nicht das gleiche Vergnügen wie zuvor. Danach schwankten sie unter Gelächter und Unfug nach Hause und schoben sich gegenseitig die wieder instand gesetzte Leiter hoch.

«Sing was für uns, Ossie!» grölte Fletch, er war kaum noch fähig, deutlich zu sprechen.

«Ja! Ja!» fielen die anderen ein.

«Wie ist's mit einem Schlaflied?» schlug Aggie vor.

«Ich bin nämlich müde», stimmte Jigger zu. Er warf seine Arme hoch und gähnte und taumelte dann rückwärts auf den Boden.

Die anderen torkelten lachend herum. «Seid still!» schrie Fletch mit einmal, und nach manchem «Pst!» und unterdrücktem Kichern ließen sie sich schließlich auf dem Boden nieder und lauschten.

«Dann fang an, Ossie», befahl Fletch.

«Wohl kaum», sagte eine Stimme.

Es kam so schnell, daß alle hochfuhren. Ossie, der als einziger stand, fing an zu zittern.

Die anderen starrten, ohne etwas zu sehen, in die Richtung, aus der die Stimme gekommen war, und dann waren alle vor Furcht gelähmt, als ein hochgewachsener Mann aus der Dunkelheit unter dem Dachrand mit einem Säbel in der Hand auf sie zutrat. Er baute sich gewaltig vor ihnen auf und versperrte ihnen den Weg zur Leiter.

«Was macht Ihr hier?» rief Fletch, als er den Mann erkannte, der ihm das Taschentuch abgenommen hatte. Er wollte aufstehen, aber sofort war der Säbel an seiner Kehle.

«Hinsetzen!» befahl Ryder. «Das gilt auch für alle andern, wenn ihr nicht im Fluß enden wollt wie eine gewisse andere Person.»

«Welche Person?» fragte Fletch.

«Die sie heute aus dem Fluß gezogen haben, mit eingeschlagenem Schädel. Er ist nicht einfach nur ertrunken, oder? Stimmt's?» Ryders Stimme schnappte über wie ein Peitschenknall: «So! Und wer hat's getan? Warst du's?» Sein Säbel zielte auf Joshs Hals.

Josh schüttelte den Kopf, er brachte vor Entsetzen kein Wort heraus.

«Du?» Der Säbel zuckte vor Aggie, die nicht einmal den Kopf schütteln konnte, zu groß war ihre Angst.

«Bist du's gewesen?» Die Klinge wanderte zu Beth, die in ihm auch den Mann erkannte, der ihr zur Flucht verholfen hatte. Verächtlich spuckte sie ihn an und schrie auf, als die Säbelspitze ihr Hemd vorne zerriß.

«Hört auf!» schrie Ossie. «Niemand hat ihn getötet, es war ein Unfall!»

Ryder grinste. «Aha! Also ist er hier gewesen!»

«Er wollte mich entführen und ist einfach die Leiter runtergefallen.»

«Da mußt du dir schon etwas Beßres einfallen lassen, Ossie», warnte sein Entführer. «Komm her! Du sollst herkommen, sag' ich!»

Furchtsam kroch Ossie herbei, bis Ryders Hand ihn an der Schulter anhielt.

«Ich weiß, daß du's nicht getan hast, Ossie», sagte er und fuhr ihm durchs Haar. «Wer aber hat's getan? Wer hat versucht, meinen Diener daran zu hindern, dich zurückzubringen? War's nur einer von ihnen? Oder haben alle ihre Hand im Spiel?»

Ossie wußte, er würde bestraft werden, wenn er nicht antwortete, aber er konnte Fletch doch nicht verraten. «Bitte, Mister …»

«Mister?» unterbrach ihn Ryder. «Ist das die neue Anrede?»

Ossie schüttelte den Kopf.

«Dann noch mal von vorn. Also, wer war's?»

«Bitte … Onkel … Ich weiß nich'!»

«Ich denke, du weißt es sehr wohl, Ossie», Ryders Stimme war ruhig, aber eiskalt.

«Schlagt mich nich'», flehte Ossie, «es war ein Unfall, ehrlich.»

Er schrie vor Schmerz, als die Hand ihn auf den Kopf schlug.

«Laß ihn in Ruhe!» rief Fletch. «Ich war's. Ich hab' versucht, ihn aufzuhalten, und dann ist er gefallen. Es war ein Unfall, wie's Ossie gesagt hat.»

«Und du meinst, die Richter werden dir das glauben?» zischte Ryder. «Dafür wirst du baumeln, Bursche.»

Die anderen starrten ihn entsetzt an. Aggie begann zu schluchzen.

«Wie heißt du?»

«Geht Euch nichts an», murrte Fletch.

Der Säbel näherte sich seiner Kehle, da stotterte er: «Fletch.»

«Nun Fletch, du wirst also dafür hängen. Es sei …»

«Es sei was?»

«Du kannst mein Schweigen kaufen.»

«Wie soll ich das machen? Ich hab' kein Geld.»

«Dann besorgst du welches.»

«Wieviel?»

«Sagen wir, zweihundert Guineen, zunächst mal.»

Die anderen schnappten nach Luft. Beth spuckte wütend auf den Boden.

«Soviel kann ich nich' kriegen», protestierte Fletch.

«Du wirst schon einen Weg finden – wenn du nicht hängen willst. Ich komme in ein paar Tagen wieder. Oh, und noch etwas. Komm ja nicht auf die Idee und suche Ossie. Er gehört jetzt mir – für immer.»

Er packte Ossie am Kragen, schob ihn die Leiter runter und folgte rasch nach.

«Wohin bringt Ihr mich?» schrie Ossie, als er über den schlammigen Weg gezerrt wurde.

«Du hörst auch nie auf zu fragen, was?»

«Ich sing' nich' für Euch!»

«Du tust, was ich sage!»

«Das werd' ich nich' tun!» Tränen der Wut und der Trauer

stiegen in Ossies Augen. «Ihr habt gesagt, sie sind im Kittchen, dabei waren sie die ganze Zeit hier!»

«Du bist dabei nicht so schlecht gefahren!»

«Woher weiß ich, ob Ihr nich' auch wegen Hester gelogen habt?»

«Sie ist tot, verdammt!»

«Dann macht mich auch tot, dann ist die Sache erledigt.»

«Vielleicht mach' ich das, wenn du nicht endlich das Maul hältst!»

Die Hand legte sich fester um Ossies Hals und würgte ihn.

Noch am selben Abend, geraume Zeit später, kletterte Beth an einem Regenrohr hoch. Fletch und Jigger beobachteten sie von unten. Es war bitterkalt, ein scharfer Wind blies und trieb Schneeschauer vor sich her.

Da nur zwei Tage blieben, um die ungeheure Summe zu besorgen, mit der er Ryders Schweigen erkaufen sollte, hatte Fletch beschlossen, Nats Kiste voll Gold zu stehlen. Man sagte, er halte sie unter seinem Bett versteckt. Fast alle Fenster seines Hauses waren mit Brettern vernagelt, außer dem vom Hinterzimmer und einer kleinen Dachluke, bei der einige Scheiben fehlten. Fletch wollte nicht riskieren, daß Nat womöglich aufwachte, wenn man das Glas im Erdgeschoß einschlug, deshalb hatte er sich für das Dachfenster entschieden. Allerdings mußte er wegen seines gebrochenen Knöchels Beth als erste hineinsteigen lassen.

Bald hatte sie das strohgedeckte Dach erreicht, aber nun galt es, den schwierigeren Teil der Aufgabe zu bewältigen, nämlich, sich auf das Dach hinaufzuziehen. Ringsum wirbelte der Schnee, sie packte etwas Stroh, aber die Halme waren vermodert und entglitten ihr. Sie versuchte es noch einmal, und wieder fand sie keinen Halt.

Fletch starrte zu ihr hinauf und fürchtete, es könnte etwas passieren. «Is' alles in Ordnung?» flüsterte er heiser.

Sie spuckte und griff noch einmal in die Halme. Diesmal schien es zu gehen. Sie hievte sich hoch, legte ein Bein auf das Dach, faßte noch einmal ins Stroh und zog das andere Bein nach.

Fletch und Jigger grinsten sich an und sahen, wie sie sich

krebsartig über das Dach bewegte. Sie war schon ganz nah am Fenster, als plötzlich unten auf der Straße ein langer Pfiff ertönte. Kurz darauf stürzten Josh und Aggie aus der Dunkelheit. «Der Nachtwächter kommt!» keuchte Josh.

«Komm runter!» befahl Fletch. «Es is' der Charley!» Er machte den anderen ein Zeichen, und sie versteckten sich rasch im Hof.

«Zwei Uhr an einem kalten Schneemorgen!» rief der Nachtwächter in singendem Ton.

Sie lugten hinter einem Haufen alten Gerümpels hervor und sahen die unförmige Gestalt eines Mannes in breitkrempigem Hut und Umhang die Straße entlangstapfen. In einer Hand trug er eine Laterne, in der anderen einen schweren Prügel.

«Wo is' Beth?» flüsterte Jigger. «Er sieht sie bestimmt!»

«Schnell!» befahl Fletch. «Sorgt dafür, daß er euch verfolgt.»

Sie nickten. Heftig traten und klopften sie gegen das Gerümpel, dann liefen sie auf die Straße, zeigten sich ihm kurz und rannten davon.

Fletch grinste, als der Nachtwächter hinter ihnen herpolterte und schrie: «Haltet den Dieb! Haltet den Dieb!»

Er blies in seine hohlen Hände, um sich zu wärmen, und hörte, wie Beth das Regenrohr runterrutschte. «Hierher», flüsterte er.

«Ich war schon fast drin», murmelte sie und schlüpfte neben ihn. Sie rieb sich die Hände und spuckte in den Schnee. «Die Luft is' wieder rein, ich versuch's nochmal.»

Gerade wollte sie sich erheben, da wurden die Türriegel zurückgeschoben, und Fletch zog sie wieder runter. Als sie sich duckte, um nicht gesehen zu werden, öffnete sich die Tür, und Nat erschien in Schlafmütze und Nachthemd. Er hielt eine Kerze hoch und schimpfte, als er die Fußspuren und zertretenes Stroh sah. Er starrte in die Dunkelheit, brummte etwas in seinen Bart, dann ging er wieder hinein und verriegelte die Tür.

«Hat keinen Sinn mehr», flüsterte Fletch ärgerlich, «jetzt, wo er wach is'. Wir müssen ein andres Mal wiederkommen.»

«Du hast nich' viel Zeit», erinnerte sie ihn.

«Meinst du, das weiß ich nich'?» Er raffte sich auf und humpelte durch den Schnee davon.

XXVI

«Als ich über die Wies' so für mich ging,
oh, da sah ich ein Mädchen so jung und schön ...»

Völlig durchgefroren und schwindlig vor lauter Hunger, schleppte sich Ossie in seinem neuen Gefängnis von einer Seite auf die andere. Er sang, um sich zu wärmen und um sich aus dem Elend der wirklichen Welt in eine Traumwelt zu denken, in der es warme, sonnenüberflutete Wiesen gab und Vogelgesang und duftende Blumen.

Er hatte keine Ahnung, wo er war. Aber es war kalt hier, von allen Seiten schien eisige Zugluft herzuwehen, und der Raum war so groß, daß seine Stimme, so schwach sie war, von den Wänden widerhallte. Das Verlies war völlig leer, wenn man von heruntergefallenen Backsteinen und Mauerwerk absah. Es gab auch eine Säulenreihe, die er zuerst für Wände gehalten hatte. Er wußte, daß er sich unter der Erde befand, denn man hatte ihn ein paar Stufen hinabgeschubst. Auch merkte er, daß die entfernten Geräusche des Verkehrs und der Arbeiter, die durch den gefallenen Schnee merkwürdig verschluckt klangen, über seinem Kopf waren.

«Ich denk', sie zählt' kaum mehr denn fünfzehn Jahr,
und auf ihrem Haupt hatt' sie einen Kranz,
der ganz grün war ...»

Er war völlig in seiner Traumwelt versunken und kam Hester dabei ganz nah – so nah, daß er glaubte, sie drehe mit ihm die Runden. Er streckte seine Hand aus, jetzt, dachte er, jetzt würde sie ihn berühren, aber seine Finger kratzten nur an hartem Ziegel.

Er wimmerte vor Schmerz, lutschte an seinem Finger und schmeckte Blut. Er wischte es an seinen Hosen ab, schlang die Arme um seinen Körper und setzte seinen schleppenden Rundgang fort und sang weiter, um sich wieder in seiner Traumwelt zu verlieren:

«Ihre Lippen waren wie Rubin,
Ihre Augen funkelten wie Diamanten,
wie Sterne am Himmel gar …»

Ach! Könnte er mit Hester doch unterm Himmel spazierengehen. Aber es gab kein Entkommen. Die Tür oben an der Treppe würde sich nicht rühren. Er hatte doch so oft dagegen gehämmert und gerufen, aber keiner hatte reagiert.

«Und ihre Stimme! Oh! Sie war so süß und klar,
wie traurig sang sie, weil sie verlor ….»

Er hielt abrupt inne, Hämmern und Krachen, das von der anderen Seite des Verlieses kam, rief ihn in die Wirklichkeit zurück.

Sein Herz stockte, als er merkte, daß jemand die schweren Balken von der Tür wegzerrte. Er hörte, wie sie mit einem scharrenden Geräusch aufging, und fühlte plötzlich eiskalte Luft im Raum.

«Ossie?» rief eine Stimme, und das Echo hallte bis ans Ende des Verlieses: «Ossie!»

Zitternd stand Ossie in einem dunklen Winkel und war fast versucht, sich verborgen zu halten. Aber seine Sehnsucht nach etwas zu essen und menschlicher Nähe, und sei es sein Entführer, war so groß, daß er aus dem Schatten trat.

«Oh, da bist du ja!» Der Mann klang äußerst fröhlich.

«Habt Ihr etwas zu essen?» fragte Ossie jämmerlich.

«Später, Ossie. Zuerst müssen wir hier raus. Ich nehm' dich mit zu einem alten Freund.»

«Wer ist es?»

Der Mann lachte. «Immer stellst du Fragen. Komm.»

Ossie war zu schwach, um sich zu wehren, als der Mann ihn hochhob und aus dem Keller des abgerissenen Hauses trug, in dem er die Nacht über eingesperrt gewesen war. Als sie das verschneite Stück Ödland zu der wartenden Sänfte überquerten, blies ein scharfer Wind, vor dem Ossie an der Schulter des Mannes Schutz suchte. Er hatte keine Kraft mehr, zu fragen, wo sie hingingen, aber als die Sänfte schließlich anhielt und er herausgehoben wurde, stammelte er: «Sind wir bei Peg?»

«Nein, an einem viel schöneren Ort», lachte sein Entführer, trug ihn in ein Haus und eine enge Treppe hoch. Im ersten Stock klopfte er an eine Tür. «Hier ist der kleine Schlingel», sagte er heiter, als jemand öffnete. «Rein mit dir.»

In der plötzlichen Wärme drehte sich Ossie alles. Seine Sinne waren wie erstarrt, kaum konnte er es glauben, als er von einer Feuerstelle her Holz knistern hörte.

«Komm hierher zum Feuer», sagte eine hohe Stimme. Da glaubte er, alles sei ein Traum.

«Mr. Gimlett», murmelte er erstaunt, «seid Ihr's wirklich?» Er stolperte vorwärts gegen ein Paar spindeldürre Beine.

«Ja, ich bin's», sagte der Musiker und fing ihn auf.

«Hab' doch gesagt, daß ich dich zu einem Freund bringe, oder?» kicherte sein Entführer.

«Er stinkt wie eine Fuhre Mist», sagte eine Frau, deren Stimme tief und kehlig klang – wie ein Mann, dachte Ossie.

«Ich fürchte, er hat bei ein paar jungen Raufbolden gewohnt, Mrs. Gimlett», sagte sein Entführer. «Wahrscheinlich braucht er ein ordentliches Bad.»

«Dafür werde ich sorgen, Captain Ryder.» Das klang wie eine Drohung.

«Sei nicht zu grob mit ihm, Mrs. Gimlett», bat ihr Mann schüchtern. Er hatte vor ihr ein wenig Angst, denn sie war so breit wie er dünn war, und ihre Stimme war in diesem Hause Gesetz. «Er sieht ganz fertig aus. Gewiß sollst du ihn waschen, aber gib ihm auch etwas zu essen. Er wird seine Kraft zum Singen brauchen.»

«Singen?» stieß Ossie hervor. Obwohl er vor dem Feuer stand, klapperten seine Zähne hörbar. «Für ihn sing' ich nicht!»

«Ossie, das darfst du nicht sagen», tadelte ihn Mr. Gimlett, «dein Onkel hat Großes mit dir vor. Wir sollen noch einmal ein Konzert in der North Parade geben. Und du sollst auch im Warmbad singen.»

«Ich sing' nich' im Warmbad!»

«Aber du mußt. Sie sagen, du kannst mit deiner Stimme Wunder vollbringen.»

«Das kann ich nich'!» schrie Ossie angstvoll.

«Aber alle sagen das. Also mußt du ihnen glauben.»

Ossie schwindelte. Wie sollte er Wunder vollbringen können, wo er doch so oft für Hester gesungen hatte und sie nicht gesund geworden war?

«Du wirst berühmt», sagte der Musiker aufgeregt. «Dein Onkel sagt, wir sollen viele, viele Konzerte geben. Und er will, daß ich dir neue Lieder beibringe. Ich spiel' eins für dich.»

«Aber nicht jetzt!» keifte seine Frau, als er zum Spinett am Fenster eilen wollte.

«Laßt ihn», sagte Ryder nachsichtig. Wenn einer Ossie gewinnen konnte – und man mußte ihn gewinnen –, dann war es der kleine Musikus, dem er mit allerlei aufregenden Zukunftsvisionen den Kopf verdreht hatte.

«Das hier ist in Es-dur», schwärmte Mr. Gimlett. «Wie viele b sind das?»

Ossie griff sich an den Kopf und nannte die erste Zahl, die ihm in den Sinn kam: «Zwei?»

«Nein, Bursche. Es sind drei. Hast du denn alles vergessen, was ich dir beigebracht habe?»

«Tut mir leid, Mr. Gimlett.»

«Also, vergiß es nicht. Jetzt hör dir dies an.»

Trotz seiner Erschöpfung und seines Hungers wurde Ossie unmittelbar vom Klang des Spinetts mitgerissen, als Mr. Gimlett eine lebhafte Melodie voll perlender Läufe und Triller spielte.

«Was hältst du davon?» fragte der Musiker, als er geendet hatte.

«Es is' wunderschön.»

«Na also! Siehst du. Jetzt wirst du ein paar Tage hier wohnen, bis dein Onkel eine dauerhafte Bleibe gefunden hat. Wir haben für dich ein hübsches kleines Zimmer hergerichtet.»

«Ein Zimmer für mich allein?» staunte Ossie.

«Mit deinem eigenen Bett.»

«Ein Bett!»

«Also, was sagst du?»

Mit der Aussicht darauf, daß er zum Spinett singen und in seinem eigenen Bett schlafen würde, konnte Ossie sich unmöglich weigern.

«Ich werd' für Euch singen, Mr. Gimlett», sagte er mit einem schüchternen Lächeln, «aber nicht für ihn!»

«Wie kannst du nur so über deinen Onkel sprechen!» schalt die Frau.

«Ist schon gut», beruhigte Ryder sie; er hatte die Antwort bekommen, die er wollte. «Ich bin an sein eigenartiges Benehmen gewöhnt.»

Er legte seine Hände auf Ossies Schultern. «Nun hör mir gut zu», begann er und gab sich ganz den Anschein, als hegte er väterliches Interesse, «eine große Zukunft liegt vor dir. Wir hatten in der Vergangenheit Schwierigkeiten miteinander. Aber das ist jetzt alles vorbei. Ich bezahle Mr. Gimlett für deinen Unterricht einen Haufen Geld. Also arbeite fleißig und benimm dich. Und denk dran: Das alles tu ich für dich.»

Ossie wich instinktiv zurück und schüttelte den Kopf. Noch nie hatte er seinen Entführer so freundlich reden hören, aber nach all seiner Brutalität und Lüge war es unmöglich, ihm zu vertrauen.

«Macht Euch keine Sorgen, Captain», sagte Mr. Gimlett. «Er fühlt sich bestimmt besser, wenn er erst einmal ein Bad und etwas zu essen gehabt hat.»

In diesem Augenblick nieste Ossie.

«Der Junge hat sich erkältet!» rief Mrs. Gimlett, als sei es sein Fehler.

«Nehmt ihn sofort mit und stellt seine Füße in ein Senfbad», befahl Ryder.

«Das mache ich», stimmte sie ihm zu und packte den kleinen Schlingel.

«Das ist das beste gegen eine Erkältung, Ossie!» rief der Musiker, als seine Frau den Jungen in die Küche schaffte. «Es darf nicht sein, daß du ausgerechnet jetzt deine Stimme verlierst.»

«Wo is' das blinde Kind?»

«Haben ihn daheim gelassen.»

«Allein?»

«Mach dir keine Sorgen, Nat. Er kann nich' weg, ich hab' die Leiter fortgenommen, wirklich!»

Der alte Hehler schniefte schlechtgelaunt, zog sich den zerlumpten Schal fester um die Schultern und kroch in seinen Ohrenbackensessel.

Fletch zitterte vor Kälte und hielt seine Hände über das armselige Feuerchen aus Zweigen. Er war gerade gekommen und wartete auf die Rückkehr der anderen, die beim Stehlen waren.

«Warum kaufst du nicht ein paar Holzscheite und machst dir ein anständiges Feuer?» brummte er. «Wette, du hast genug Geld», neckte er ihn, «in deiner Kiste.»

«Welche Kiste?» knurrte Nat.

«Woher soll ich das wissen», erwiderte Fletch, ein Bild der Unschuld. Er zwinkerte scherzhaft. «Die unter deinem Bett!»

«Ich hab' keine Kiste!» rief der Hehler. Er blickte finster drein und verfiel in brütendes Schweigen.

Fletch stellte sich mit dem Rücken zum Feuer und grinste in sich hinein. Nats Ausbruch soeben hatte ihn überzeugt, daß das Gerücht über seine Goldkiste der Wahrheit entsprach. Wenn er nur eine Möglichkeit fände, leicht hineinzukommen, würde er zugreifen. Ohne Eile, damit er keine Aufmerksamkeit erregte, hinkte er zum Fenster und wischte die beschlagenen Scheiben ab.

«Sie müßten bald kommen», sagte er beiläufig. Er tat, als schaue er hinaus. In Wirklichkeit beguckte er sich den Fenstergriff. Es dürfte kein Problem sein, ihn zu drehen, wenn es ihm nur gelänge, Nat soweit zu bringen, daß er das Zimmer verließ.

Fletch kam vom Fenster zurück und tat, als würde er entsetzlich frieren und rieb sich die Hände. «Es is' eiskalt draußen. Und hier drin ist es auch nich' besser. Könnt Ihr mir eine Decke oder so was leihen, was ich mir um die Schultern tun kann?»

«Bedien dich», murmelte der Hehler. «Is' Zeug genug im Laden.»

«Aber ich weiß nich', was ich nehmen soll.»

«Nimm, was du willst.»

«Aber ich will nich' was Falsches holen. Außerdem tut mir mein Knöchel scheußlich weh.» Er machte ein leidendes Gesicht und setzte sich unter großem Stöhnen auf einen Stuhl am Tisch.

«Sei doch ein netter Kerl, Nat, hol mir 'ne Decke. Du kannst einen Farthing vom Preis abziehen.»

«Eher einen Penny.»

«Alles ist recht für eine Decke.»

Der Hehler grunzte vor Überraschung. «Ich nehm' dich beim Wort», warnte er, als er sich aus dem Sessel schob.

Fletch nickte und wartete, bis er hinter dem Vorhang verschwunden war, dann humpelte er rasch zum Fenster. Er zog an dem Griff, der war aber ganz verrostet und rührte sich nicht. Noch einmal rüttelte er daran, aber es tat nichts. Jetzt wurde er verzweifelt und wandte alle Kraft an, da schnappte er endlich aus der Halterung, und in diesem Augenblick trat Nat wieder ein.

«Was machst du da?» fragte er argwöhnisch.

«Schau nur nach den andren.» Fletch zuckte die Achseln, den abgebrochenen Griff versteckte er hinter seinem Rücken.

«Dachte, dein Knöchel tut weh. Hier!» Nat warf ihm eine Decke zu, sie zog eine ganze Staubwolke hinter sich her. «Das kostet dich einen Penny!»

Fletch verzog sein Gesicht, innerlich aber mußte er lachen. Es war mehr als einen Penny wert, daß er nun wußte, sie konnten durchs Fenster herein, wenn sie später in der Nacht wiederkamen.

Ein paar Straßen weiter machten Sam und Jack Garland ihre gewohnte Pause in einem Pieladen. Nachdem sie den ganzen Morgen durch den Schnee gestapft waren, hatten sie einen Bärenhunger, und vorerst schaufelten sie das Essen schweigend in sich hinein.

«Hab' was gehört, was dich vielleicht interessiert», sagte Jack schließlich und nahm einen Schluck Cider.

«Was für 'ne Geschichte soll das sein?» fragte Sam und tat's ihm gleich.

«Meine Missus hat's mir erzählt, bevor ich weggegangen bin. Weißt du, daß sie in der Kirche das Messing putzt?»

Sam nickte.

«Also, gestern war sie dort, und die Frauen haben von nichts anderem geredet.»

«Von was?»

Jack Garland nahm noch einen Schluck und wischte sich den Mund mit dem Handrücken. «Irgendeine alte Frau im Warmbad behauptet, daß sie von ihrem Rheuma geheilt wurde und jetzt ohne Stöcke gehen kann.»

«Das freut mich für sie. Das Wasser soll für die Rheumakranken sehr gut sein.»

«Aber sie sagt, nicht das Wasser hat sie geheilt, sondern ein Junge, der im Bad gesungen hat – ein blinder Junge.»

Sam, der gerade trank, verschluckte sich. «Ein blinder Junge!» brach es aus ihm heraus. «Wer ist es?»

Jack schüttelte den Kopf. «Keiner scheint's zu wissen. Ein paar sagen, daß ihn Kinder plötzlich entführt haben, andere, daß er verschwunden ist, aber ich glaub', das is' 'ne Erfindung. So und so sagt man, daß er ein Wunderheiler ist.»

Er stützte sich schwer auf den Tisch. «Das Mädchen, um das du dich kümmerst, hat sie nicht einen blinden Bruder, der singt?»

«Ja, aber der sitzt im Kittchen.»

«Bist du da sicher?»

Sam blickte nachdenklich drein. «Jedenfalls hat man es mir gesagt.»

«Ach so … Dann war er es wohl doch nicht. Schade. Bist du fertig?»

Sam nickte abwesend. Sie standen vom Tisch auf und gingen wieder zu ihrer Sänfte.

Während Sam die schweren Lasten durch die Stadt schleppte, bemühte er sich, seine Erregung zu unterdrücken, aber er mußte immer wieder daran denken, daß vielleicht doch Ossie im Bad gewesen war. Und eigentlich wußte er nur von dem Schankkellner, daß er im Gefängnis sei. Es war Zeit, daß er sich selbst erkundigte. Ja, besser noch schien es ihm, zum «Jolly Weaver» zu gehen und mit der Bande zu sprechen.

XXVII

Fletch hob die Flasche an seine Lippen und nahm einen kräftigen Schluck Gin.

«Laß uns aber was übrig», klagte Jigger und riß die Flasche an sich. Er trank einen Mundvoll, rülpste laut und reichte den Gin weiter an Beth.

Die älteren Mitglieder der Bande drängten sich um das Rauchfaß und nutzten die Zeit, bis Fletch das Zeichen zum Aufbruch geben würde.

Josh und Aggie machten ein Nickerchen auf dem Fußboden.

«In der Kiste könnten mehr als zweihundert Guineen sein», sagte Fletch träumerisch.

«Meinst du?» Jigger grinste. «Was machen wir dann damit?»

«Wir geben's jedenfalls nich' her, das is' mal sicher», sein Anführer lachte und gab ihm einen Rippenstoß, «schon gar nich' an Ryder.»

«Du bist verdammt schlau, Fletch», sagte Jigger stolz. «Wir geben ihm die zweihundert und behalten den Rest. Dann sind wir verdammt reich.»

«Und leben wie die reichen Stutzer, was?» Fletch zwinkerte.

Die Jungen lachten, Beth zielte mit ihrer Spucke auf das Faß.

«Wir haben's aber noch nich'», erinnerte sie die anderen. «Und was is', wenn er das Fenster repariert hat?»

«Nat?» lästerte Fletch. «Der hat noch nie in seinem Leben was repariert.» Er zog ihr die Flasche weg und nahm noch einen Schluck.

«Wenn du noch mehr trinkst», zischte sie, «bist du bald so besoffen, daß du die Leiter nich' mehr runterkommst.»

«Dann spring' ich», sagte er, vom Alkohol übermütig.

«Und brichst dir den andren Knöchel.» Noch einmal prallte ihre Spucke gegen das Metallfaß.

«Beacht sie doch nich'», spottete Jigger. «Sie is' ja nur ein Mädchen, auch wenn sie versucht, anders auszusehen.»

Mit einem Wutschrei warf sich Beth auf ihn, und schon rollten sie auf dem Boden.

«Hört auf, ihr zwei!» befahl Fletch, und dann: «Halt's Maul!» Der warnende Ton in seiner Stimme ließ sie innehalten, und sofort hörten sie auf zu kämpfen. Sie lauschten angestrengt und hörten unten auf den Steinplatten schwere Schritte. Dann knarrte die Leiter. Fletch griff nach seinem Stock und wies die anderen mit heftigen Gesten an, sich bereitzumachen, um über den Eindringling herzufallen. Gerade wollten sie vorstürzen, als Ryder in der Öffnung erschien.

Fletch fluchte und ließ den Stock neben sich fallen. «Was wollt Ihr hier?»

«Ich komme wegen meinem Geld.»

«Ihr habt gesagt, in ein paar Tagen.»

«Nun, ich habe meine Meinung geändert.» Die anderen wichen vorsichtig zurück, als Ryder mit dem Säbel in der Hand von der Leiter trat. «Also, wo ist's?»

«Ich hab's noch nich'», brummte Fletch.

«Wie schade. Dann werde ich's morgen früh wohl als allererstes der Polizei melden.» Er machte eine Bewegung, als wollte er gehen.

«Halt! In ein paar Stunden hab' ich's!»

«So lang kann ich nicht warten.»

«Aber ich hab's jetzt nicht!» rief Fletch verzweifelt.

Der Lärm weckte die Jüngeren, sie setzten sich auf und rieben sich die Augen. Als Aggie den Besucher erkannte, stieß sie einen Angstschrei aus.

Ryder kicherte hinterhältig. «Willst es wohl stehlen?»

«Vielleicht.»

«Wo?»

Fletch zuckte die Achseln. «Bei einem Mann.»

«Hat eine Kiste voll Schätze unter seinem Bett», fuhr Jigger dazwischen, was gleich mit einem Stoß in den Rücken von seinem Anführer quittiert wurde.

«Ach, hat er das?» Ryder lächelte. «Und wie gedenkst du da reinzukommen?»

Fletch preßte die Lippen aufeinander, er weigerte sich zu

antworten. Die Klinge blitzte plötzlich auf und fuhr an seine Kehle.

«Durch ein Fenster», stotterte er, «hab' den Griff abgebrochen.»

«Sollte also einfach sein?»

Fletch nickte und atmete erleichtert auf, als der Säbel zurückgezogen wurde. Er faßte sich mit seiner Hand an den Hals.

«Ich glaube», sagte Ryder nachdenklich, «ich komme mit dir.»

«Wozu?» schrie Fletch, der die Gelegenheit, etwas von dem Geld für sich zu behalten, schwinden sah.

«Wir holen es. Wartet hier, wenn Ihr wollt. Wir bringen es Euch.»

«Damit ihr für euch etwas auf die Seite tun könnt, was?» Ryder schüttelte den Kopf. «Wohl kaum.»

Beth spuckte auf den Boden.

«Nur wir beide. Sonst niemand.»

«Wir brauchen Wachposten.»

«Bestimmt nicht, wenn es so einfach ist, wie du behauptest. Also los, gehen wir. Und ihr ...» Ryder deutete mit dem Säbel in die Runde, «ihr bleibt hier. Versucht ja nicht, uns zu folgen. Sonst endet ihr im Fluß.»

Mit einer Bewegung des Säbels bedeutete er Fletch, zuerst die Leiter herunterzugehen. Als sie unten angekommen waren, zog er die Leiter weg und warf sie auf den Boden.

«Ich will doch nicht, daß ihr in Versuchung kommt», lachte er und eilte hinaus, Fletch humpelte hinter ihm her.

Die Zurückbleibenden saßen eine Weile entmutigt und schweigend da. Dann spuckte Beth wütend ins Feuer. «Wir müssen was tun!» rief sie. «Wir können Fletch nicht mit dem Kerl allein lassen.»

«Er kommt schon zurecht», sagte Jigger und suchte Trost bei einem Schluck Gin.

«Was sollen wir denn tun?» fragte Josh.

«Ihm nachgehen, Idiot.»

«Er bringt uns um!» jammerte Aggie.

«Mich nicht!»

«Aber er hat die Leiter weggenommen», gab Josh zu bedenken.

«Na und? Jigger, stell die Flasche weg und hilf uns.»

Sie befahl ihm, sich auf den Boden zu legen und sie durch die Öffnung runterzulassen. Er hielt sie an den Händen und lehnte sich, soweit er es wagte, herunter, aber ihre Beine baumelten trotzdem noch mehrere Fuß im Leeren. «Laß los!» befahl sie tapfer, und als er es tat, fiel sie wie ein Stein zu Boden. Die anderen schauten von oben besorgt zu und waren erleichtert, als sie sich unverletzt aufrappelte. Sie hob kurz ihren Daumen zum Siegeszeichen und stürzte davon.

«Stell die Leiter wieder hin!» schrie Jigger vergeblich.

Die Wet Lane lag still und verlassen da, als Fletch und Ryder zu Pikeys Laden gingen. Es war plötzlich wärmer geworden, und das schmelzende Eis tropfte von der Dachrinne und bildete Pfützen im Schnee, der schon zu Matsch geworden war. Keine Spur von Licht kam aus dem Haus – es schien sicher, daß Nat schlief. «Hierher», flüsterte Fletch und ging über den Hof voraus zum Fenster des Hinterzimmers.

Ryder drückte es ohne Schwierigkeiten auf und half ihm hoch. Sobald Fletch sicher im Innern gelandet war, warf Ryder einen Blick auf die Straße und ging dann zur Seitentür, um hineingelassen zu werden.

Als er die Tür geräuschlos hinter sich schloß, klopfte sein Puls vor lauter Aufregung rascher. Es war lange her, seitdem er an einer solchen Eskapade teilgenommen hatte, und es machte ihm ziemlich Spaß; nur den Modergeruch mochte er nicht.

«Vorsicht mit dem Gerümpel!» flüsterte Fletch.

Ryder nickte und kroch ihm nach. Als er etwas Übelriechendes, das von der Decke hing, zur Seite schob, stieß er versehentlich mit dem Stiefel an einen Gegenstand, so daß dieser mit lautem Krach umkippte. Einen Moment waren sie wie erstarrt und lauschten, ob sich etwas bewegte. Aber alles schien ruhig, und Fletch winkte Ryder weiter. Bevor er ihm folgte, bückte sich Ryder und hob den heruntergefallenen Gegenstand auf: es war ein Schürhaken. Er nahm ihn mit und bewegte sich lautlos zu Fletch, der am Fuß der Treppe wartete.

Die Holzdielen knarrten unheilverkündend, aber sie kamen

oben an, ohne den Hausherrn zu wecken. Sie hörten ihn in einem Zimmer am Ende des Ganges schnarchen.

«Hier drinnen isses», flüsterte Fletch, als sie vor der Tür haltmachten.

«Los, rein mit dir.»

«Kommt Ihr nicht?»

«Ich werde doch nicht das Geld stehlen», kicherte Ryder. «Aber auf dich passe ich auf, Bursche.»

Er schwenkte den Feuerhaken vor Fletchs Gesicht. «Also, keine faulen Tricks.»

Fletch biß die Zähne zusammen und drückte vorsichtig die Klinke herunter, bis die Tür aufsprang. Sie knarrte in den Angeln, als er sie langsam öffnete; aber das Schnarchen ertönte ungestört weiter. Er blickte sich kurz nach Ryder um und ging auf Zehenspitzen zum Bett.

Lautlos ließ er sich zu Boden und zwängte sich unter das Gestell. Er hatte kaum Platz, sich vorwärts zu bewegen, denn die Federn hingen ausgeleiert herunter und quietschten unter Nats Gewicht. Er streckte die Hand aus und berührte mit den Fingern etwas Hartes, und gleich spürte er, daß es eine flache Holzkiste war. Pikeys Kiste!

Langsam arbeitete er sie mit den Fingern zentimeterweise zu sich heran und zog sie schließlich unter dem Bett hervor. Sie war sehr schwer, und als er sie hochhob, klimperten Münzen darin. Einen Moment stand er unbeweglich wie eine Statue, nur mit Anstrengung konnte er ihr Gewicht tragen, und als er einen Schritt machte, knarrte eine lose Diele. Da erwachte Nat mit einem lauten, abschließenden Schnarcher. Gleich saß er kerzengerade im Bett, sah Fletch, der die Kiste hielt, und begann zu schreien: «Diebe! Diebe! Haltet den Dieb!»

Fletch starrte ihn an, er war wie gelähmt und rührte sich nicht. Aber Ryder handelte. Er stürzte ins Zimmer, hob den Feuerhaken und ließ ihn mit voller Wucht auf Nats Kopf niedersausen. Der alte Hehler schrie und schrie, während immer mehr Schläge auf ihn niederprasselten, bis er schließlich stumm und erschlagen auf seinem Bettzeug lag.

«Ihr habt ihn getötet!» Fletch schrie vor Entsetzen.

«Halt's Maul!» befahl Ryder barsch. «Du weckst die ganze Nachbarschaft auf.»

«Ihr habt ihn umgebracht!» gellte Fletchs Stimme. In Panik ließ er die Kiste fallen, sie sprang auf, und der Inhalt rollte über den Boden; Fletch aber rannte davon.

Einen Moment stand Ryder wie angewurzelt beim Anblick all der vielen Goldstücke. Aber dann wurde ihm bewußt, daß er Fletch nicht entkommen lassen durfte, er jagte ihm nach und erwischte ihn oben auf dem Treppenabsatz.

Unter normalen Umständen hätte er ihn leicht überwältigt, aber die Verzweiflung gab Fletch ungeheure Kräfte. Er boxte und trat um sich, riß sich los und machte einen Satz zur Treppe. Als er seinen rechten Fuß auf die oberste Stufe setzte, knickte sein Knöchel um. Mit einem Schrei polterte er hinunter und landete unten als ein in sich zusammengesunkenes Bündel, benommen und stöhnend.

Ryder kam langsam nach und brachte ihn mit einem mörderischen Hieb des Feuerhakens zum Schweigen. «Alle werden glauben, daß du es warst, Bursche», murmelte er und ließ die Waffe neben ihn fallen. Um jedoch sicherzugehen, beschloß er, die Kiste und ein paar Münzen zu ihm zu legen. Immerhin hatte er jetzt genug für die Wette und auch für seine Flucht.

Er kicherte in sich hinein und stieg wieder nach oben, um die Beute zu holen. Keinen Moment dachte er daran, daß ihn jemand gesehen haben könnte.

Hinter einem Berg alter Möbel starrte Beth ihm nach, fest hielt sie die Hände vor den Mund gepreßt. Sie war gerade rechtzeitig gekommen, um Nats Schreien zu hören, und wollte hinaufeilen, als der Kampf ausbrach. Sie fürchtete sich zu sehr, um sich einzumischen, und hatte das schreckliche Ende mitbekommen. Sie hörte, wie sich Ryders Schritte auf dem Gang entfernten, und kroch hinüber zu Fletch, der mit gespaltenem Schädel in einer Blutlache lag.

Immer war das Leben hart für sie gewesen. Sie hatte schon viele Tote gesehen und weinte nicht leicht. Aber als sie auf den Jungen blickte, der gerade noch ihr Anführer gewesen war, weinte sie lautlos – nicht nur aus Gram, sondern auch aus ohnmächtiger Wut.

Sie haßte alle Männer für das, was sie ihrer Mutter, die eine Hure gewesen war, angetan hatten. Sie versuchte, sich als Mädchen zu verleugnen, damit niemand mit ihr jemals so umginge. Ryder aber haßte sie aus tiefstem Herzen für den Mord an Fletch.

Immer hatte sie Fletchs Härte, seine Gerissenheit bewundert, die er sich im Leben auf der Straße angeeignet hatte. Immer war sie bestrebt gewesen, ihm nachzueifern. Ihre erbitterten Kämpfe und Streitereien waren meistens entstanden, weil sie es nicht ertragen konnte, wenn er sich gehenließ. Und jetzt, da er tot war, wollte sie seinem Mörder die Augen auskratzen. Sie hätte es versucht, wenn ihr Selbsterhaltungstrieb nicht so stark gewesen wäre. Aus dem gleichen Gefühl heraus wischte sie jetzt die Tränen weg, denn sie ärgerte sich, daß sie schwach geworden war.

Sie kniete nieder und schwor einen Eid, daß sie seinen Tod rächen werde, und zur Bekräftigung spuckte sie auf Fletchs Wange. Dann glitt sie lautlos aus der Seitentür.

XXVIII

«All diese Einfälle sind böse Tricks nur,
meinen standhaften Mann zu verführn,
laß deine Scherze,
Gewalt oder List wird nie mein Herz berührn ...»

Mr. Gimlett hatte beschlossen, das Konzert mit einem Lied aus John Gays Bettleroper zu eröffnen, in welcher zwei Frauen den Straßenräuber Macheath begehren und sich gegenseitig der falschen Liebe anklagen.

Ossies Gesang blitzte und glitzerte wie das Kristallglas der Kerzenleuchter an den Wänden des eleganten Salons. Seine Stimme klang ein wenig weicher als sonst wegen seiner Erkältung, aber das machte sie auch wärmer und anmutiger.

Nach dem Theater mit der Perücke bei seinem vorherigen Auftritt durfte er an diesem Tag ohne singen. Er trug seine blaue Samtjacke und Kniehosen, sein gestutztes blondes Haar umstand seinen Kopf wie ein Glorienschein. Noch blaß von den Entbehrungen, unter denen er in dem Verlies gelitten hatte, wirkte er wie ein kleiner Geist, der seinem Grab entstiegen ist, um seine reiche, wohlbestallte Zuhörerschaft zu ergötzen.

Da saßen sie, fächerten sich sanft zu, lehnten sich auf ihren vergoldeten Stühlen zurück, warm vom Feuer und wohlig von dem Essen, das man ihnen kredenzt hatte. Sie ließen sich von der Musik berieseln wie vom klaren Wasser einer Moorquelle.

«Es ist höchst sicher
beim Flirten sind die Frauen neidisch;
Spaß macht's ihnen,
das Werben der andren zu störn,
nie sind sie zufrieden mit ihrem eigenen ...»

Ryder befand sich in der ersten Reihe zwischen seiner Gastgeberin und seiner künftigen Braut. Keiner hätte vermutet, daß hier ein zweifacher Mörder saß. Er hatte keine Gewissensbisse deswegen – im Gegenteil, er war äußerst zufrieden, daß er um dreihundert Guineen reicher war. Er war sicher, daß niemand ihn mit dem Tod eines Lumpenhändlers und eines jungen Diebes in Zusammenhang bringen würde. Ja, er verschwendete kaum einen Gedanken an sie. Sie waren für ihn wie Fliegen auf einem Misthaufen – unbedeutende Störenfriede, die man zerquetschen und vergessen konnte.

Das Lied wurde mit warmem Applaus aufgenommen, und während Ossie zur Linderung seiner Erkältung vor dem nächsten Stück etwas zu trinken bekam, tauschten die Gäste ihre zustimmenden Kommentare untereinander aus.

«Ihr habt ganz recht, Lady Venetia», bemerkte der Mann, der an ihrer anderen Seite saß. «London muß ihn zu hören bekommen!»

«Ich fürchte, er fühlt sich nicht ganz wohl, Mr. Stanley», sagte sie mit für sie untypischer Sorge. «Er hat eine leichte Erkältung.»

«Selbst ein so begabtes Kind», bemerkte er mit einem Lächeln, «ist auch nur ein Mensch wie wir.»

Sie nickte huldvoll, aber das war bei ihm verlorene Liebesmüh, denn genauso wie Ossie war er blind. Er hatte sein Augenlicht im Alter von zwei Jahren verloren und war jetzt ein berühmter Komponist und Organist. Als sie erfuhr, daß er mit seiner Frau in Bath weilte, hatte sie die Gelegenheit wahrgenommen, seine Meinung über Ossies Stimme einzuholen und um seine Unterstützung zu werben, daß auch er Ryder davon abbringe, Ossie wegzuschicken.

«Ich werde mit Mr. Händel über ihn sprechen», sagte Mr. Stanley. «Ich bin sicher, er wird ihn sich gern anhören.»

«Worum geht es?» fragte Ryder und beugte sich vor.

«Ich sagte gerade Lady Venetia, daß Mr. Händel Euren Neffen hören sollte», erwiderte der Musiker.

«Ist er in Bath?»

«Nein, Sir.»

«Dann, fürchte ich, werden wir ihn enttäuschen müssen. Mein Neffe kehrt am Sonntag nach Irland zurück.»

«Es wäre eine echte Tragödie, wenn man Euren Neffen nicht in London auftreten ließe – und zwar so bald wie möglich. Wer weiß, wie lange seine Stimme noch hält.»

«Das habe ich auch schon gesagt», pflichtete Lady Venetia bei.

Ryder zuckte die Achseln. «Die Entscheidung liegt nicht bei mir, sondern bei seinen Eltern.»

«Aber die werden doch nichts dagegen haben, wenn der berühmteste Komponist unserer Zeit ihn anhört. Selbst der König kennt Mr. Händel.»

«Auch Lady Venetias Vater kennt er», meinte Ryder kurz angebunden. Die Aussicht darauf, daß sein Schützling bei Hofe singen sollte, war verlockend, aber dies wäre auch gefährlich. Bisher schien keiner bemerkt zu haben, daß der Junge nur ein Straßenkind war. Bei Hofe würde das aber sicher entdeckt, und das hätte katastrophale Folgen für ihn.

«Nun, solltet Ihr Eure Meinung ändern, laßt es mich wissen», seufzte Mr. Stanley.

«Selbstverständlich.»

«Wird er heute abend eine Komposition von Mr. Händel singen?»

«Natürlich», erwiderte Ryder, obwohl er nicht die blasseste Ahnung hatte.

Er ärgerte sich wegen des ganzen Getues um den Jungen und konnte es kaum erwarten, ihn loszuwerden.

Weit weg von den hellen Lichtern und der Eleganz in der North Parade saß Sam allein auf einer Bank in einer dunklen Ecke im «Jolly Weaver». Bis jetzt hatte er noch keinen von der Bande gesehen. Doch war er nun überzeugt, daß Ossie nicht im Gefängnis war. In der Mordnacht hatte er nämlich von dem Schankkellner erfahren, daß Ossie einige Tage zuvor dort gesungen hatte.

Am darauffolgenden Abend war er hingegangen, und auch heute befand er sich dort und wartete, ob sie hereinkämen.

«Könnt Ihr das mal für mich halten?» fragte eine barsche Stimme.

Sam drehte sich um. Vor ihm stand ein alter Krüppel, der sich auf seine Krücken stützte und ihm einen Krug hinhielt, mit der anderen Hand versuchte er, einen Hund zu halten. Es war Mr. Crabb.

Sam nahm den Krug, während der alte Mann sich neben ihm niederließ.

«Dank Euch», sagte Mr. Crabb, als Sam den Krug zurückgab. «Auf Euer Wohl!» Er prostete Sam zu und nahm einen Schluck. «Höre, Ihr sucht Ossie Parsley?»

Sam war überrascht. «Stimmt. Kennt Ihr ihn?»

«Vielleicht. Was habt Ihr mit ihm zu tun, wenn ich fragen darf?» Sam lag auf der Zunge zu behaupten, er sei ein Verwandter, da er aber nichts zu verlieren hatte, beschloß er, eine ehrliche Antwort zu geben. «Bin ein Freund von seiner Schwester.»

Jetzt war Mr. Crabb erstaunt. «Die kleine Hester? Lebt sie denn noch?»

Sam nickte.

«Dachte, sie wär' schon längst hinübergegangen.»

«Es geht ihr sehr schlecht, und sie sehnt sich verzweifelt danach, ihren Bruder zu sehen.»

«Denke, daß Ihr ihn hier nicht findet.»

«Aber der Schankkellner sagt, daß er vor ein paar Tagen hier gesungen hat.»

«Hat er auch. Aber seitdem is' er nich' mehr hier gewesen.»

«Wißt Ihr, wo er jetzt ist?»

Der alte Krüppel schüttelte den Kopf. «Kann nich' behaupten, daß ich's weiß.»

Sam ließ enttäuscht die Schultern hängen. «Was is' mit seinen Kameraden? Die kommen doch öfter hierher, oder?»

Mr. Crabb nickte. «Bisher ja. Aber einer von ihnen ist vor drei Nächten gestorben. Geschieht ihm recht, er hat nämlich den Mann ermordet, den er bestehlen wollte.»

«Armer Kerl», murmelte Sam. «Könnt Ihr mir sagen, wo ich die anderen finde?»

Mr. Crabb blickte Sam scharf an. «Ihr sagt, Ihr kennt Hester?»

Sam nickte.

«Is' sie im Kittchen?»

«Nein. Ich kümmere mich um sie.»

«Ihr seid also nicht von der Polizei?»

Sam lächelte und schüttelte den Kopf.

Mr. Crabb zögerte, dann beschloß er, dem Fremden zu vertrauen. «Sagt mir Euren Namen, ich bring' Euch hin.»

Kurz darauf führte er Sam durch die engen Gassen und Wege zum Versteck der Bande.

«Jemand hier?» rief er, als sie eintraten.

Von oben hörte man schlurfende Schritte, und dann erschienen in der Öffnung vier bleiche, verstörte Gesichter, die in das Licht von Sams Laterne blinzelten.

«Hab' einen Freund von Hester gebracht, der euch sehen will», rief er hinauf. «Is' gekommen und will nach ihrem Bruder fragen.»

«Was will er?» fragte Beth argwöhnisch.

«Ist er hier?» erkundigte sich Sam.

«Er is' im Kittchen.»

«Das stimmt nich', Mister», rief Josh.

«Halt's Maul.»

«Wir wissen nich', wo er is'», fügte er hinzu, ohne sie zu beachten.

«Der Mann hat ihn mitgenommen», sagte Aggie.

«Halt's Maul. Hast du gehört?» kreischte Beth.

«Halt's selber», gab Jigger zurück.

«Hört auf zu streiten», stieß Mr. Crabb hervor. «Mr. Webb ist hier, um zu helfen. Also kommt runter und hört, was er zu sagen hat. Ich kann mit meinem lahmen Bein nich' die Leiter rauf.»

Es gab noch mehr Streit und ein Handgemenge, als Beth versuchte, die anderen zurückzuhalten. Aber Jigger hielt sie fest, während Josh und Aggie herunterkletterten. Dann kam er auch selber. Sie blieb oben und fluchte und spuckte wie eine wütende Katze.

Sam hob die Laterne und betrachtete ihre hohlwangigen Gesichter und die dunklen Ringe unter ihren Augen. «Habt ihr heute überhaupt schon etwas gegessen?»

«Nein, seit drei Tagen haben wir nix gehabt», klagte Jigger, dem Fletchs Tod sehr nahegegangen war, er schien geschrumpft zu sein.

Entsetzt schüttelte Sam den Kopf und nahm seinen Geldbeutel heraus. «Hier sind zwei Pennies, damit könnt ihr euch morgen etwas zu essen kaufen.» Ihre Augen leuchteten, als er Jigger das Geld gab.

«Was is' los?» fragte Beth von oben.

«Er hat uns grad Geld gegeben», lachte Josh. Sie zielte mit ihrer Spucke durch die Leiter und verfehlte Mr. Crabb knapp.

«Laß das!» rief der.

«So, und jetzt sagt ihr mir», und dabei blickte Sam das Grüppchen vor sich ernst an, «wer hat Ossie mitgenommen?»

«Captain Ryder», antwortete Josh, in seiner Stimme klang Haß mit, als er den Namen erwähnte.

«Er hat Fletch gezwungen, Pikeys Geld zu holen», jammerte Jigger.

«Seid ihr alle mitgegangen?» Jigger schüttelte den Kopf. «Nur Fletch und der Captain.»

«Und ich!» kam es von oben. «Ich hab' alles gesehen. Er hat nich' gewußt, daß ich da war. Ich hab' gehört, wie er Pikey umgebracht hat, und hab' gesehn, wie er mit Fletch das gleiche gemacht hat.»

«Du meinst, es war gar nicht Fletch?» rief Mr. Crabb.

«Ryder hat's getan, mit einem Feuerhaken!»

«Hast du das irgend jemand erzählt?» fragte Sam entsetzt.

«Damit wir von der Polente geschnappt werden?»

Sie zielte wieder durch die Öffnung.

«Willst du denn nicht, daß er bestraft wird?»

«Doch. Und ich werd's auch sehn, er hat viel Schuld auf sich genommen.»

«Er hat Ossie in ein Bordell gesteckt», sagte Josh.

«Warum das?» Sam verschlug es den Atem.

«Zum Singen.»

«Wißt ihr den Namen von dem Haus?»

Jigger nickte. «Peg Drapers. Fletch hat's gekannt. Er hat alle Bordellhäuser gekannt. O Gott!» schrie er plötzlich voller Verzweiflung und Elend auf, «ich wollt', er würde noch leben!»

«Tut er aber nich'!» rief Beth.

Es war zuviel für Aggie, sie brach in Tränen aus, und Josh legte den Arm um ihre Schultern, um sie zu trösten.

Sams Gedanken arbeiteten fieberhaft, denn er erinnerte sich, wie Cardew in dasselbe Bordell gegangen war. «Wie sieht dieser Captain aus?» fragte er schroff.

«Hat einen langen Mantel und Stiefel», erwiderte Jigger.

«Und trägt einen Säbel», fügte Josh hinzu.

«Das hat er nich' immer an», ertönte es von oben, «hab' ihn in Kleidern gesehen, wie ein reicher Stutzer.»

«Ist er groß oder klein?» drängte Sam.

«Groß», antworteten die Jungen einstimmig.

«Und stark», rief Beth.

«Ich hasse seine Augen», schluchzte Aggie. «Die sin' so schwarz wie die Nacht. Und er lacht immer. Es is' schrecklich.»

Sam hatte den Hut abgenommen und kratzte sich den Kopf. «Ah! Ich will verdammt sein», murmelte er. Die Beschreibung konnte auf viele Männer zutreffen, doch auf Cardew paßte sie genau. War es möglich, dachte er, daß Cardew und Ryder ein und dieselbe Person waren? «Genau solch einen Mann suche ich», sagte er, kaum konnte er seine Erregung beherrschen.

«Wieso?» wollte Mr. Crabb wissen.

«Er hat mir schreckliches Unrecht angetan. Und vielen von meinen Kameraden auch.» Sam setzte den Hut wieder auf und schaute die Kinder an. «Wie wär's, wenn wir uns gegenseitig helfen?» sagte er eifrig. «Ich helf' euch, Fletchs Mörder vor Gericht zu bringen, und ihr helft mir, Ossie zu finden. Damit werdet ihr Hester sehr glücklich machen.»

Sie sahen sich unsicher an und blickten dann auf ihn, denn sie waren es nicht gewöhnt, von Erwachsenen freundlich behandelt zu werden.

«Stirbt sie, Mister?» fragte Aggie mit Tränen in den Augen.

Er lächelte traurig und nickte. «Sie ist sehr krank und wird's nicht mehr lange machen.»

«Dann müssen wir Ossie finden», sagte Josh tapfer.

«Und Ryder», stimmte Jigger zu, «wir müssen ihn kriegen, für das, was er Fletch getan hat.»

Sam lächelte. «Ich dank' euch von Herzen», sagte er aufrichtig. «Und wenn Ryder derselbe Mann ist, den ich suche, kann ich ihm das, was er mir angetan hat, vergelten.» Er schaute zu Beth hinauf: «Und wie steht's mit dir? Wirst du vor Gericht Zeuge sein?»

Sie zuckte zurück und schüttelte den Kopf. «Ich geh' bestimmt nich' in die Nähe von einem Gericht!»

«Du brauchst keine Angst zu haben. Ich steh' dir bei. Aber du bist der einzige Zeuge. Wir müssen Ryder packen und festnageln.»

Alle blickten nach oben, während Beth mit ihrem lebenslangen Haß gegen die Obrigkeit kämpfte. Zu guter Letzt aber, nach vielem Spucken und Fluchen, stieß sie hervor: «Ich tu's.»

Die übrigen Bandenmitglieder jubelten.

«Und wenn ich Ryder am Galgen hängen seh', spuck' ich ihm ins Gesicht», fügte sie hinzu, und zur Bekräftigung schickte sie gleich noch eine Ladung durch die Öffnung.

XXIX

Die Bande zog früh am nächsten Morgen los, um die Stadt nach Ossie und Ryder zu durchkämmen. Sam hatte ihnen strenge Anweisung erteilt, sich keinem von beiden zu nähern, sondern ihm oder Mr. Crabb Bescheid zu geben. Mit dem Geld, das er ihnen geschenkt hatte, gingen sie freudig in eine Bäckerei und kauften sich jeder eine Pastete, die sie gleich hinunterschlangen. Dann trennten sie sich zu je zwei Paaren, um die Suche weiter ausdehnen zu können. Jigger und Beth waren zusammen und Josh und Aggie. Gegen Mittag konzentrierten sie sich auf die vielen Leute, die sich auf dem Kirchplatz versammelten.

Josh, der neben der Kirche stand, entdeckte plötzlich Ryder bei der Molyneaux-Gesellschaft und eilte davon, um die anderen zu holen. Bis zum Ende des Gottesdienstes lungerten sie in der Nähe herum und folgten ihm dann zu einem Kaffeehaus. Für den Rest des Tages liefen sie ihm überallhin nach – zu Läden, Büchereien, einem Geldverleiher, Mietställen, einem Haus in Frog Lane, wo er sich umzog, und schließlich zu einem Gebäude in der North Parade.

Es war schon dunkel, als er endlich mit einer Gruppe elegant gekleideter Stutzer wieder herauskam und zu den Gesellschaftsräumen hinüber schlenderte. Beth nahm an, daß er dort den ganzen Abend verbringen werde, und schickte Josh und Aggie zum Unterschlupf, wo sie auf Sam warten sollten. Sie selbst und Jigger hielten währenddessen Wache.

Die Ankündigung von Ossies Auftritt im Bad war an diesem Tag in der Zeitung erschienen, und als Ryder ins «Simpson» hereinstolzierte, wurde er mit lautem Beifall begrüßt. Das war der Empfang, den er sich schon immer gewünscht hatte, und es bereitete ihm größtes Behagen zurückzuwinken.

Eine Zeitlang saß er neben Lady Venetia und ihrer Schwester. Er sprach sehr wenig, doch lächelte er hoheitsvoll in die Menge.

Es juckte ihn, ins Spielzimmer zu gehen, denn das Geld aus seinem Raub versiegte allmählich, weil er eine Kutsche gemietet und neue Kleider für seine Flucht gekauft hatte. Diese war für Sonntagnacht geplant. Er war sicher, daß er an den Tischen Glück haben würde, so entschuldigte er sich bei der ersten Gelegenheit und versprach, nicht zu lange zu bleiben.

Er ging direkt an Lord Molyneaux' Tisch und setzte den gesamten Inhalt seines Geldbeutels ein. Als die Elfenbeinkugel in seinem Feld zum Stehen kam, setzte er seinen Gewinn wieder darauf und gewann noch einmal. Sein Glück hielt weiter an, und innerhalb weniger Minuten hatte er zweitausend Guineen gewonnen.

Zu diesem Zeitpunkt begannen die Leute, sich zurückzuziehen. Aber Lord Molyneaux schien fest entschlossen, seinen Verlust zurückzugewinnen, und verdoppelte den Einsatz. Schließlich spielten nur noch Ryder und er gegeneinander.

Der junge Lord beugte sich über das Rad, sein Gesicht war schweißgebadet, gebannten Blicks wünschte er, die Elfenbeinkugel mit magischen Kräften auf sein Feld lenken zu können. Sein Gegner aber blieb kühl wie immer. Es schien ihn nicht im mindesten zu berühren, daß er jedesmal, wenn das Rad sich drehte, gewann und ein Vermögen anhäufte. Es dauerte nicht lange, und seine zweitausend Guineen waren auf zwanzigtausend angewachsen.

Der wohlbeleibte Mann versuchte, seinen Freund zur Aufgabe zu bewegen. Aber Lord Molyneaux war schon zu erregt, um aufzuhören. Sorglos forderte er Ryder zu einem Alles-oder-Nichts-Einsatz auf, dabei wollte er den Besitz von Highgrove gegen Ryders gesamten Gewinn setzen.

Die anderen Spieler merkten, daß eine Sensation in der Luft lag. Sie verließen ihre Tische und umringten Ryder, um zu sehen, was er tun würde.

Hier war nun die Möglichkeit, auf die er sein Leben lang gewartet hatte. Aber er war in echter Verlegenheit, denn jetzt war er ein reicher Mann und hatte genug Geld, um bis ans Ende seiner Tage ein bequemes Leben führen zu können, und er legte keinen Wert darauf, alles wieder zu verlieren. Andererseits hatte er doch den ganzen Abend Glück gehabt, und es würde nie eine bessere Chance geben, in den Besitz des Hauses zu gelangen, wo seine Mutter so schlecht behandelt worden war. Ihretwegen, aber auch um seiner selbst willen mußte er es wagen.

«Nun, Sir?» fragte Lord Molyneaux ungeduldig.

Ryder sah ihm mit einem Grinsen in das verschwitzte Gesicht. «Ich nehme an.»

Die Zuschauer schnappten nach Luft und beugten sich vor, um mitzubekommen, welches Feld die beiden wählten. Der Croupier warf die Kugel ins Spiel und drehte das Rad. Man hatte den Eindruck, sie würde besonders lange kreisen, und als das Rad schließlich stehenblieb, lag die Kugel auf Ryders Feld. Jemand schnaufte fassungslos.

Das Blut stieg Ryder in den Kopf, plötzlich fühlte er sich so leicht, daß er mit einer Hand am Tisch Halt suchen mußte. Er hatte es geschafft! Die Rache war vollendet!

Am liebsten hätte er es von allen Dächern heruntergeschrien. Aber seine eiserne Selbstkontrolle geriet keinen Moment ins Schwanken. Er gestattete sich nur ein schwaches Lächeln und ein kurzes Kopfnicken. «Pech, Mylord», sagte er so beiläufig, als hätten sie gerade ein Krickettspiel absolviert.

«Ich werde die Urkunden bis morgen bereit haben», murmelte der Stutzer.

Zitternd vor Wut stürmte er davon, der beleibte Mann watschelte bestürzt hinterher.

In absolutem Schweigen beobachteten die Zuschauer ihren Abgang. Jemand schlug Ryder auf die Schulter, und in diesem Augenblick brach ein Höllenlärm los, als sich alles um ihn drängte, um ihm zu seinem Erfolg zu gratulieren. Laut dankend und lachend schaufelte er seinen Gewinn zusammen und bahnte sich einen Weg zur Tür. Jetzt wollte er sich bis zum Umfallen betrinken und die Nacht bei Peg Draper verbringen.

Inzwischen hatten Sam und die jüngeren Kinder die Gesellschaftsräume erreicht. Jigger war allein draußen in der Menge zurückgeblieben. Er und Beth hatten Ryder früh herauskommen sehen, und Beth hatte darauf bestanden, ihm zu folgen.

Sam war enttäuscht, denn er hatte die Gelegenheit verpaßt, herauszufinden, ob Cardew und Ryder dieselbe Person waren. Aber wenigstens hatte die Bande Ryders Unterkunft in der Frog Lane entdeckt. Sam hatte sie gebeten, dort am nächsten Tag aufzupassen, falls Ossie drinnen versteckt gehalten würde. Josh wollte unbedingt hineinklettern und ihn suchen. Aber Sam war ganz und gar dagegen. «Das is' zu riskant», sagte er, als alle zusammen zum Versteck zogen, «ich möchte nicht, daß einer von euch in Gefahr gerät. Vielleicht bringt Beth Neuigkeiten mit.»

Sie lag zu diesem Zeitpunkt vor dem Bordell auf der Lauer. Eigentlich hatte sie keine Lust mehr zu warten. Sie hatte viele Männer aus- und eingehen sehen, aber der Mann, auf den es ihr ankam, hielt sich immer noch im Inneren auf. Wache zu halten war ein dummes Spiel, fand sie, und zur Polizei zu gehen genauso. Morgen würde sie in seine Wohnung klettern und ihn töten.

XXX

Charles Henshaw verließ seine Wohnung am Queen Square mit schweren Schritten, er eilte aber so rasch vorwärts, als sei ihm eine ganze Hundemeute auf den Fersen. Seine massive Gestalt schwankte hin und her, er stieß andere Fußgänger, die ihm im Weg waren, beiseite, ohne ihr wütendes Schimpfen zu beachten. Er konnte nur an eines denken: so schnell wie möglich in die North Parade zu gelangen.

Der Butler begrüßte ihn ungewöhnlich zurückhaltend und schien ihn nur widerwillig einlassen zu wollen. Aber der beleibte Mann war zu sehr von anderen Gedanken eingenommen, um das zu merken, und schob sich an ihm vorbei ins Haus.

«Sag Seiner Lordschaft, daß ich hier bin», keuchte er, als ihm ein Lakai aus dem Mantel half.

»Lord Molyneaux», erwiderte Jessup mit gedämpfter Stimme, «ist nicht hier.»

«Wo ist er?»

«Er ist heute früh nach London abgereist, Sir.»

«So was!» rief der Besucher höchst bekümmert.

«Dann melde deiner Herrin, daß ich sie zu sprechen wünsche.»

Jessup hüstelte. «Lady Molyneaux, Sir, ist auf ihrem Zimmer. Sie hat Befehl erteilt, daß sie für niemanden zu sprechen ist.»

«Ist sie krank?»

«Nun, nicht direkt, Sir.»

Der Dicke nickte. Einen Moment schien er unsicher, und nach mehrfachem Prusten und Schnauben sagte er: «Und was ist mit ihrer Schwester, kann ich sie sprechen?»

«Ich glaube, Lady Venetia ist angekleidet. Aber ich bin nicht sicher, ob sie jemanden empfangen wird.»

«Dann geh um Gottes willen und sieh nach. Sag ihr, ich muß sie sofort sprechen. Sofort!»

«Sehr wohl, Sir. Vielleicht habt Ihr die Güte, in der Bibliothek zu warten.»

Als der Butler sich umwandte, um ihn dorthin zu geleiten, packte Henshaw ihn am Arm. «Ich weiß, wo es ist, du Idiot! Hol endlich Lady Venetia. Beeil dich, Mann!»

Jessup nickte respektvoll, ging aber, wie sonst auch, gemessenen Schrittes zur Treppe.

Resigniert winkte Charles ab und stampfte durch die Halle in die Bibliothek. Mit einem tiefen Seufzer sank er in den großen Ohrensessel neben dem Marmorkamin. Obwohl man niemand in dem Raum erwartete, brannte auf dem Rost wie immer ein Feuer. Kaum hatte er sich hingesetzt, stand er auch schon wieder auf, durchmaß das Zimmer, das ringsum von Bücherregalen gesäumt war, und murmelte vor sich hin: «Es ist eine Katastrophe! Eine Katastrophe!»

Vor Aufregung geriet er ins Schwitzen, zog ein großes Taschentuch heraus und betupfte damit seine Stirn.

Er eilte immer noch hin und her, als plötzlich die Tür aufgerissen wurde und Lady Venetia hereinrauschte. Ihr rotes Haar schien in Flammen zu stehen, ihre Wangen waren gerötet.

«Wie Jessup mich informiert, wünscht Ihr mich zu sehen», kam sie ihm zuvor. Sie hielt sich sehr gerade, ihre Hände hatte sie gefaltet.

Er grüßte sie mit einer höflichen Verbeugung: «Sehr freundlich von Euch, Madam», murmelte er. «Ich hatte gehofft, Lord Molyneaux anzutreffen. Doch wie ich höre, ist er abgereist, und man sagte mir, Lady Diana fühle sich nicht wohl. Unter diesen Umständen ...»

«Was wünscht Ihr mir mitzuteilen?» unterbrach sie ihn.

Verlegen trat er von einem Fuß auf den anderen und betupfte seinen Nacken mit dem Taschentuch. Dann riß er sich zusammen, räusperte sich und sagte kurz entschlossen: «Ich bedaure, schlechte Nachrichten zu überbringen, Madam. Eine Nachricht, die ich Euch gern erspart hätte, aber Ihr hättet es schließlich doch erfahren müssen.» Er hielt abrupt inne.

«Was für Nachrichten?» fragte sie. «Gibt es denn noch Schlimmeres als das, was gestern geschah?»

Er warf ihr einen verzweifelten Blick zu.

«Darf ich Euch vorschlagen, Platz zu nehmen? Ich fürchte, was ich Euch zu sagen habe, wird Euch beunruhigen.»

«Nun denn», seufzte sie und wählte einen Stuhl an dem ovalen Tisch in der Mitte des Raumes. «Jetzt fangt um Himmels willen endlich damit an!»

Er machte eine Bewegung auf sie zu, verharrte dann aber. «Madam, Ihr müßt verstehen», begann er zögernd und neigte seinen schweren Körper vor, «mein ganzes Sinnen gilt Eurem Wohlergehen, Eurem Glück. Ich hege die höchste Hochachtung für Euch, obgleich ich nur allzugut weiß, daß wir in vielen Dingen nicht übereinstimmen und daß Ihr mich nur als Freund Eures Schwagers toleriert.»

«Kommt zur Sache, Sir», sagte sie ungeduldig.

«Nun also, um es kurz zu machen, ich muß Euch mitteilen, daß ich soeben aus Irland eine Nachricht erhalten habe, aus der eindeutig hervorgeht, daß in der Grafschaft Wexford keine Familie von Vermögen und Stand mit dem Namen Ryder existiert.»

Einen Moment starrte sie ihn mit leerem Blick an, dann senkte sie die Augen. Ganz still saß sie, und wie die Farbe langsam aus ihren Wangen wich, bekam ihr Gesicht zunehmend ein wächsernes Aussehen; es errötete von neuem, als die heiße Woge der Erregung wieder zurückflutete. «Wie seid Ihr zu dieser Kenntnis gelangt?» fragte sie mit kalter Stimme.

«Es war die Antwort auf einen Brief, den ich vor einigen Wochen einem vertrauenswürdigen Freund schrieb, ein Mann von Ehre, den ich seit vielen Jahren kenne. Ich bat ihn, diskrete Nachforschungen über Ryders Familie anzustellen.»

«Dazu hattet Ihr kein Recht!» rief sie zornig.

«Ich versichere Euch, es geschah in bester Absicht. Ich hoffte wirklich, mein Verdacht würde sich als grundlos erweisen, und alles, was Captain Ryder von sich behauptete, sei wahr. Aber der Brief, den ich heute früh erhielt, bestätigte meine schlimmsten Befürchtungen. Captain Ryder hat Euch getäuscht, Madam. Er hat keine Familie, keinen Besitz. Ich bezweifle sogar, daß er ein durch Patent bestallter Offizier der Armee Seiner Majestät ist.

Zu meinem größten Bedauern, Madam, muß ich Euch mitteilen, daß er ein Betrüger ist.»

«Aber ein sehr wohlhabender», bemerkte sie ironisch.

Er nickte. «Wie sehr habe ich Lord Edward angefleht, Schluß zu machen. Aber er wollte nicht hören. Zweifelsohne ist er nach London zu seinen Anwälten gereist.»

«Eher um sich zu verstecken. Der Feigling! Er und Diana hatten einen heftigen Streit, der fast die ganze Nacht andauerte. Sie macht eher ihn als Ryder für den Verlust von Highfield verantwortlich.»

«Ach du großer Gott!» rief er und langte sich mit beiden Händen verzweifelt an den Kopf. «Dieser Kerl!»

Es entstand langes Schweigen. Währenddessen saß Lady Venetia steif und aufrecht da, und Charles Henshaw wartete bekümmert, ob sie nicht endlich den Tränen nachgeben würde. Aber sie war aus härterem Stoff; immer wenn es eine Krise gab, kam ihr ihre Ironie zu Hilfe.

«Was sind wir doch für Dummköpfe!» sagte sie schließlich. «Was soll jetzt aus uns werden?» Sie beantwortete ihre Frage selbst mit einem bitteren Lachen. Dann stand sie auf und ging zum Fenster.

«Was werdet Ihr tun?» fragte er besorgt.

Sie antwortete nicht, blieb aber mit dem Rücken zu ihm gewandt stehen und starrte aus dem Fenster.

Bei genauerem Hinschauen bemerkte er, wie ihre Schultern zitterten, und dachte, daß sie nun endlich weinte. Er überlegte, ob er versuchen sollte, sie zu trösten, aber dann beschloß er, im Hintergrund zu bleiben. Das war nur gut, denn sie vergoß gar keine Tränen. Sie lachte über sich selbst, über ihre eigene Dummheit.

Immer hatte sie ihre Unabhängigkeit über alles gestellt, immer hatte sie frei ihre Meinung gesagt und sich nie darum geschert, was die Leute denken könnten. Und an dummen Frauen, die mit selbstsüchtigen Männern Schwierigkeiten bekamen, hatte sie ihren Zorn ausgelassen. Und da stand sie nun und war auch nicht anders. Sie hatte zugelassen, daß ein Scharlatan, ein Mitgiftjäger sie betrog. Ja, sie hatte sogar zugestimmt, mit ihm auf und davon zu gehen! Und das alles nur, weil sie in einem Anfall von Schwäche gefürchtet hatte, die Achtung der anderen zu verlieren, wo sie doch hätte wissen müssen, daß ihre Selbstachtung wichtiger war.

Nach all dem würde es für sie schwer sein, mit sich wie bisher weiterzuleben. Aber wegzulaufen war keine gute Lösung. Sie mußte sich aufrichten und die Sache durchmachen, wenn sie ihr Selbstwertgefühl je wiederherstellen wollte. Eine Heirat mit Ryder kam nun nicht mehr in Frage. Sie mußte einen Ausweg finden, ohne sich und ihre Familie noch mehr lächerlich zu machen. Das war nicht leicht. Er hatte sich die Zuneigung ihrer Schwester erschlichen und wurde allgemein bewundert.

«Ihr dürft niemandem davon erzählen», sagte sie und wandte sich um. «Auch nicht Edward oder Diana.»

«Aber sie müssen es doch wissen!»

«Ich bestehe darauf, daß es zwischen uns ein Geheimnis bleibt. Niemand außerhalb dieses Zimmers darf je davon erfahren.»

«Gut», sagte er widerstrebend. «Aber seid Ihr sicher, daß das klug ist? Vielleicht braucht Ihr Hilfe?»

Sie nickte. «Kann ich auf Eure Unterstützung zählen?»

«Selbstverständlich. Ihr müßt mich nur fragen, und ich werde es tun. Soll ich ihn zum Duell fordern?»

Sie lachte und schüttelte den Kopf. «Ich glaube, dann wärt Ihr bald ein toter Mann. Ihr seid eine zu gute Zielscheibe.»

Verzagt blickte er auf seinen mächtigen Bauch. «Was kann ich statt dessen tun?»

«Benehmt Euch, als sei nichts geschehen. Es ist äußerst wichtig, daß Ryder keinen Argwohn hegt.»

«Ist das alles?»

Sie blickte wieder nachdenklich aus dem Fenster. «Ihr könnt noch etwas tun. Nicht für mich, aber für Captain Ryders Neffen.»

«Wenn der Junge sein Neffe ist.»

Sie nickte. «Ihr werdet Euch erinnern, daß Captain Ryder, oder wie auch immer sein Name ist, beabsichtigt, seinen Neffen am Sonntag nach Irland zurückzuschicken. Zu seiner Familie.»

«Aber es gibt keine Familie.»

«Genau. Deshalb fürchte ich um die Sicherheit des Jungen. Ich wage gar nicht, daran zu denken, was Ryder mit ihm vorhat, aber es muß um jeden Preis verhindert werden! Der Junge hat eine bemerkenswerte Stimme. John Stanley war voll des Lobes wegen seines Talents, und er glaubt, daß er eine große Zukunft vor sich hat.»

«Weiß man denn, wo er sich befindet?»

«Ich nehme an, in Ryders Wohnung. Aber ich glaube nicht, daß ihm vor seinem Auftritt im Bad etwas passiert. Könnt Ihr arrangieren ... nun wie soll ich's sagen, ... daß er danach ... nun, aufgesammelt und nach London gebracht wird? Ich bin sicher, die Stanleys werden sich seiner annehmen.»

«Nichts leichter als das, Madam. Ich werde Ryder anbieten, daß sein Neffe mit meiner Kutsche gebracht und danach wieder in die Stadt mitgenommen wird.» Beim Gedanken an das bevorstehende Unternehmen kicherte der dicke Mann, daß sein Bauch schwabbelte. «Aber wir müssen uns eine List einfallen lassen», sagte er und wurde gleich wieder ernst, «damit Ryder im Bad bleibt, während die Kutsche den Jungen abholt.»

«Überlaßt das nur mir», meinte sie zuversichtlich.

In diesem Augenblick hörte man unten an der Tür die Glocke anschlagen.

«Wer in aller Welt ist das?» murmelte sie etwas ungehalten.

«Ihr dürft Euch keinesfalls irgendeiner Gefahr aussetzen», griff er das Gespräch wieder auf.

«Ich kann auf mich selbst aufpassen», erwiderte sie pikiert. Mit halbem Ohr lauschte sie auf die Stimmen in der Halle. «Ich glaube, er ist es!» Sie setzte sich hin und bedeutete ihm mit einer Handbewegung, das gleiche zu tun. Er machte einen Satz zu einem Stuhl und hatte sich gerade darauf niedergelassen, als jemand an die Tür klopfte und gleich darauf Jessup eintrat.

«Captain Ryder, Madam», sagte der Butler unsicher. «Wollt Ihr ihn empfangen?»

«Aber natürlich, Jessup, führ ihn herein.»

Er nickte und trat vor die Tür.

«Denkt dran», flüsterte sie Charles Henshaw zu, «tut, als sei nichts geschehen.»

«Captain Ryder», meldete der Butler, im gleichen Augenblick war der Genannte auch schon im Zimmer und blickte ein wenig verlegen drein.

«Guten Morgen, Sir», sie lächelte. «Wie nett, daß Ihr mich besucht.»

«Es ist mir wie immer ein Vergnügen, Madam», erwiderte er und neigte sich, um ihre ausgestreckte Hand zu küssen. «Ach! Wen haben wir denn da? Charlie! Ich hätte nicht erwartet, Euch hier zu treffen. Das erhöht das Vergnügen.» Rasch wanderten seine Augen von einem zum andren. «Ich habe doch hoffentlich nicht eine intime Unterhaltung gestört?»

«Nicht im geringsten», versicherte sie. «Wir freuen uns, daß Ihr uns Gesellschaft leistet. Bitte, nehmt Platz. Möchtet Ihr Tee oder Schokolade?»

«Ausgeschlossen, Madam, ich komme gerade vom Frühstück.» Er klopfte sich auf den Bauch, um anzudeuten, wieviel er gerade zu sich genommen habe. In Wirklichkeit aber litt er noch unter den Orgien der letzten Nacht bei Peg Draper.

«Oh, dann braucht Ihr nichts mehr bis zum Essen», sagte sie heiter.

Charles Henshaw beobachtete ihre Verstellung mit Bewunderung. Er fragte sich, wie sie sich nur so zwanglos geben konnte.

«Ich bin erleichtert, Euch so vergnügt zu sehen», sagte Ryder. «Ich fürchtete schon, Ihr wäret wegen gestern abend in Aufregung. Ich bin auch nur gekommen, weil Lord Molyneaux ankündigte ...»

«Was zwischen Euch und Edward vorgefallen ist, braucht uns keine Sorgen zu machen», unterbrach sie ihn. «Charles und ich sprachen über den Auftritt Eures Neffen morgen im Bad. Er hat Euch einen Vorschlag zu machen. Ich bin sicher, daß Ihr damit einverstanden seid.» Sie warf Henshaw einen bedeutungsvollen Blick zu. «Sagt es ihm, Charles.»

«Wir haben ihn gefunden, Mr. Webb!» rief Josh und sauste die Leiter hinunter.

«Wir haben ihn gefunden!» stimmten Jigger und Aggie ein, die ihm folgten.

Mr. Crabbs Hund bellte vor Aufregung, als sie zu Sam und dem alten Krüppel gerannt kamen, die gerade aufgetaucht waren.

«Wo?» fragte Sam ganz ungeduldig.

«In der Vicarage Lane», erwiderte Josh. «Ich und Aggie sind Ryder dahin gefolgt.»

«Wir haben Ossie singen gehört», sagte sie glücklich.

«Er war's bestimmt», bestätigte ihr Bruder.

«Fein!» Sam sah sehr froh aus. «Das habt ihr gut gemacht. Ich hab's gewußt, daß ihr ihn findet.»

Sie grinsten stolz, als er seine Laterne auf einer alten Tonne abstellte.

«Wem gehört das Haus?» erkundigte sich Mr. Crabb.

«Keine Ahnung», Josh zuckte die Achseln. «Aber es is' kinderleicht, reinzukommen.»

«Keiner klettert rein», sagte Sam bestimmt. «Wir halten Wache und schnappen ihn, wenn er rauskommt.»

«Das kann Tage dauern», jammerte Jigger.

«Das tut's nich'», mischte sich Mr. Crabb ein. «Morgen kommt er raus.»

«Morgen?» Sam runzelte die Stirn.

«Für das Zeug da.»

«Was für'n Zeug?»

«Habt Ihr nix davon gehört?»

Sam schüttelte den Kopf. «Hab' den ganzen Tag gearbeitet.»

«Alle Welt weiß davon», sagte Mr. Crabb auf ihre fragenden Blicke hin. «Man hat mir erzählt, daß es sogar in der Zeitung steht.»

«Was denn?» fragte Sam.

«Daß Ossie morgen im Bad singt. Keiner erwähnt seinen Namen, alle reden von Captain Ryders Neffen. Also muß er es sein. Sie sagen, er kann mit seiner Stimme Wunder vollbringen.»

«Wunder!» Die Kinder lachten.

«Hab' schon gedacht, ich geh' auch hin», kicherte der alte Krüppel.

«Wann is' denn das Zeug?»

«Um acht.»

Sam biß sich auf die Lippen. Die Gelegenheit war zu gut, um

sie zu verpassen, und er konnte es nicht ganz den Kindern überlassen. Andererseits wäre Jack zu Recht wütend, wenn er am Morgen nicht zur Arbeit erschien, vielleicht würde er ihn sogar entlassen. Vielleicht aber war die Zeit auch reif, daß er kündigte und heimkehrte. Nachdem er nun so viele Monate von zu Hause fort war, hatte er große Sehnsucht, seine Familie wiederzusehen. Und er würde es wagen, obwohl er als Gesetzesflüchtling heimlich hingehen müßte.

«Wir gehen früh zu dem Haus», sagte er, «und schnappen ihn.»

«Zu welchem Haus?» erklang eine scharfe Stimme hinter ihnen. Sofort drehten sich alle um.

«Wo warst du?» schalt Jigger, als Beth im Lichtkreis erschien.

«Geht dich nix an», erwiderte sie bissig und spuckte auf seine Füße. «Welches Haus?» fragte sie Sam.

«In der Vicarage Lane.»

«Wir haben Ossie dort gefunden», grinste Josh.

«Da is' er jetzt aber nich'.»

«Nicht?» rief Sam. «Wo denn dann?»

«In Ryders Wohnung in der Frog Lane.»

«Das denkt sie sich aus», spottete Jigger.

«Stimmt nich'. Hab' gesehn, wie er aus der Sänfte gestiegen is' mit so einem kleinen Frettchenmann, und dann sind sie reingegangen.»

«Haben sie dich gesehen?» Sam blickte sie nachdenklich an.

«Kaum. Ich war auf dem Dach.»

«Ich denk', ich hab' gesagt, daß nich' reingeklettert wird», fuhr Sam auf. «Warst du hinter Ossie her?»

Verlegen scharrte sie mit dem Fuß und weigerte sich zu antworten.

«Wenn du hinter Ryder her warst», schimpfte Mr. Crabb, «dann bist du noch dümmer, als ich gedacht habe. Meinst wohl, du bist stärker als er? Du würdest genauso umkommen wie Fletch.»

«Würde ich nich'!» schrie sie außer sich. «Wenn die Fenster nich' zugewesen wären, hätt' ich ihn erwischt und getötet. Damit!» Sie riß ein Messer heraus, das sie von einem Metzgerstand auf dem Markt gestohlen hatte.

«Gib das sofort her!» befahl Sam und entwand es ihrer Hand. «So, und jetzt hör mir mal gut zu», sagte er streng. «Wir müssen alle zusammenarbeiten. Sobald Ossie in Sicherheit ist, können wir uns auf Ryder konzentrieren. Aber wir werden es nach dem Gesetz tun! Stell dir vor, du wirst ermordet! Dann kannst du uns nichts mehr nützen. Du bist die einzige Zeugin. Also Schluß mit dem eigenmächtigen Handeln. Verstanden?»

Sie warf ihm einen vorwurfsvollen Blick zu, dann nickte sie, aber sehr widerwillig.

«Und vergeßt nicht, jetzt nützt der erste Plan nichts mehr, also müssen wir uns einen neuen ausdenken.»

«Schnappen wir ihn doch im Bad», schlug Josh vor, «so wie beim letzten Mal.»

«Ja!» stimmte Jigger zu.

«Was meint Ihr, Mr. Crabb?» fragte Sam zweifelnd.

«Jedenfalls werden dort viele Leute sein. Und wenn ihr ihn kriegt, ist es für die andren schwer, euch zu fassen.»

«Also machen wir's dort», sagte Sam entschlossen.

XXXI

Gerade als die Kirchenglocke sechs Uhr schlug, eilte Sam in den Kirchhof, wo ihn Mr. Crabb und sein Hund zusammen mit Jigger und Aggie erwarteten; sie hatten in einem Eingang Schutz gesucht. Es war noch dunkel, und ein feiner Regen fiel, der alles durchnäßte.

«Wo sind Beth und Josh?» fragte er.

«Die sind um die Ecke gegangen, um reinzukommen.»

«Ich hab' doch gesagt, alle sollen zusammenbleiben.»

«Sie haben's schon mal gemacht.»

Sam seufzte und blickte über den Hof. In dem durch die Fenster der Trinkhalle dringenden Kerzenschein bemerkte er viele Leute, die ins Kings Bath strömten. «Los, kommt!» befahl er und ging voran.

Sie sammelten sich am Fuß der Treppe zum Haupteingang, und im Dämmerlicht sahen sie eine schier endlose Prozession Kranker hineingehen.

«Was hat Euch aufgehalten?» fragte Mr. Crabb, um etwas zu sagen.

«Mußte mit meinem Partner reden», antwortete Sam. «Hab' ihm die Kündigung gegeben.»

Der alte Mann verzog sein Gesicht. «Habt die Arbeit hingeschmissen?»

«Es is' nur recht.» Sam lächelte. «Wenn hier alles vorbei is', geh' ich heim.»

Als es allmählich heller wurde, nahm der Regen zu. Aber das schien die Massen von Menschen überhaupt nicht abzuhalten, die lärmend Einlaß begehrten. Es waren nicht nur Gebrechliche, sondern nun kamen immer mehr Leute, die lediglich bei dem Spektakel dabeisein wollten.

Die Molyneaux-Gesellschaft gehörte zu den ersten. Ryder war nicht unter ihnen, aber der dicke Mann. Die Wette war in Lord Molyneaux' Abwesenheit für null und nichtig erklärt worden. Lady Venetia machte eine eindrucksvolle Figur in ihrem bestickten Mantel, den sie über einem schwingenden, grünen Kleid trug. Ausnahmsweise stellte sie ihre Schwester in den Schatten, die sehr blaß und niedergeschlagen aussah.

Gegen sieben Uhr hatte die Zahl der Leute und Sänften derart zugenommen, daß die Kutschen nicht mehr durchkamen und ihre Fahrgäste in nahe gelegenen Straßen absetzen mußten.

Eine halbe Stunde später begannen die Kirchenglocken zu läuten. Es ging das Gerücht, sogar der Bischof werde teilnehmen.

Die Menge auf dem Kirchplatz hatte ungeheure Ausmaße angenommen. Viele Leute wurden am Eingang abgewiesen, nicht einmal Aristokraten konnten sich den Zugang erkaufen, auch sie mußten draußen im Regen bleiben.

In der Trinkhalle spielte das Orchester kräftig auf, aber es ging in dem kolossalen Getöse unter. Der Balkon und die Terrassen, von wo man das Becken überblicken konnte, waren so überfüllt, daß kaum Platz zum Atmen blieb. Auch aus den Fenstern der umliegenden Häuser beugten sich Menschen. Im Becken selbst waren die Badenden derart eingepfercht, daß sich jeder nur mit großer Anstrengung über Wasser halten konnte.

Kurz vor acht Uhr entlockte das Auftreten von Lakaien in der Toreinfahrt den Umstehenden lauten Jubel, der rasch zu tosendem Beifall anschwoll, als Charles Henshaws Kutsche auf den Platz rumpelte. Viele Leute wurden fast erdrückt, als man sie zurückdrängte, um Platz zu schaffen, und gleich wogte die Menge wieder nach vorn, um wenigstens einen flüchtigen Blick auf den Jungen zu erhaschen.

Ryder wollte unbedingt im Mittelpunkt der Aufmerksamkeit stehen, so lehnte er sich aus dem Fenster und winkte den Massen zu. Er hatte keine Ahnung, daß man ihm auf die Schliche gekommen war. Mr. Gimlett war von ihm beauftragt worden, Ossie am Vorabend in seine Wohnung zu bringen, damit die Behauptung, er sei Ossies Onkel, glaubwürdig wäre. Die Gimletts waren sehr zeitig erschienen, um Ossie anzukleiden, und der Musiker war nun mit in der Kutsche und starrte erstaunt auf das wogende Meer von Gesichtern. Der kleine Junge, den alle sehen wollten, saß in seinem blauen Samtanzug zwischen ihm und Ryder. Verwirrt und verschreckt von dem aufgeregten Lärmen ringsum, kauerte er sich zusammen.

«Ist alles in Ordnung?» fragte der Musiker.

Ossie nickte scheu. «Ich wollt', Ihr würdet mich begleiten.»

«Das Spinett würde sich gleich verstimmen bei der Hitze und dem Dampf. Mach dir keine Sorgen, Bursche, ich bleib' bei dir.»

Sam, der ständig von Leuten angerempelt wurde, zitterte vor Zorn, als er die Gestalt aus der Kutsche winken sah. Jetzt war er sicher, daß Cardew und Ryder dieselbe Person waren. Kein Wunder, daß Jacks Nachforschungen nichts ergeben hatten. Er konnte es kaum erwarten, Hand an ihn zu legen. Aber Ossie hatte vor allem anderen Vorrang. Die Sache würde nicht einfach sein bei den vielen Leuten und einer regelrechten kleinen Armee kräftig aussehender Schutzleute, die auf der Treppe neben den Ordnungsbeamten des Bades standen.

Als die Kutsche schließlich vor dem Eingang hielt, drängte die Menge so dicht heran, daß die Lakaien den Wagenschlag nicht öffnen konnten. Erst mußten die Schutzleute herbeieilen und die Menschen mit ihren Knüppeln zurücktreiben. Sam machte den verzweifelten Versuch, zur Kutsche zu kommen, aber es gelang ihm nicht. Mr. Crabb, der Aggie hochgehoben hatte, wurde umgestoßen, und Jigger war vollständig eingekeilt. Hilflos mußten sie zusehen, wie Ryder ausstieg und den Massen zuwinkte.

«Cardew!» schrie Sam plötzlich voll Zorn, aber seine Stimme ging im Jubel und dem ungeheuren Aufschrei unter, als Mr. Gimlett dem Knaben heraushalf, den zu sehen alle gekommen waren. «Ossie!» schrien Sam und Jigger, so laut sie konnten, und für den Bruchteil einer Sekunde schien es, er habe sie gehört, denn er wandte sich in ihre Richtung, bevor er ins Innere befördert wurde. Als sich hinter ihnen die Türen schlossen, durchlief ein enttäuschtes Seufzen die Reihen. Viele hatten ihn nicht zu Gesicht bekommen.

«Es is' hoffnungslos», sagte Sam, als sie wieder beieinander waren. Er rieb sich die Schulter, wo ihn ein Knüppel getroffen hatte.

«Ich konnt' mich nich' rühren», klagte Jigger.

«Is' alles in Ordnung?» fragte Mr. Crabb, als er Aggie absetzte.

Sie nickte und klammerte sich an seine Hand.

«Hoffen wir, daß die anderen mehr Glück haben», murmelte Sam grimmig.

Beth und Josh waren durch ein Fenster geklettert und versteckten sich in einem Umkleideraum für Männer unter einem Tisch, der bis oben voll Kleider war, die Badende dort hingeworfen hatten, weil sie keine freien Haken mehr finden konnten. Hier saßen sie nun schon eine ganze Weile fest, das Empfangskomitee, das aus Beau Nash, verschiedenen Stadträten, einem schon älteren Chorherrn der Abtei und mehreren Geistlichen bestand, versperrte ihnen den Weg. Klugerweise hatte der Bischof beschlossen, nicht teilzunehmen.

«Das ist ja das reinste Tollhaus», keuchte der Ordnungsbeamte, der die Besucher hineingeleitete. «Er muß nachher durch die Hintertür gehen.»

«Und die Menge enttäuschen?» widersprach Ryder.

«Ich denke an die Sicherheit des Knaben.»

«Das wäre bestimmt klug», stimmte Nash zu.

«Nun gut», sagte Ryder achselzuckend.

«Ich lasse die Kutsche hinbringen, Sir. Wir machen das ganz ruhig und so, daß es da draußen niemand mitbekommt.»

Der Beamte beauftragte einen Wärter, die Sache in die Wege zu leiten.

Beth und Josh blickten sich unter dem Tisch an. Es war zum Wahnsinnigwerden: Sie sahen Ossies Beine und kamen nicht ran.

Nach einer einführenden, hastig hingeworfenen Rede und ein paar frommen Worten vom Stiftsherrn folgte die Gruppe dem Beamten nach draußen.

«Wir müssen den anderen sagen, daß er die Hintertür benützt», flüsterte Josh.

«Geh du, ich bleib' hier.»

Er nickte und lugte unter dem Tisch hervor. Die alten Wärterinnen standen an der Tür und schauten der Gruppe nach, die sich auf das Becken zu bewegte. Während sie ihm den Rücken zudrehten, machte er einen Satz zur anderen Tür und rannte den Gang entlang.

Ossie wurde von seinen Begleitern mitgerissen, hilfesuchend klammerte er sich an Mr. Gimlett. Er haßte die ganze Idee, daß er im Bad singen sollte. Er hatte auch nur zugestimmt, weil Mr. Gimlett immer wieder behauptete, daß es unglaublich wichtig für seine Zukunft sei. Aber er hatte doch niemals so viele Leute erwartet. Glaubten sie wirklich, er sei ein Wunderheiler?

Als er auf der Treppe erschien, ging ein solcher Jubel durch die Menge, daß Ossie schwankte, und es dauerte mehrere Minuten, bis der Lärm verebbte. In der Trinkhalle verstummte das Orchester, und in der Ferne verhallten die Glocken, die gerade acht Uhr geschlagen hatten. Beim letzten Ton war die ganze große Gemeinde still und ruhig, nur ab und zu hörte man ein Baby schreien.

«Laßt uns beten», dröhnte die Stimme des Chorherrn. Die Zuschauer neigten ihre Köpfe, und die im Wasser taten ihr Bestes, um angemessen ehrfürchtig auszusehen. «Wir kommen heute zusammen im Angesicht des Allmächtigen Gottes, um zu danken für die Wunder, welche sein Sohn vollbracht hat, indem er die Kranken heilte und die Bedürftigen tröstete. Wir beten, daß Er die Siechen heute gesund machen möge durch dieses Kind, dem er die Gabe verliehen hat zu singen. Amen.»

«Amen!» donnerte die Menge, und aller Augen blickten erwartungsvoll auf die kleine Gestalt auf der Treppe.

Ossie wußte, jetzt war es soweit. Jetzt mußte er singen, aber vor Scheu und Ehrfurcht zögerte er anzufangen. Er fuhr sich mit der Zunge über die trockenen Lippen.

«Kann ich die Perücke abnehmen?» murmelte er aufgeregt.

«Wenn es sein muß», zischte sein Entführer.

Jubel tönte aus den Reihen der Molyneaux-Gesellschaft, als er Hut und Perücke abnahm.

«Komm, fang an, Bursche», drängte Mr. Gimlett.

Ossie nickte, aber er konnte immer noch nicht beginnen.

«Komm, Engel!» rief eine schrille Stimme vom Wasser her.

Ossies Gesicht erhellte sich. «Lizzie! Bist du's?»

«Ich bin hier, Engel. Sing das mit dem Schwan!»

Ryder blickte das Mädchen wütend an, während die Würdenträger empört zischten. Aber Ossie grinste vor Freude beim Klang ihrer Stimme.

Und auf einmal war nur noch sie für ihn da in der ganzen großen Menge. Er ließ das geplante Programm außer acht, holte tief Atem und hob an:

> «Der Silberschwan konnt' im Leben nicht singen ...»

Seufzer und Schluchzer kamen von den Badenden, als seine Stimme ringsum widerhallte. Die Zuschauer drängten vor, um zu sehen, wer zuerst geheilt würde.

> «Doch als der Tod sich naht',
> ward seine stumme Kehl' geweckt ...»

«Ich bin geheilt! Ich bin geheilt!» schrie eine Frau hysterisch, schlug im Wasser um sich und spritzte die nächsten Badenden naß.

Verwirrt durch die Störung, hörte Ossie auf.

«Mach weiter!» befahl sein Entführer.

«Weiter!» riefen die Würdenträger.

«Weiter Engelsstimme!» rief Lizzie, und die Menge stimmte ein: «Engelsstimme! Engelsstimme!» bis Nash vortrat und Ruhe gebietend die Hände hob.

Kaum hatte Ossie weitergesungen, als auch schon von der Terrasse her ein Mann rief: «Es ist ein Wunder! Ich kann gehen!» Es gab entrüstete Schreie, als er seine Krücken auf die Badenden herabwarf.

Ryder betrachtete das Geschehen und kicherte, das Ganze bereitete ihm ein höllisches Vergnügen. Er hatte ja immer gewußt, daß Ossie ein Erfolg sein würde, aber dies hier übertraf all seine Erwartungen. Er glaubte genauso wenig an Wunder wie Lady Venetia, aber was spielte das für eine Rolle, wenn alle anderen den Jungen für einen Wunderheiler hielten.

Er bedauerte fast, daß sein Schützling in wenigen Stunden in einem unbekannten Grab liegen würde. Aber er war ein gefährliches Hindernis in seinem neuen Dasein als Herr von Highfield; um keinen Preis durfte er am Leben bleiben. Abgesehen davon, würde es seinen eigenen Ruf nur erhöhen, wenn der Knabe verschwand. Er würde als der Mann gefeiert werden, der den Knaben mit der Engelsstimme in die Gesellschaft eingeführt hatte. Was für ein Hohn, dachte er, wo er doch so gar kein Ohr für Musik hatte!

Ossie kämpfte sich zum Ende des Liedes durch, und während alles klatschte und jubelte, flüsterte Lady Venetia Charles Henshaw etwas zu und verließ den Balkon.

Trotz des Regens wirkte der Kirchplatz festlich. Straßenverkäufer trieben lauthals ihren Handel, Künstler aller Art unterhielten die Menge, während alles darauf wartete, daß der Junge herauskam. Josh mußte sich mühsam einen Weg zu den anderen bahnen; die ganze Gruppe saß völlig durchnäßt auf den Stufen und suchte unter Sams Umhang Schutz. Die Kutsche war verschwunden, aber ein paar triefende Schutzleute standen noch als Wache vor der Tür.

«Ihr seid an der falschen Stelle», keuchte er. «Ossie kommt zum Hintereingang raus.»

«Was?» rief Sam.

«Wir haben ein paar Stutzer belauscht. Ich bin gleich gerannt, um es euch zu sagen. Beth is' noch dort.»

«Also deshalb ist die Kutsche verschwunden.»

«Die is' bestimmt auf der andren Seite. Los! Beeilt euch!»

Alle erhoben sich, außer Mr. Crabb.

«Kommt!» drängte Sam.

Der alte Krüppel schüttelte den Kopf. «Ich halt' euch nur auf.»

«Nun, wenn Ihr meint», sagte Sam widerstrebend. Er ergriff Aggies Hand und eilte den Jungen hinterher.

Kaum waren sie fort, da stürzte Lady Venetia aus der Tür. Sie hatte Ryder in der Trinkhalle abfangen wollen, doch war sie äußerst bestürzt, als sie die Kutsche nicht mehr durch das Fenster sah. Und als sie nun auf der Treppe stand, stellte sie mit Entsetzen fest, daß sie verschwunden war.

«Wo ist die Kutsche?» fragte sie den Nächstbesten, der ausgerechnet Mr. Crabb war.

«Auf der andren Seite, um die Ecke», brummte er.

«Auf der Rückseite?» wiederholte sie betroffen. «Wollt Ihr damit sagen, daß es eine Hintertür gibt?»

Er nickte lauernd.

«Wie komme ich dahin?»

Für den alten Krüppel, der sein Leben lang gebettelt hatte, war diese Gelegenheit zu günstig, als daß er sie ungenützt hätte verstreichen lassen. «Is' ein bißchen schwierig zu sagen, M'lady», murmelte er und streckte ihr die Hand hin.

Sie wühlte in ihrem Geldbeutel, nahm die erste Münze, die ihr in die Finger kam, und gab sie ihm.

Er grinste, als er den Silberflorin sah. «Das macht's leichter, M'lady.» Er deutete auf den Torbogen. «Geht zur Stall Street. Biegt links ab. Es ist die erste Gasse auf der linken Seite.»

Sie nickte und verschwand durch die Menge.

Der alte Krüppel frohlockte und biß auf die Münze. «Hätt' uns entgehn können», brummelte er und nickte seinem Hund einvernehmlich zu.

Im Umkleideraum schaute Beth unter dem Tisch hervor und fluchte über die alten Wärterinnen, die noch immer die Türen zum Bad blockierten. Ossie war jetzt beim dritten Lied, und wenn sie nicht bald an ihn rankäme, würde es zu spät sein. Denn sobald sein Auftritt vorüber war, würden ihn die Leute sicher umringen. Sie starrte auf die alten Frauen, als könnte sie sie magisch zum Gehen bewegen, und als wäre ihre Bitte erhört worden, murmelte eine: «Es is' bald zu Ende. Wir sollten lieber die Handtücher zurechtlegen.»

Beth sah ihre Röcke vorbeistreifen, und als sie in der kleinen Kammer verschwunden waren, wo die Handtücher aufbewahrt wurden, kroch sie unter dem Tisch hervor und flitzte zum Becken.

«Einst liebt' ich ein' hübschen, braven Vogel,
und dacht', er sei ganz mein …»

Die Situation wurde zur Farce, als jetzt viele Badende schrien: «Ich bin geheilt!» und die Rüpel unter den Zuschauern lachten und johlten, so daß man Ossie kaum noch hören konnte. Aber desungeachtet machte er weiter. Er sang ohne echtes Gefühl, nur, um es hinter sich zu bringen:

«Doch liebt' er eine andre
weitaus mehr als mich
und flog davon ...»

Er schrie vor Schreck, als er plötzlich von hinten gepackt und die Treppe hochgezerrt wurde, wobei er Hut und Perücke fallenließ.

Die Menge brauchte einen Moment, bis sie merkte, was geschehen war. Dann fing alles auf einmal an zu schreien. Ryder, der als einziger den Straßenjungen erkannt hatte, der so plötzlich auf der Szene erschienen war, jagte als erster hinterher.

Er kämpfte sich zum Umkleideraum durch, wo Beth krampfhaft versuchte, sich an den die Handtücher bereitlegenden alten Frauen vorbeizudrängen, die ihr den Weg versperrten.

Ryder stürzte vor, zog Beth von dem Jungen weg und schrie den Frauen zu, sie sollten Ossie festhalten.

Jetzt rannten die Wärter und die jüngeren Geistlichen herbei, ihre Gewänder flatterten hinter ihnen her; ihnen auf dem Fuß folgten der stattliche Aufsichtsbeamte und die übrigen Würdenträger. Erst viel später als alle anderen kam Mr. Gimlett, ein sabberndes, dumm schwatzendes Wrack, Ossies Perücke und Hut in der Hand.

«Gut gemacht, Sir», lobte Nash. «Weiß man, wer es ist?»

«Er weiß es!» schrie Beth, sie schlug wild um sich und spuckte in alle Richtungen.

«Wir brauchen die Polizei», forderte der Aufsichtsbeamte, und ein Wärter lief los, um sie zu holen.

«Löst den Captain ab», schnauzte er die anderen an. «Holt Schnüre!» rief er den alten Frauen zu.

Die übrigen Wärter fielen über Beth her, und nach einem erbitterten Kampf gelang es, sie zu überwältigen. Ryder ließ sie los und übernahm Ossie. Schnur wurde gebracht, und nach erneutem wildem Ringen war sie an Händen und Füßen gefesselt. Nun lag sie gebunden auf dem nassen Boden, spuckte um sich und brüllte böse Schimpfwörter gegen Ryder.

Inzwischen hatten viele Badende das Becken verlassen und drängten sich in der Tür, um zu sehen, was vor sich ging.

«Sorgt dafür, daß sie draußen bleiben», rief Nash, und die bestürzten Stadträte und Geistlichen taten ihr Bestes, um sie zu verscheuchen.

«Sag's ihm, Ossie», kreischte Beth, «sag ihnen, was er mit dir gemacht hat.»

Ryder hielt Ossie den Mund zu, um ihn am Reden zu hindern. «Das Mädchen ist wahnsinnig», sagte er und lachte verächtlich.

«Mädchen?» rief der Sergeant überrascht.

«Nun, was auch immer es ist», stotterte Ryder, «ich muß meinen Neffen jetzt wegbringen. Ist die Kutsche am Hinterausgang?»

«Wahrscheinlich.»

«Dann führt uns hin.»

«Wir sollten lieber auf die Polizisten warten, Sir.»

«Auf der Stelle!»

«Es tut mir außerordentlich leid, Captain Ryder», entschuldigte sich der Chorherr. «Es tut mir wirklich leid, daß das passiert ist. Ihr Neffe, Sir, hat heute Wunder bewirkt. Ich werde dem Bischof davon Mitteilung ...»

«Guten Tag, Sir», unterbrach ihn Ryder. «Mr. Gimlett!»

Der Musiker hatte sich in einer Ecke verkrochen und trottete nun ergeben seinem Gebieter und dem schluchzenden Schüler hinterher.

Sam und die Kinder befanden sich bei einer kleinen Gruppe neugieriger Gaffer, die sich in der engen Gasse versammelt hatte, wo die Kutsche wartete. Es goß immer noch in Strömen, und alle waren bis auf die Haut durchnäßt. Lady Venetia, deren auffallende Gestalt sich deutlich von den Lakaien und Wachleuten abhob, stand nahe dem Hinterausgang. Der Stallbursche, welcher die Pferde am Zügel faßte, behielt die Tür aufmerksam im Auge. Der Kutscher hingegen blieb auf dem Bock sitzen, jederzeit zum raschen Aufbruch bereit. Er und der Stallknecht waren die einzigen, die wußten, daß es nach London ging, und sie hatten Stillschweigen geschworen.

Als die Türriegel zurückgeschoben wurden, geriet alles in Bewegung. Die Wachleute nahmen Haltung an, die Lakaien stellten sich neben die Kutsche, der Stallknecht sprang auf den Bock neben den Kutscher, Lady Venetia wappnete sich, und Sam und die Kinder warteten darauf, sich auf Ossie zu stürzen.

Als erster trat der Aufsichtsbeamte heraus, ihm folgten zwei Wärter. Als Ryder erschien, warf sich Lady Venetia an seinen Hals und rief: «Oh, James! Es war wunderbar! Wunderbar!»

Völlig außer Fassung murmelte er: «Ich bin froh, daß Ihr so denkt.» Er versuchte sich zu befreien, aber sie ließ ihn nicht los.

«Ihr habt mich so glücklich gemacht», schwatzte sie. «Ich schwöre, es ist der glücklichste Tag meines Lebens!»

Verlegen rief er Mr. Gimlett, der hinterherkam, zu, er solle Ossie in die Kutsche bringen.

Zitternd vor Aufregung schob Mr. Gimlett Ossie aus der Tür, während Lady Venetia immer noch an Ryders Hals hing und ständig ihre Bewunderung beteuerte.

Sam kämpfte sich bis auf Armeslänge zu Ossie vor und wollte ihn gerade packen, als einer der Lakaien zu seinem Entsetzen den Schlag öffnete und ihm damit völlig den Weg versperrte. Als Jigger das sah, stürzte er verzweifelt auf die andere Seite, aber als er dort ankam, saßen Mr. Gimlett und Ossie schon in der Kutsche.

In diesem Augenblick geschahen zwei Dinge auf einmal. Der Kutscher ließ die Peitsche knallen, und Josh riß die andere Tür auf. Die Pferde hatten schon angezogen, da sprang er hinein und schrie: «Ossie!» und zog ihn heraus. Sie fielen beide in den Dreck, kamen mit Aggies Hilfe wieder hoch und rannten die Gasse entlang, Jigger hoppelte schwerfällig hinterher.

Von seinem hohen Sitz aus sah der Kutscher entsetzt den Jungen, den er sicher im Wagen glaubte, mit einigen Straßenkindern vorbeirennen. Er zügelte die Pferde und brachte das Gefährt schwankend zum Stehen.

Sam jubelte innerlich, als er sah, daß die Kinder flohen. Um ihn herum schrie alles durcheinander, jeder wollte wissen, was geschehen war. Ryder stieß Lady Venetia von sich und wollte schon hinterherstürzen, als sie völlig unerwartet und zum ersten

Mal in ihrem Leben in Ohnmacht fiel und ihn zwang, sie in seinen Armen aufzufangen. Wütend sah er die Kinder am Ende einer Gasse verschwinden.

Er war sicher, daß sie zu ihrem Unterschlupf eilten, also könnte er sich um Ossie später kümmern. Er trug Lady Venetia zur Kutsche und rief dem Fahrer zu, sie in die North Parade zu bringen. Er brüllte Mr. Gimlett an, der zitternd vor Furcht drinnen hockte und Ossies Hut und Perücke immer noch umklammert hielt, er solle sofort aussteigen. Als der kleine Musiker auf der anderen Seite heraustaumelte, legte Ryder Lady Venetia auf den Sitz und nahm daneben Platz.

Sam sah die Kutsche davonrumpeln und grinste vom einen Ohr zum anderen. Die Sache mit Ossie hatte gut geklappt. Jetzt konnte er zum Fischladen gehen, wo sie von den Godfreys erwartet wurden. Er machte sich Sorgen, weil er Beth nicht gesehen hatte, aber da er nichts für sie tun konnte, wandte er sich zum Gehen. Er war erst wenige Schritte weit, als sie von einigen Schutzleuten herausgezerrt wurde, man hatte ihr die Hände auf den Rücken gebunden, und sie schrie vor Protest und Empörung.

«Halt!» rief er und eilte zu ihrer Verteidigung herbei. «Laßt sie los! Sie hat nichts Unrechtes getan, sie ist Zeugin von zwei Morden!»

Die Schutzleute beachteten ihn gar nicht und stießen ihn beiseite, in seiner Verzweiflung versuchte Sam, sie wegzuziehen. Einer der Männer schlug ihn mit seinem Knüppel, und schon wurde sie, ein schreiendes Bündel, weggeschafft. Sam fühlte sich völlig am Ende. Doch dann nahm er sich zusammen und wankte hinter ihnen her und rief immer wieder: «Halt! Halt!»

XXXII

«Ossie ...»

Sein Name schwebte durch das Zimmer, so leicht wie Löwenzahnfederchen. Seine Augen waren weit geöffnet, sie sahen nichts, aber sie suchten. Sein Herz, das vom Rennen noch arg klopfte, setzte einen Moment aus, dann schlug es so heftig, daß er fühlen, ja hören konnte, wie es gegen seine Brust hämmerte.

«Hester?» flüsterte er, hoffend und betend, daß es kein Traum sein möge.

«Ja. Ich bin's», kam die Antwort.

Ein unterdrücktes Husten war da – ach, nie mehr würde er es hören dürfen, hatte er geglaubt, und jetzt, plötzlich, er wußte es, war sie wirklich da. Sie lebte!

«Hester!» schrie er mit sich überschlagender Stimme und stürzte vorwärts, rannte in einen Tisch, fiel hin, raffte sich hoch und streckte die ganze Zeit die Arme aus, damit er sie gleich fühlen könnte, wenn er bei ihr war.

Und als es soweit war, sank er auf das Bett, wo sie lag, und sie schmiegten sich so eng aneinander, daß sie kaum noch atmen konnten. Dann holten beide tief Luft und klammerten sich wieder einer an den anderen und lachten und weinten zugleich.

Als Mrs. Godfrey das sah, mußte sie, die nüchterne, praktische Fischhändlerin, ständig zwinkern, um durch die Tränen hindurchsehen zu können. Mehr als einmal fuhr ihre Hand an die Augen, um sie wegzuwischen, und dann vergaß sie, was sie tat, und stand da nur und lächelte mit ihren runden, nassen Wangen.

Die drei schmutzigen Kinder, die vor wenigen Augenblicken mit Ossie in den Laden gestürmt waren, verharrten in der Tür zu Sams Zimmer und lächelten verlegen und unbeholfen. Es war lange her, seit einer von ihnen in einem sauberen, kleinen Zimmer mit einem gemütlichen Feuer gewesen war. Und Liebe, das war ein Gefühl, ohne das zu leben sie gelernt hatten.

«Du bist ja ganz naß», flüsterte Hester und fuhr Ossie mit der Hand durchs Haar.

«Es regnet.»

«Woher hast du die Kleider?»

«Der Mann hat sie mir gegeben.»

«Welcher Mann?»

«Er hat gesagt, du bist tot.»

«Tot!» rief sie so heftig, daß sie einen Hustenanfall bekam und Mrs. Godfrey sich schnell die Tränen wegwischte und eingriff.

«Vorsichtig, Schätzchen», sagte sie eindringlich, «du darfst dich nich' zu sehr aufregen. Du und dein Bruder, ihr habt euch sicher viel zu erzählen. Aber erst müßt ihr eure nassen Sachen ausziehen.» Sie meinte alle damit. «Ich geh' rasch runter und hol' Decken. Sam is' sicher gleich da. Er wird alles erklären.»

«Kennt denn jemand diese Kinder?» fragte Sir Cosimo.

Ryder schüttelte den Kopf.

«Hoffentlich finden die Polizisten sie und Euren Neffen bald. Ein bemerkenswertes Kind, Sir. Bemerkenswert.»

Ryder nickte abwesend. Er brannte darauf, loszukommen und sich um den Jungen zu kümmern. Aber um den Schein zu wahren, fühlte er sich verpflichtet dazubleiben, bis Lady Venetia sich wieder ganz erholt hatte.

Sie lag auf einem kleinen Sofa vor dem Feuer, von Kissen gestützt und in eine schwere Bettdecke gehüllt. Ihre Schwester machte viel Aufhebens um sie und ermutigte sie, ein wenig Fleischbrühe zu sich zu nehmen.

Noch bevor die Kutsche North Parade erreicht hatte, war sie aus ihrer Ohnmacht erwacht, aber als die übrige Gesellschaft vom Bad zurückkam, fühlte sie sich immer noch recht wacklig. Alle waren wegen ihres Zustandes beunruhigt und wollten deshalb auch nicht gehen. So waren sie immer noch da und bekamen heiße Schokolade und Brötchen, denn keiner hatte gefrühstückt.

«Ihr wollt ihn doch wohl nicht nach Irland zurückschicken», flüsterte Sir Cosimo, während er sich mit einem Brötchen bediente, «nach all dem, was vorgefallen ist?»

«Ich habe es seinen Eltern versprochen», murmelte Ryder.

«Er ist ein Phänomen, ein wahres Phänomen.»

«Was tuschelt ihr beiden?» fragte Lady Venetia.

«Wir sprachen über Captain Ryders Neffen, Madam», erwiderte Sir Cosimo mit gedämpfter Stimme.

«Dann laßt es uns alle hören», sagte sie ungeduldig. «Ihr braucht nicht zu flüstern, mir geht es wieder vollkommen gut.»

«Bitte Netty», mahnte ihre Schwester, «du sollst dich nicht anstrengen.»

«Wenn Ihr wieder hergestellt seid, Madam», sagte Ryder, die Gelegenheit ergreifend, «könnte ich mich vielleicht erkundigen, wie die Polizei mit ihrer Suche vorankommt.»

«Aber Ihr könnt Netty doch nicht allein lassen!» rief Lady Molyneaux. «Sie braucht Euch jetzt. Ich schicke einen Diener.»

Lady Venetia war wütend. «Charles, um Himmels willen beruhigt mich, geht und sprecht bei den Behörden vor.»

Der beleibte Mann verbeugte sich und war gerade auf dem Weg zur Tür, als unten vom Eingang lautes Pochen ertönte.

«Vielleicht ist er das!» rief Lady Molyneaux aufspringend.

Alles eilte zum Treppenabsatz, auch Lady Venetia, der Charles Henshaw aufgeholfen hatte. Einige hielten noch Tasse und Untertasse und halbgegessene Brötchen in der Hand, alle beugten sich über das Geländer und sahen, wie Jessup einige Männer in die Halle ließ. Allen voran schritt ein korpulenter Mann, der einen langen Stab trug, ihm folgten zwei Herren in Amtstracht und einige Polizisten. In ihrer Mitte ging ein untersetzter Mann, der in einen Umhang gehüllt war, und ein dünnes Straßenkind.

Ryders Augen wurden schmal, als er Beth erkannte. Was tat sie hier? Sie sollte jetzt doch eigentlich hinter Gittern sein.

«Wer sind diese Leute?» fragte Lady Molyneaux.

«Das Gericht, Madam», rief Jessup nach oben, «und der Büttel.»

«Was wollen sie?»

«Sie wünschen Captain Ryder zu sprechen.»

Ryders Herz setzte für einen Schlag aus. «Ist es wegen meines Neffen?» fragte er und verbarg sein Unbehagen hinter scheinbarer Sorge.

«Nein, Sir», erwiderte der Oberste Richter.

«Worum geht es dann?» verlangte Lady Molyneaux zu wissen.

«Ich bedaure sagen zu müssen, Madam, daß ich einen Haftbefehl für Captain Ryder habe.»

Auf dem Treppenabsatz schnappte jeder hörbar nach Luft, außer Lady Venetia, die mit Charles Henshaw ein wissendes Lächeln austauschte.

Ryder stand ganz still und umkrampfte mit seinen Händen das Geländer. Es war undenkbar, daß bei seinem Plan etwas schief gelaufen war. Er befand sich auf dem Höhepunkt seines Erfolgs, er war der Besitzer eines riesigen Anwesens und gerade im Begriff, in die Aristokratie einzuheiraten, und obendrein war er das Stadtgespräch von Bath.

«Wie lautet die Anklage?» fragte er hochmütig.

«Es sind mehrere Anklagen», erwiderte der Richter, «Raub, Mord und gewaltsame Entführung.»

Den Leuten, die ihn umstanden, stockte von neuem der Atem.

«Aus wessen Machtbefugnis?»

«Der städtischen Polizeibehörde.»

«Das sind doch ein Haufen Idioten!» rief er wutschnaubend. «Welche Beweise gibt es für diese Anklagen?»

«Viele!» rief der Mann in dem Umhang.

Ryder starrte auf ihn herunter und fragte sich, wer er wohl sei.

«Ich hab' gesehn, wie er ihn ermordet hat!» gellte die Stimme des Straßenkindes, das gleich von einem Polizisten geohrfeigt wurde, als es auf den Boden spuckte.

Ryder überlief ein kalter Schauder, denn ihm wurde bewußt, daß sie in der Nacht des Einbruchs dabeigewesen sein mußte. Seine Gedanken begannen zu rasen, als er rasch seine Chancen abwägte. Er war sicher, keiner könnte ihm beweisen, daß er das Geld gestohlen hatte. Und was die Mordanklage anbelangte, war er sicher, daß ein guter Anwalt das Gericht überzeugen würde, daß man kaum der Zeugenaussage eines Taschendiebes und Straßenkindes glauben konnte. Aber die Sache mit der gewaltsamen Entführung war gefährlicher. Wenn der kleine blinde Junge als Zeuge aufträte, der Junge, den alle Welt für einen Wunderheiler hielt – dann war er geschlagen.

Plötzlich sah er alles verloren, was er gewonnen hatte, und diese Vorstellung war so entsetzlich, so bedrohlich empfand er sie in seinem Innersten, daß in seinem Gehirn plötzlich etwas aussetzte. Er hörte auf, logisch zu denken, und machte Ossie für alles verantwortlich. Er wurde besessen davon, daß er ihn töten müßte. In seinem Wahnsinn dachte er nicht an die Folgen.

«Ich muß Euch bitten, uns zu begleiten, Sir», sagte der Richter. «Werdet Ihr herunterkommen, oder soll ich die Polizisten heraufschicken?»

«Selbstverständlich komme ich zu Euch», lachte er. «Das Ganze ist ein dummes Mißverständnis.»

«Habt Ihr Captain Ryders Neffen gefunden?» fragte Sir Cosimo.

«Soweit ich unterrichtet bin, befindet er sich bei dem Besitzer eines Fischgeschäftes in der South Street», erwiderte der Richter.

Sir Cosimo seufzte erleichtert: «Ich danke Gott dafür.»

Ryder kicherte innerlich, weil der Fettwanst unwissentlich die Information geliefert hatte, deren er dringend bedurfte. Er wandte sich an Lady Molyneaux und fragte ganz beiläufig, als ginge es um einen Spaziergang: «Wollt Ihr mich entschuldigen?»

Ihre Lippen zitterten, sie griff nach seinem Arm. «Kommt bald wieder», murmelte sie unter Tränen.

Er verneigte sich und wandte sich zu Lady Venetia, die ihn mit eisigem Blick anstarrte. Zum Teufel mit ihr, dachte er, als er sich verbeugte, zum Teufel mit allen. Sie waren doch allesamt Idioten, sollten sie in der Hölle verrotten.

Dann nahm er sich zusammen und schritt gelassen die Treppe hinunter. Bis zum Äußersten wachsam, nahm er wahr, daß die Richter und Polizisten näher an die Stufen traten und Jessup hinter ihnen zur Tür ging. Er verlangsamte seinen Schritt, bis er sie erreicht hatte, und als Jessup öffnete, sprang er zu Boden und schoß durch die erstarrte Gruppe mit gesenktem Kopf wie ein angreifender Widder. Rechts und links schubste er Gestalten beiseite und raste ins Freie.

In der nächsten Sekunde brach in der Halle die Hölle los. Alle schrien den Polizisten zu, ihn zu verfolgen.

«Rettet den Jungen! Rettet den Jungen!» kreischte Lady Venetia und stürmte die Treppe hinunter. «Wo ist das Fischgeschäft?» verlangte sie von dem wie betäubt dastehenden Richter zu erfahren und packte ihn am Arm.

«Ich weiß es!» rief Sam.

«Führt mich hin!»

«Nicht ohne mich», keuchte der dicke Mann und polterte die Treppe hinunter hinter ihr her. «Wir nehmen meine Kutsche!»

Stille Zufriedenheit kehrte ein, als Mrs. Godfrey einige rasch gebackene Scones herumreichte. Im Nu waren sie von den drei Mitgliedern der Bande verzehrt, die vor dem Feuer auf dem Boden in Decken gewickelt hockten. Ossie saß dicht bei Hester, die auf Kissen gestützt im Bett lehnte, ihr Gesicht war von der Aufregung gerötet. Als unten die Tür schlug, fuhren alle erschreckt hoch.

«Das ist sicher Sam», rief Mrs. Godfrey erleichtert.

Die Freudenrufe, mit denen Sam und Beth begrüßt wurden, verstummten rasch, als hinter ihnen zwei elegante Gestalten sichtbar wurden.

«Gott sei Dank ist er noch nicht hier», stieß Sam hervor.

«Doch, er ist da!» verkündete Josh freudestrahlend.

«Nicht Ossie – Ryder!»

Die Kinder starrten ihn entsetzt an. Ossie zitterte und klammerte sich an Hester.

«Entschuldigt, daß wir bei Euch so hereinbrechen, Madam», sagte der dicke Mann. «Für Vorstellungen ist jetzt keine Zeit.» Er zeigte auf Ossie. «Wir müssen ihn sofort mitnehmen.»

Der Bande stockte der Atem.

«Ihn mitnehmen? Das könnt Ihr nicht machen!» rief Mrs. Godfrey entrüstet.

«Er hat recht, Mrs. Godfrey», sagte Sam. «Ossie kann nicht hierbleiben.»

«Ich geh' nich' von Hester weg!» Ossie weinte.

«Es hat keinen Sinn, Ossie.» Sam ging rasch zum Bett, hockte sich nieder und legte seine Hände auf Ossies Knie. «Hör mir gut zu», sagte er mit tiefer, eindringlicher Stimme.

«Ryder ist hinter dir her, er ist teuflisch entschlossen, dich zu töten.»

«Ich lass' Hester nich' allein», sagte Ossie hartnäckig und verkroch sich bei ihr und begann zu schluchzen.

«Das führt zu nichts», kam es ungeduldig von Lady Venetia. «Charles, nehmt ihn.»

«Das is' nich' meine Art, Mylady», sträubte sich Sam. Er wandte sich an Hester. «Du weißt, daß ich nichts Böses will, oder?» fragte er sanft.

Sie schaute ihm ängstlich ins Gesicht und nickte.

«Dann sag Ossie, daß er gehen muß.»

«Dein Bruder hat eine wunderbare Stimme, man muß ihn in London hören», unterbrach Lady Venetia.

«London?» Hester rang nach Atem, dann hustete sie gequält.

«Da ist er sicher», beruhigte sie Sam, «und man wird sich gut um ihn kümmern. Ich versprech' es.»

«Nein!» schrie Ossie und klammerte sich an sie. «Ich geh' nich' ohne Hester!»

«Dann sollen beide gehen», sagte Lady Venetia nervös.

Mrs. Godfrey war außer sich. «Die Reise wird sie umbringen!» rief sie empört.

«Is' schon gut, Mrs. Godfrey», murmelte Hester tapfer. Sie zog Ossies Kopf unter ihrem Arm hervor und küßte ihn auf die Wange. «Mach dir keine Sorgen, ich komm' mit dir.»

«Gott sei Dank!» seufzte Lady Venetia. «Aber jetzt schnell.»

Mrs. Godfrey schnalzte ärgerlich mit der Zunge, schob sich durch die dicht beieinander stehenden Kinder und nahm Ossies Kleider von der Leine über dem Kamin.

«Er kann sich später anziehen!» Lady Venetia war außer sich vor Ungeduld. «Beide können sich später anziehen», setzte sie noch hinzu, als Mrs. Godfrey auch Hesters Sachen zusammentrug. «Bringt sie rasch zur Kutsche.»

«Komm Hester», sagte Sam und legte den Arm unter ihren kranken, zerbrechlichen Körper.

«Ich trag' dich. Nehmt Ihr bitte den Bruder?» bat er den dicken Mann.

«Hester!» schrie Ossie in plötzlicher Angst, als er von zwei kräftigen Armen hochgehoben wurde.

«Hier bin ich», beruhigte sie ihn.

Sie wurden aus dem Zimmer gebracht, Mrs. Godfrey folgte dicht hinterher, im Arm ein Bündel Kleider. Beth rannte ihnen die Treppe hinunter nach, aber die anderen, die nur in Decken gehüllt waren, riefen ihr Auf Wiedersehen vom Treppenabsatz. Alle waren traurig, daß die beiden weggingen. Aggie brach in Tränen aus, und Josh tat sein Bestes, um sie zu trösten. Selbst der große, schwerfällige Jigger mußte sich auf die Lippen beißen, um nicht zu weinen.

Sam trat aus dem Haus und drängte die Lakaien, den Schlag zu öffnen. Rasch legte er Hester auf den Sitz, hüllte sie in eine Decke und trat zur Seite, um Charles Henshaw Platz zu machen.

Plötzlich war da ein Schrei weiter unten auf der Straße, daß einem das Blut in den Adern erstarrte. Als Sam sich umblickte, sah er Ryder, einen schweren Knüppel schwingend, heranstürzen.

«Fahrt ab, sobald der Junge drin ist!» rief er dem Kutscher zu und rannte los, um Ryder abzuwehren.

«Aus dem Weg!» brüllte dieser.

Tapfer blieb Sam stehen, fest entschlossen, ihn am Vorbeikommen zu hindern.

Der Knüppel peitschte durch die Luft und traf ihn an der Schulter. Er taumelte zurück, fing sich wieder und sprang vor, um ihn abzufangen. Noch einem Hieb mußte er ausweichen, doch dann konnte er ihn packen und versuchen, ihn dem Gegner zu entwinden. Obwohl er stark war und entschlossen, nicht loszulassen, war er dem anderen nicht gewachsen, denn dieser hatte ungeheure Kräfte, er riß ihm den Knüppel wieder aus der Hand. Ryder holte zu einem mächtigen Schlag aus, doch in diesem Augenblick polterte die Kutsche heran, und sie mußten sich zur Seite werfen, um nicht überfahren zu werden. Sie verfehlte die beiden knapp und donnerte, einen Schmutzregen aufwirbelnd, vorüber.

Für einen Moment konnte Ryder nichts sehen, da war Sam schon über ihm und hielt ihn auf dem Boden fest. «Ihr kriegt Ossie jetzt nicht mehr», keuchte er. «Er ist auf dem Weg nach London.»

«Wer seid Ihr?» knurrte Ryder und versuchte, sich freizustrampeln.

«Wir haben einmal zusammen auf ein Schiff gewartet. Vergangenen Februar in der Sewer Mill Bucht. Damals habt Ihr Euch Cardew genannt.»

Ryder grinste höhnisch beim Gedanken an jene stürmische Nacht. «Ihr hattet Angst, mir Euren Namen zu nennen. Wer kennt ihn? Wen interessiert's?»

«Ihr wollt sagen, Ihr habt ihn der Steuerbehörde nicht gemeldet?»

«Wieso sollte ich? Ich war nich' dort, um ihnen Namen zu verraten. Also seid Ihr für nichts und wieder nichts geflüchtet. Laßt mich los, und Ihr könnt zurückgehen und so viele neue Boote haben, wie Ihr wollt.»

«Zuerst will ich Euch hängen sehen.»

Ryder lachte wie ein Wahnsinniger. «Ich werd' nie hängen. Ihr habt gerade Euren einzigen Zeugen weggeschickt.»

«Haben wir nicht!» zischte eine Stimme, und Spucke landete auf Ryders schlammverspritzter Wange.

XXXIII

Die Gerichtsverhandlung lockte ungeheure Massen an. Sie staunten über Beths Zeugenaussage und die der anderen Kinder, die, da Ossie abwesend war, auch in den Zeugenstand gerufen wurden. Ryders Anwalt tat sein Bestes, um ihre Namen mit ihrer kriminellen Vergangenheit anzuschwärzen. Aber als Lady Venetia auftrat und mutig Ryders Betrug bestätigte, wußte er nicht weiter.

Ryder saß während der ganzen aufregenden Verhandlung mit einem überlegenen Grinsen auf der Anklagebank, als ginge ihn das Ganze nichts an. Er nickte zustimmend, als die Anklage wegen Raubes mangels Beweisen fallengelassen wurde, und nahm es ziemlich ungerührt hin, als das Gericht ihn des Mordes und der gewaltsamen Entführung schuldig befand.

«Ihr werdet von hier weggeführt und am Galgen aufgehängt», verkündete der Richter, «Gott sei Eurer Seele gnädig.»

Wilde Erregung erhob sich in dem überfüllten Gerichtssaal, und aller Augen blickten auf den Gefangenen in der Anklagebank. Diese Mitteilung schien ihn gleichgültig zu lassen. Er war mit einer frisch gepuderten Perücke und seinem feinsten Anzug ausstaffiert, den ihm der bestochene Gefängniswärter gebracht hatte. Er stand in lässiger Eleganz da und blickte kaltblütig drein. Erst als der Richter den Beschluß mitteilte, sein kürzlich erworbenes Eigentum werde an den früheren Besitzer zurückgehen, zeigte er Bewegung. Er ließ seine Schultern ein bißchen hängen und zuckte zusammen.

An einem kalten Dezembermorgen wurde er zum Richtplatz gebracht. In wahnwitziger Unbekümmertheit winkte er der Menge zu. Er war fest entschlossen, die Situation auszukosten. Das war ja noch besser als der Empfang, den man ihm in den Gesellschaftsräumen hatte zuteil werden lassen, und jetzt bestand keine Gefahr, daß er dem Jungen gegenüber die zweite Geige spielen mußte. Die ganze Stadt bejubelte ihn, nur ihn!

Es gab nur einen einzigen Moment, in dem er sich unbehaglich fühlte. Das war, als er das Schafott bestieg und jemand ihn anspuckte. Als er sich umsah, erblickte er Beths herausforderndes Gesicht in der berauschten Menge.

«Eines Tages wirst du hängen!» brüllte er.

Sie spuckte noch einmal nach ihm, es machte ihr nichts, daß sie nicht traf. Die Ehre war gerettet!

Sie hatte sich geweigert, mit Sam und den drei anderen Kindern zu gehen, als sie vor einigen Tagen nach Devon abfuhren. Nichts würde sie daran hindern, Ryder hängen zu sehen. Außerdem, was sollte sie am Meer? Sie wäre wie ein Fisch auf dem Trockenen, weitab vom brodelnden Leben der Stadt. Wenn es dort auch noch so viele Gefahren gab, sie wußte zu überleben.

Ryder war unterhaltsam bis zum Ende. Er hielt eine amüsante Rede über die Gefahren der Musik für die öffentliche Moral und dankte jedem, daß er gekommen war. Ja, er machte sogar dann noch witzige Bemerkungen, als der Henker ihm die Schlinge um den Hals legte.

«Halleluja! Halleluja!»

Unter dem mächtigen Klang schienen die Pfeiler und Wände der Kapelle des Findelhauses zu erbeben. Die gesamte Londoner Gesellschaft, ja selbst Mitglieder der königlichen Familie waren versammelt, um Händels wunderbares Oratorium «Der Messias» zu hören.

«Halleluja! Halleluja!»

Die Sopranstimmen schwangen sich hoch hinauf über den restlichen Chor, und keine war freudiger als Ossies.

Seit seiner überstürzten Flucht waren sieben Monate vergangen. Jetzt war er in das Heim aufgenommen, das sich um unerwünschte Babys und Waisenkinder kümmerte. Alle trugen die rotbraune Uniform des Hauses, und Ossie sang mit jeder Faser seines Körpers:

«Halleluja! Halleluja!»

Er sang für den Komponisten, der ihm die große Ehre erwiesen hatte, ihn in seinen Chor aufzunehmen, und der nun sein eigenes Werk dirigierte.

Er sang auch für John Stanley und die Statthalter, die dafür gestimmt hatten, daß er in dem Heim aufgenommen wurde, «... damit er», so lautete es im Jahrbuch, «ein Sänger in der Kapelle werde und Unterricht auf dem Cembalo erhalte.»

«Halleluja! Halleluja!»

Er sang für seine Freunde aus der Bande, nicht ahnend, daß Jigger und Josh das Fischerhandwerk erlernten und Aggie Sams Frau in der Küche half. Er sang sogar für seinen Entführer, der ihn so schmählich behandelt hatte, durch den aber auch – welche Ironie – Lady Venetia auf ihn aufmerksam geworden war, die nun seine treue Gönnerin war und in der Versammlung saß.

Aber vor allem sang er für Hester, sie hatte die beschwerliche Reise gerade noch überstanden. Wenigstens hatte sie so lange gelebt, daß sie die grünen Auen, welche das Heim umgaben, sehen konnte. Vielleicht gab es dort nicht soviel Vogelgesang und süße Düfte, wie er sie für Hester immer zu finden wünschte. Aber es war fast genauso gut.

Nun lag sie auf dem Friedhof der St. Andrew Kirche im nahen Holburn. Sie hatte sich mit dem Tod beeilt, damit er singen und bis zu seinem Lebensende Musik machen konnte.

«Halleluja! Halleluja!»

Geheimnis und Abenteuer

RODNEY BENNETT

Adlerjunge

Aus dem Englischen von Bettine Braun
180 Seiten, gebunden mit Schutzumschlag

Mitten im mittelalterlichen Europa herrschen Hunger und Not, Gier und Aberglaube – aber auch die Sehnsucht nach Selbstbestimmung und einer besseren Gesellschaft. Drei Helfer begleiten den jungen Stephan auf seinem Weg in die Freiheit und die menschliche Gesellschaft: der gewissenhafte Müller Petr, der weise Eremit Bartholomäus und – ein Adler.

«Wer keine Angst davor hat, bei der Lektüre eines Buches weinen zu müssen, wer äußerste Spannung ertragen kann, der oder die sind die richtigen LeserInnen für dieses märchenhafte Buch.» *Leanders Leseliste*

«Eine märchenhaft-phantastische Geschichte, fesselnd und bewegend zugleich. Ein ausgezeichnet geschriebenes (und übersetztes) Jugendbuch!» *Schweizer Bibliotheksdienst*

«Eindringlich erzählte Geschichte von der Macht der Privilegierten und der Massen und vom Versuch der Gerechten und Schwachen zu bestehen. Spannend und gut geschrieben.» *ekz-Informationsdienst*

Über die Hügel und weit, weit fort …

ANNE MERRICK

Jemand klopfte an die Tür

Aus dem Englischen von Eva Riekert.
181 Seiten, gebunden mit Schutzumschlag.

War sein Leben je anders? Todd weiß es nicht mehr, er hat einen Teil seiner selbst verloren. Seine Gedanken kreisen nur um alltägliche Notwendigkeiten, tief in seinem Herzen sitzt bleierne, lähmende Angst.
Da wird er im späten Herbst an den Brauch erinnert, daß Kinder einen «Guy», einen Kerl aus Lumpen, basteln und damit betteln gehen. «Penny for the Guy?» – «'nen Penny für den Guy?» Das könnte die Lösung sein. Aber unter Todds Händen entsteht kein richtiger «Guy», sondern eine Puppe mit Mädchengesicht. Wenn er nur wüßte, woran sie ihn erinnert, was sie ihm sagen will! Als Todd seine Ohren nicht mehr vor ihr verschließt, entspinnt sich ein Zwiegespräch. Erinnerungsfetzen tauchen auf, die ihm Stück um Stück einen Weg andeuten, «über die Hügel und weit, weit fort» …

«Ist es Magie oder Erinnerung, was den Lauf der Dinge in diesem seltsamen und interessanten Buch bestimmt?»
Observer

«Die Bilder dieses Buches werden mich immer begleiten.»
Robert Westall

Boudicca -
eine Königin kämpft gegen die Römer

ROSEMARY SUTCLIFF

Lied für eine dunkle Königin

Aus dem Englischen von Astrid von dem Borne.
195 Seiten, gebunden mit Schutzumschlag.

In einem letzten verzweifelten Aufstand versuchen die keltischen Stämme Britanniens im ersten Jahrhundert nach Christus ihre Freiheit gegen die Römer zu verteidigen. Den Aufstand führt eine Frau, die icenische Königin Boudicca. Wer ist sie? Wie sieht das Leben in einem keltischen Stamm aus, der nur Herrscherinnen kennt?

Anhand historischer Quellen und Darstellungen entwirft Rosemary Sutcliff ein großes, eindrucksvolles Lebensbild – ein «Heldenlied» für eine Königin.
Cadwan, der alte Harfenspieler am Hofe der Icener, ersinnt und singt es, getreu dem Versprechen, das er einst der kleinen Boudicca gab: « Wenn du eines Tages ein so großes Schwert hast wie der König, dein Vater, mache ich für dich ein großes Lied über die Siege einer Königin.»
Teilnahmsvoll erzählt er vom Heranwachsen der stolzen, eigenwilligen Boudicca, von ihrer Heirat mit Prasutagus, von ihren Töchtern Essylt und Nessan. Doch über die glücklichen Jahre senkt sich immer bedrohlicher der Schatten der römischen Eroberer. Als diese die Kelten ihrer Freiheit gänzlich berauben wollen, erhebt sich Boudicca und sammelt ein Zehntausende zählendes Heer um sich …